MOMRAVE

Liza von Flodder

edition
claus

Für all die,
die viel zu lange nicht mehr unter dem Nachthimmel standen.

INHALT

I Wie es endet

II Wie es anfängt

III Nicht das Ende

I
Wie es endet

„Man hatte das Gefühl, es ging vorbei, bevor es überhaupt richtig losgegangen war. Aber im Grunde ist damit etwas geweckt worden."
Mijk van Dijk über die Kommerzialisierung und das rasante Wachstum von Techno und Acid House (in *We Call it Techno*)

Ich kann nicht schlafen. Jeden Abend habe ich das Gefühl, ich würde krank werden. Auf meinem Nachttisch liegt immer eine Packung Ibuprofen. Eine Tablette für morgens, eine für abends. Sie helfen gegen meine Kopfschmerzen, aber nicht gegen die verspannten Schultern und auch nicht gegen die Zornesfalte, die sich in meine Stirn gebrannt hat. Meine Zähne pressen aufeinander, meine Augenlider zittern. Ich bin müde und schlafe trotzdem nicht vor zwei Uhr ein. In meinem Kopf gehe ich „Was wäre wenn"-Fragen durch. Anders, ist die Antwort. Es wäre anders. Ich zeichne Bilder von mir an anderen Orten, mit anderen Haaren und mit Mateo und Kira daneben. Wir sind älter und freier. Und da, wo wir sind, da riecht es nach Kuhmist.

So ein Blödsinn.

Ich will gar nicht aufs Land.

Ich drehe mich auf den Rücken und überlege, wo ich sein will. Wer ich sein will und wer ich überhaupt noch bin.

Außer Mutter.

Und will ich überhaupt eine sein?

II
WIE ES ANFÄNGT

„Wichtig war, dass es einen harten Beat gab. Möglichst viel Echo.
Möglichst viel synthetische Klänge und dann war die Welt in Ordnung."
Wolle XDP über Tekknozid, die ersten großen Raves im Jahr 1990
(in *Party auf dem Todesstreifen*)

GRENZÜBERSCHREITUNGEN

Du liegst da, zerbrechlich wie Eis, doch deine Haut ist warm. Das ist schön und überfordernd zugleich. Ich weiß nicht, bin ich verliebt oder erschöpft? Ich habe Tage und Wochen auf diesen Moment gewartet. Habe versucht, mir vorzustellen wie es ist, dich in meinem Arm zu halten, statt in meinem Bauch zu tragen.

Während ein Team aus Hebammen und Schwestern sich um Plazenta, Papiere und Blut auf Kreißsaaleinrichtung und Fußboden kümmert, sorge ich mich um meine Vulva und meine Körperhygiene. Ich träume von einer Dusche, um mir die Spuren der vergangenen Stunden wegzuwaschen, die deiner Geburt.

Mein Blick bleibt an einem Gemälde an der Wand hängen. Ich hatte es zuvor nicht bemerkt. Es stellt eine Savanne bei Sonnenauf- oder -untergang dar (so genau weiß man das ja nie). Im Vordergrund ist ein Hügel, auf dem eine Elefantenfamilie steht. Großer Elefant, mittelgroßer Elefant und kleiner Elefant. Drei Stück. Ach so, denke ich. Jetzt verstehe ich. Wir sind jetzt auch drei. Kira wird für immer bleiben.

Sie hat mich zur Mutter gemacht, so sagt man das doch. Oder?

Momentan fühle ich mich nur wie eine Frau mit Baby. Eine sehr müde Frau. Die Menge an Eindrücken lässt ein Nachdenken über mein tieferes Wohlbefinden kaum zu. Ich weiß, mir tut alles weh. Wichtiger ist aber, dass dem Baby nichts weh tut. Ich weiß, ich habe Hunger und Durst, wichtiger ist aber, dass dem Baby nichts fehlt. Ab dem Moment, an dem das Baby komplett geboren wird, werden mütterliche Bedürfnisse zurückgestellt. Nichts ist wichtiger als das Wohlergehen dieses kleinen Geschöpfes. Das ist die Wahrheit, sie ist unumstößlich.

Noch auf dem Kreißsaalbett frage ich mich, wer sich ab heute um mich kümmert, während ich mich um das Baby kümmere.

Ich schaue rüber zu Mateo und sehe, wie er Kira ansieht. Mit sanften Augen, so als könnte er sie nur durch seinen Blick kaputtmachen. Wir werden von einer Hebamme unterbrochen. Es ist Zeit, den Kreißsaal zu räumen. Mateo legt die schlafende Kira in das Beistellbett, während ich versuche, mich aus dem Bett zu schälen. Etliche Handtücher, Decken und Bettvorlagen liegen auf mir. Als meine Beine den Boden berühren, fangen sie zu zittern an. Mateo hilft mir hoch und stützt mich bis zum Klo. Ich lasse mich sinken. Ich warte. Ich warte auf Urin und auf die Wiederkehr irgendeines Körpergefühls. Aber es kommt nichts. Ich stehe wieder auf. Während ich mich am Papierhandtuchspender festkralle, legt Mateo eine Binde so groß wie sein Arm in die Netzunterhose und zieht sie mir hoch. Ich überlege, wann ich das letzte Mal mit jemandem zusammen auf Toilette war. Ich schaue Mateo dabei zu, wie er an meiner Hose rumfummelt. Mein Blick verschwimmt. Sina taucht vor mir auf, Sina und ich auf der Toilette des Vibe Clubs.

Sina ist meine beste Freundin. Oder nein: Sie war meine beste Freundin. Bis sie Eintrittsstempel gegen Federschmuck, Pillen gegen Edelsteine und mich gegen eine Anni tauschte. Aber daran war noch nicht zu denken an diesem Abend im Vibe.

Der Vibe ist einer dieser besonderen Clubs. Einer mit wenig Licht und noch weniger Pflichten, in dem wir uns völlig zeitlos auf wenigen Quadratmetern zur lauten Musik bewegen. In dem wir Freunde fürs Leben und welche für den Augenblick kennenlernen. In dem wir uns in sphärischen Klängen verlieren und irgendwo im Dunst der Nebelmaschine wiederfinden. Wir passen gut in diesen Club. Sina und ich. Wir arbeiten hinter der Bar. Wir passen gut zueinander, nicht nur am Tresen. Wir teilen uns die letzte Kippe und die letzte Pille. Wenn ich nachts allein nach Hause laufe, rufe ich Sina an, um mich sicherer zu fühlen. Und sie geht ran. Sie ist da. Auch mit mir auf Toilette im Vibe. Sie hockt vor mir, legt den Flyer mit dem Koks auf meinen Schoß, umfasst meine nackten Beine und zieht sich das Zeug durch die Nase. Meine Angst, dass sie sich mit Menstruationsblut an meiner Unterhose vollschmieren könnte, bleibt ihr verborgen und mein Geheimnis.

Die Grenzen haben sich verschoben.

Oder haben sie sich komplett aufgelöst?

Mateo zuppelt mir das Netzhöschen zurecht und ich fühle mich um die 30 Jahre gealtert. Dann schlurfe ich weiter über den Flur der Wochenbettstation, schiebe das Babybettchen und klammere mich daran fest wie an einem Rollator. Im Zimmer angekommen, lege ich mich seitlich auf das Bett, mit dem Gesicht zu Kira, und schaue aus dem Fenster. Es wird Abend. Schon wieder. Das letzte Mal habe ich am Abend davor aus dem Fenster geschaut. Selber Ort, nur anderes Fenster. Was wohl in den letzten 24 Stunden, in denen ich ein Menschenleben auf die Welt gebracht habe, noch alles passiert ist? Ich liege regungslos unter meiner steifen, weißen Bettdecke, sinniere über Blut auf weißer Bettwäsche und darüber, dass ich mir nicht vorstellen kann, dass es heute ein krasseres Ereignis gegeben hat als dieses, welches ich vollbracht habe. Außer es gab noch andere Geburten. Dann zählen die definitiv dazu.

Ich schaue Kira an. Sie ist das Baby, das ich eben noch in mir getragen habe. Jetzt eingewickelt in ein Handtuch. Sie sieht perfekt aus. Sie schläft. Ein perfektes, zerknautschtes kleines Baby. Vorsichtig lege ich meinen Zeigefinger in ihre winzige schrumpelige Faust und schlafe ein, erschöpft und ungeduscht.

KNIETIEF IM GLÜCK

„Man kann sich einfach gehen lassen und tun, was immer man will.
Egal wie du tanzt, wie du dich bewegst oder welche Form du annimmst."
DJ Rush (in *Wie Techno aus Detroit Berlin erobert hat*)

Es juckt mich an den Beinen. Ich wache auf, erschöpft und ungeduscht. Ich kratze und erschrecke. Der Schlamm ist zur harten Kruste getrocknet, die auf das Laken bröckelt.

Wir haben die ganze Nacht im Regen getanzt. Meine einst weißen Schuhe sind braun vor Matsch und Dreck. Schaue ich auf den Schmutz unter meinen Nägeln, kann ich ungefähr sagen, wie spät es ist: vielleicht vier oder fünf Uhr. Das heißt, noch circa drei Stunden feiern. Das heißt, noch vier bis sechs Bier. Das heißt, noch drei bis vier Mal das Dixie aufsuchen, sich jedes Mal mehr an den Gestank und die nicht vorhandene Klospülung gewöhnend. Noch drei bis zehn Mal laut „Wooohoooo" schreien. Dann Ende. Nach Hause. So der Plan.

Seit Wochen haben wir uns auf diese Open Air gefreut. Der Winter war lang und die Sehnsucht nach den ersten Sonnenstrahlen und Tanzen unter freiem Himmel groß. Statt Sonne gibt es Regen, aber die Euphorie, die bleibt. Nichts ist wichtiger als hier zu sein. Knietief im Glück. Die Becher und unsere Freude schwappen über. Die Bässe tröpfeln auf uns herab und wir saugen sie auf wie trockene Schwämme.

In einem kurzen Augenblick des Alleinseins auf dem Weg von der Bar zurück zu den anderen denke ich darüber nach, ob wir alle genau so viel Spaß haben würden ohne Alkohol und Amphetamine im Blut. Ich schaue in die strahlenden Gesichter um mich herum. Sina trägt ein rückenfreies

Kleid. Die Regentropfen rinnen ihren zarten Rücken hinunter. Viel zu kalt für Anfang April, doch typisch für Sina. Ich muss lächeln. Lukas nimmt einen Hieb aus der Pfeffi-Flasche, die er aufs Gelände geschmuggelt hat. Wie immer. Ich frage mich, wie er das jedes Mal schafft. Aber anders erträgt Lukas Techno nicht. Er sagt, das sei keine Musik. Trotzdem hat er Spaß. Wie immer. Zwischen der Musik höre ich den Paillettenrock von Jonas klimpern und Esma tanzt mit geschlossenen Augen, ihr Gesicht gen Himmel gestreckt. Jonas' Bruder Mateo steht einfach nur da. Der Matsch reicht ihm bis zu den Knöcheln. Er schaut zu mir, als hätte er auf mich gewartet. Ich lächle ihn an, doch er schaut weg, als hätte ich ihn bei etwas ertappt. Warum hat er eigentlich keine Freundin, frage ich mich kurz, dann gehe ich zu ihm rüber und stelle mich wortlos neben ihn. Aus dem Augenwinkel sehe ich sein breites Grinsen.

Plötzlich springt Sina mir von hinten auf den Rücken. Ich kriege einen Schreck, mache einen Satz nach vorne und schubse dabei Mateo. Er dreht sich um und versucht, mich vorm Umfallen zu retten. Vergebens: Wir fallen alle drei in den Schlamm. Da liegen wir. Neben einem lauten „Fuuuuuuck!" meinerseits hört man ringsum lautes Lachen. Lukas nimmt eine Hand voll Matsch und bewirft uns damit. Das war's denke ich. Ab jetzt ist alles egal. Positiv egal. Egaler wird nichts mehr. Ich setze mich auf und falle vor Lachen sofort wieder nach hinten. Sina setzt sich auf mich, hält die Arme, als würde sie auf mir reiten und ein Lasso werfen. Im Augenwinkel sehe ich Esma sich krümmen vor Lachen. Ich kriege keine Luft mehr und versuche, mir die Lachtränen aus dem Gesicht zu wischen, verschmiere dabei noch mehr Dreck. Sina steht auf und hilft mir hoch. Amüsiert darüber, wie eingesaut wir sind, halten wir unsere Bäuche. Einen kurzen Moment halten wir inne. Meine Klamotten sind nicht mehr zu retten, denke ich. Schon kommt Mateo auf mich zu, er läuft wie ein Zombie, seine sind Haare steif, voller Schlamm. Er umarmt mich. Ein paar Sekunden tanzen wir Arm in Arm und lachen uns ins Ohr. Bis Jonas dazukommt, völlig wahnsinnig die Zunge herausstreckt und uns noch mehr Dreck auf den Kopf klatscht.

Meine Klamotten sind schwer und triefen.

Ich fühle mich leicht und glücklich.

Den Rest der Party pulen wir uns den Dreck aus den Ohren, betrinken uns mit Erdbeerlimes und bewerfen diejenigen mit Schlamm, die uns aufgegeilt „SCHLAMMCATCHEN" hinterherrufen.

Belustigt, beschmutzt und betrunken gehen wir nach Hause. Jede:r für sich, ins eigene Bett und mit einem verkrusteten Lächeln im Gesicht.

ALLES WIE IMMER

Mein Blick fällt auf unsere schlammverkrusteten Gesichter. Unsere vor Glück und Schnaps leuchtenden Augen schauen eingerahmt von der Wand auf unseren Frühstückstisch herab, an dem Mateo und ich sitzen. Von meinem Platz aus habe ich direkten Blick ins Schlafzimmer, wo Kira auf unserem Bett schläft, umringt von einer Vielzahl von Kissen.

Alles ist ruhig und friedlich, denn bei Orangensaft und frischen Brötchen ist kein Platz für Traurigkeit.

Trotzdem.

Der Dutt auf meinem Kopf ist derselbe wie im Kreißsaal und aus meinem Dekolleté blitzen zwei Stilleinlagen hervor. Mateo beißt von seinem Brötchen ab und mustert mich mit einem Grinsen.

„Romantischer wird's nicht", sage ich lachend mit vollem Mund.

Und ahne nicht, dass der Satz eine Vorhersage der nächsten Jahre werden sollte.

Meine Augen wandern an der Wand mit den Fotos entlang. Mateo und ich am Strand von Montenegro. Esma und ich auf der Schlamm-Open-Air. Sina und ich im Fotoautomat mit roten Lippen in Schwarzweiß. Mateo mit seiner Band Trash Toy auf der Bühne. Das Foto von Sina, Jonas und mir vor der Tür des Vibe-Clubs. Ein unscharfes Polaroid von mir in Unterwäsche in einem Wohnmobil. Darunter ein Polaroid vom selben Wohnmobil auf einem Festivalcampingplatz, davor Mateo und Lukas mit Zahnbürste im Mund und Pfefferminzschnaps in der Hand.

Ich kenne die Fotos und erkenne sie nicht mehr.

Ich erkenne mich nicht mehr.

In meinen Augen stehen Tränen. Ich war überall dabei. Jetzt scheint das alles eine Ewigkeit her zu sein und plötzlich bekomme ich Angst, dass die Erinnerungen einmal genauso verschwimmen werden wie jetzt mein Blick.

„Was ist los, Neele?"

„Ich weiß nicht." Meine Stimme ist hoch und zittert.

„Das da, das waren alles wir", sage ich und zeige auf die Fotos.

„Das sind wir doch immer noch ...?", entgegnet Mateo.

Ich nicke. Ich finde keine Worte und selbst wenn, ich könnte nicht mehr sprechen. Meine Kehle schnürt sich zu, mit Mühe schlucke ich den Rest meines Käsebrötchens herunter, bevor ich nach Mateos Hand greife und meinen Kopf auf den Tisch lege.

Ich weine.

Ich sah Mutter auf der Couch sitzen. Weinend. Vorsichtig trat ich an sie heran. Als wäre sie ein Vogel, dessen Federkleid man genauer betrachten möchte. Mutter hörte meine Schritte und drehte ihr verweintes Gesicht von mir weg. Ich kniete mich vor ihre Füße. So saß ich einige Minuten nur da. Meine Finger kämmten unsicher den grauen Langhaarteppich. Ich traute mich nicht, Mutter anzuschauen. Sie war so zerbrechlich. So menschlich. Vorsichtig legte ich meinen Kopf auf ihre Beine und wartete, ob etwas geschah. Aber es passierte nichts. Wir waren gefangen in einem Stillleben.

Mutter und ich.

Wir trauten uns nicht mehr, uns zu bewegen.

Seit einer Woche steht die Welt still.

Seit einer Woche ist Kira bei uns.

Es hat sogar geschneit.

Die ersten Schneeflocken des Jahres fielen, als Mateo, Kira und ich das Krankenhaus verließen. Wir hatten kein Geld für ein Taxi und so kam es, dass ich mit dem Gefühl zur U-Bahn schlich, dass meine Organe gleich aus der Vagina fallen. Und als ich auf dem Klappsitz der Bahn saß, den Gestank von Pisse und Döner roch, musste ich vor Unsicherheit fast lachen.

Hatte man uns soeben als Eltern aus diesem Krankenhaus entlassen? War das nicht fahrlässig?

War das wirklich unser kleines Baby in diesem riesigen Kinderwagen? Ich hatte mir in der Vergangenheit nicht mal Haustiere zugetraut.

Zu Hause angekommen, legte Mateo sie behutsam auf unser Bett. Winzig sah sie aus auf dieser riesigen Matratze. Ich zog meinen Mantel aus, ohne den Blick von ihr abzuwenden, und legte meine Klamotten auf das Beistellbett, welches wir vor vielen Wochen stolz auf einem Flohmarkt ergattert hatten und das fortan vor allem als Kleiderständer dienen sollte, das wusste ich in dem Moment aber noch nicht. Ich setzte mich neben das Baby. Neben mein Baby. Ich starrte lange auf ihren Bauch, der sich sanft nach oben und unten bewegte. Ich studierte jede Wimper, jedes Fältchen ihrer Lippen und zählte immer wieder ihre Finger. Fünf.

Meine Hände bewegten sich so sanft, wie sie sich noch nie bewegt hatten, um Kira herum. Ich strich ihr vorsichtig die Mütze von der Stirn und machte den ersten Knopf ihrer Jacke auf. Ich hatte nun ein Baby, auf welches ich aufpassen und das ich von meinen Brüsten nähren sollte.

Ich, der Mittelpunkt der Welt eines Lebewesens.

Die Anweisung der Krankenschwester bei der Entlassung aus dem Krankenhaus war klar: „Wecken Sie Ihr Baby alle drei Stunden zum Stillen!" Doch so einfach ist das nicht. Kira schläft. Im Gegensatz zu mir, denn ich schlafe überhaupt nicht mehr. Stattdessen schaue ich alle halbe Stunde auf die Uhr und warte darauf, dass Kira mir ein Zeichen gibt. Etwas, das mir zeigt, ob sie Hunger hat.

Eine Decke aus Eis hat sich auf die Straßen gelegt. Der Winter lässt die Zeit erfrieren und ist ins Wochenbett eingezogen. Aus Glück sind Sorgen geworden und schmerzende Brustwarzen. Milch vermischt sich mit Tränen und Schweiß, das würde den Namen Wochenfluss viel mehr verdienen. Selten habe ich so viel am Stück geweint wie in den letzten Tagen.

Ich weinte wegen der langen schwarzen Haare auf Kiras Schulter. Weil sie süß waren. Aber auch aus Angst, dass die Haare für immer bleiben würden. Und mein Kind für immer gemobbt werden würde.

Ich weinte aus Angst, Mutter könnte mein Baby hässlich finden.

Ich weinte, weil sie sich nicht nach mir oder Kira erkundigte.

Ich weinte, weil Mateo mir die falsche Schokolade kaufte.

Ich weinte, weil auf dem Beistellbett nur Klamotten lagen statt eines Babys.

Ich weinte bei dem Gedanken, dass Kira im Beistellbett schlafen sollte und nicht bei mir.

Ich weinte, weil ich keinen Platz hatte zum Schlafen. Weil ich schwitzte und stank nach Blut und Schweiß.

Ich weinte bei jedem Toilettengang, bei jedem Stillen, beim Musik hören.

Ich weinte, weil ich weinte.

Ich weinte.

Und weine immer noch.

Ich mache mir Gedanken um Kira, um mich, um das gesamte neue Leben. Ich werde das Gefühl nicht los, etwas im Krankenhaus vergessen zu haben. Mich, den dicken Bauch oder die Vorfreude, welche ich die letzten Wochen vor der Geburt gespürt hatte. Fast so, wie nach einem langen MDMA-Rausch: Plötzlich steht man wieder in der Realität und fragt sich, wird jemals alles wie vorher sein?

Ist das Vorher überhaupt erstrebenswert?

„Hey, wir sind doch immer noch die Alten", versucht Mateo mich zu trösten. Eine Weile sitzen wir so da. Ich weine. Er tröstet. Dann hebe ich den Kopf vom Tisch, an meiner Stirn kleben die Brotkrümel. Ich wische mir die Tränen von meinem Gesicht und sage: „Ja, wir sind noch dieselben. Nur mit Kind. Sonst ist alles noch wie immer, oder?"

„Alles wie immer", sagt Mateo lächelnd und wischt mir die Brotkrümel von der Stirn. Suchend blickt er auf den gedeckten Tisch, nimmt ein Brötchen und legt es auf meinen Teller. Mateo achtet immer darauf, dass ich gut esse. Er kann es nicht ausstehen, wenn jemand das Essen vergisst oder sich, umgeben von Nahrung, der Dekadenz hingibt, über Hunger zu klagen. Manchmal geraten wir regelrecht in Streit, nur weil ich erwähne, dass ich den ganzen Tag noch nichts gegessen habe.

Nach dem Frühstück schlafen wir, Kira zwischen uns. Ich wache auf und sehe in Mateos Augen.

„Was machen wir jetzt?"

Mateo schaut mich verwirrt an. „Wie? Was machen wir jetzt? Wie meinst du?"

Ich weiß keine Antwort. Weder auf meine noch auf seine Frage. Ich habe viele Fragen. Und auch das bringt mich zum Weinen.

„Wieso bist du ständig traurig?", flüstert Mateo über Kiras Kopf hinweg.

„Ich bin nicht traurig", antworte ich bestimmt. Und das ist die Wahrheit. Ich bin nicht traurig.

Mateo schaut mich ungläubig an. Ich versuche noch, meine Worte und Gefühle zu sammeln, da sagt er: „Ich könnte Milchreis kochen."

„Was?"

„Du hast gefragt, was wir jetzt machen. Du liegst hier und ich koche Milchreis."

Mateo lächelt und springt auf. Ich bin überrascht und bleibe liegen. Während der Milchreis in der Küche brodelt, kocht in mir ein Gemisch aus Überforderung und Langeweile. Ich schaue abwechselnd auf mein Handy und auf Kira. Von außen betrachtet, liege ich nur da.

Hin und wieder streckt Mateo seinen Kopf ins Schlafzimmer und erkundigt sich nach „dem Baby": „Geht es dem Baby gut?"

„Ich weiß es nicht", hauche ich und halte meinen Finger vor den Mund, weil Kira immer noch schläft.

„Wie, du weißt es nicht?"

Mateo kommt näher und beugt sich über das Bett, um nachzusehen.

„Sie schläft!", fahre ich ihn an und Mateo geht einen Schritt zurück.

„Ist ja gut! Wenn du lieber auf dein Handy guckst und nicht weißt, wie es unserem Baby geht, dann lass mich nach dem Baby schauen!"

Ich schlucke. Dann kriecht mir ein Geruch von verbrannter Milch in die Nase und ich sage kleinlaut: „Schau lieber nach dem Milchreis."

Wenige Minuten später sitzen wir nebeneinander im Bett und essen verbrannten Milchreis.

„Tschuldigung", nuschelt Mateo in den Löffel hinein.

Ich lächle und esse den Reis trotzdem. Mein Handy leuchtet auf, ich werfe einen Blick darauf. Eine Nachricht von Mutter:

Ist sie endlich da? 12:11

DAS DORF

Mutter will, dass ich sie mit neugeborenem Baby besuchen komme. „Auf gar keinen Fall", tippe ich in mein Handy und schaue an mir runter. Milchflecken zieren mein T-Shirt und die Stadt liegt im Tiefschnee. Wieso kann sie nicht einfach zu uns kommen, denke ich. Wir wohnen in derselben Stadt. Doch statt Mutter kommen Mateos Eltern.

Heißes Wasser rinnt mir den schmerzenden Rücken hinunter. Endlich kann ich duschen. Durch das Rauschen des Duschkopfes und eine verschlossene Badezimmertür versuche ich zu hören, ob Kira weint. Aber ich höre nur das schrille Lachen von Mateos Mutter Luise. Ohne große Vorankündigung hat sie eine Nachricht an Mateo geschickt, dass sie und Jürgen, Mateos Vater, in der Stadt wären, sich ein Hotelzimmer gebucht hätten und ihre Enkelin kennen lernen wollten, sobald wir dazu bereit wären. Als Mateo mir die SMS vorliest, verschlucke ich mich fast an meinem Stilltee, so hinreißend finde ich ihre Sensibilität unserer neuen kleinen Familie gegenüber.

Sie bringen frisches Obst, Windeln und Kaffeebohnen mit. Und außer dem selbstgestrickten Jäckchen, welches fürchterlich kratzt, ist alles, was meine Schwiegereltern tun, voller Fürsorge und Zärtlichkeit.

Und so kommt es, dass nicht nur Wasser, sondern auch Tränen im Abfluss der Dusche verschwinden.

So dankbar bin ich Luise und Jürgen.

So sehr schmerzen meine Brustwarzen.

So sehr verletzt mich Mutters Desinteresse.

Während ich mich abtrockne male ich mir aus, wie es wäre, Großeltern wie Luise und Jürgen immer in der Nähe zu haben. Frage mich, ob Mateo und ich ausreichen werden für ein Kind. Immer wieder stolpere ich über das berühmte Dorf, das ein Kind angeblich braucht zum Großwerden.

Wir leben in der Stadt. Wir haben kein Dorf.

Und das Dorf, in dem Mateos Eltern wohnen, liegt 800 Kilometer weit weg. Der Gedanke, dort hinzuziehen, löst in mir Beklemmungen aus.

Aber hier sind nur wir drei. Sonst niemand. Und auch davor habe ich Angst.

Mutter jedenfalls ist keine Hilfe. Uns trennt mehr als die halbe Stunde mit der Straßenbahn.

SATT

Mutter mag kein Essen. Sie mag es auch nicht, wenn jemand anderes isst. Trotzdem hat sie mir immer dabei zugeschaut.

Mutter und ich aßen selten zusammen. Wenn neben Alkohol oder Wasser (mit einem Pfefferminzblatt, wichtig!) doch etwas in ihren Mund gelangte, dann war es eine Karotte, eine kleine Schale abgezählter Weintrauben oder ein Brei, den sie Müsli nannte, bestehend aus wenigen Gramm verschiedenster Kleien und einem winzigen Schluck Milch. Jahrelang wusste ich nicht, was ein richtiges Müsli ist. Oder ein gemeinsames Essen.

Ich war zehn, es war der erste Tag der Sommerferien.

Der frisch blondierte Pony von Mutters Kurzhaarfrisur lag perfekt gewellt auf ihrer Stirn, wie immer. Darunter die schwarz gezeichneten Augenbrauen und Augen, unter deren Blick mir häufig bang wurde. Umhüllt von den Augenfältchen, in denen sich orangefarbenes Make-up versteckte, sahen diese braunen Augen alles. Sie zählten stets jede Erbse auf meiner Gabel, jede Nudel, die in meinem Magen verschwand. Ihrer hingegen blieb immer leer.

An diesem ersten Sommerferientag gab es Kartoffelbrei und Frikadellen von Oma. Oma sorgte sich, dass ich nichts zu essen bekäme.

Mutter sorgte sich, dass ich zu viel essen könnte und zunehmen würde.

Gedankenverloren aß ich mein Mittag, als Mutter mir den Teller wegriss.

„Das reicht jetzt!", zischte sie.

Erschrocken ließ ich die Gabel auf den Tisch fallen und senkte den Kopf. Nach dem Klirren des Bestecks war mein leises Kauen ohrenbetäubend laut. Ich schluckte meinen letzten Bissen und meine Traurigkeit herunter. Statt Hunger war nur noch Scham in meinem Bauch. Ich schämte mich für meinen Hunger. An diesem Tag und an allen Tagen danach.

Bis ich verlernte, hungrig zu sein und bald dankbar dafür war, dass Mutter für mich auf meine Figur achtete.

Ich fing an, Mädchenzeitschriften zu lesen und lernte, dass man dünn sein muss, um begehrenswert zu sein.

Ich lernte mich zu schminken. Ich versuchte, ein bisschen mehr wie sie zu sein: wie Mutter und die Mädchen in den Zeitschriften. Oder wie Britney Spears. Auf einer Doppelseite wurde mir erklärt, was an meinem Gesicht es zu kaschieren und was es zu betonen galt.

Ich studierte das Verhalten anderer Mädchen. Mutter sagte immer, ich sei kein richtiges Mädchen. Ich mochte kein Rosa und trug immer ein rotes Basecap von Mercedes, das ich auf der Straße gefunden hatte. Ich liebte das Basecap. Es war mein Helm und ich stellte mir vor, wie es mich unsichtbar machte. Wenn ich nach unten schaute, sah ich niemanden mehr. Das gefiel mir. Mutter hingegen nicht. Sie sagte, ich solle mehr aus mir machen und mir die Haare kämmen. Eines Tages, ich muss elf gewesen sein, schmiss sie mein geliebtes Basecap in den Müll. Ich war sehr traurig.

„Mädchen tragen so was Albernes nicht!“, sagte Mutter.

„Ich wusste nicht, dass Mädchen das nicht dürfen!“, sagte ich. Und Mutter war zufrieden. Obwohl sie das Wort „Mädchen“ auch als Beleidigung verwendete, wenn ich hinfiel oder ähnliches, wusste ich, ich musste ein richtiges Mädchen werden, um liebenswert zu sein. Damit Mutter mich liebt.

Meine ganze Kindheit und Pubertät versuchte ich, Mutter zu gefallen. Auf dem Pausenhof verglich ich meine Unterarme mit denen der Mitschülerinnen. Es war ein gutes Gefühl, wenn mein Handgelenk das schmalste war und es war das erste, was ich Mutter nach der Schule berichtete. Statt über Schulnoten redeten wir über Nagellack und Kalorien. Ich steckte mir Haarklammern ins Haar und erwartete angemessenes Lob von Mutter.

Vergebens.

Mit 13 war meine Verwandlung abgeschlossen. Ich hatte das rote Basecap mit dem gestickten Mercedesstern schon längst vergessen. Von nun an gab es Push-up-BHs in Größe AA und String-Tangas mit Snoopy drauf. Ich schlich häufig durch Drogeriemärkte, um mir von meinem Taschengeld Pickelabdeckstifte, Rasierer und Entwässerungstabletten zu kaufen. Wie einen großen Schatz versteckte ich die Tabletten in meinem Nachtschrank und war bitter enttäuscht, weil sie keine Wirkung zeigten. Nach einiger Zeit hatte ich alle Produkte ausprobiert, die frei verkäuflich waren und auf deren Packung Worte wie „Entschlacken", „Abnehmen" oder „Diät" standen.

Ich wollte anders aussehen. Kleiner, dünner, blonder.

Egal.

Hauptsache nicht wie ich.

Ich ertrug mein eigenes Spiegelbild kaum.

Wenn ich jetzt in den Spiegel sehe, sehe ich Augenringe und Kratzspuren auf meiner Brust.

Kiras spitze Nägel bohren sich in meine Haut. Mit geschlossenen Augen und hochgezogenen Brauen saugt sie kräftig. Ich merke, wie die Milch durch die Drüsen schießt. Wie mein Shirt nass wird, weil auch aus der anderen Brust Milch tropft. Ich greife einen getragenen Strampler und drücke ihn dagegen.

Endlich ist da Milch. Endlich fließt die Milch, denke ich und muss fast weinen vor Erleichterung. Stundenlang habe ich Foren durchforstet nach

Antworten auf Fragen wie „Wird mein Baby satt?". Doch jetzt ist da Milch. Glaube ich. Zumindest trinkt sie. Glaube ich. Aber auch genug? Nimmt sie zu? Sie ist so klein und zart. Mein Baby. Ihr Leben in meiner Hand. Ich, ihre einzige Nahrungsquelle. Eine Träne fällt runter auf Kiras dünnes Haar. Sie zuckt kurz zusammen. Ihre spitzen Nägel lösen sich von mir. Dann trinkt sie weiter.

Diese scheiß Hormone, denke ich. Alles ist gut, versuche ich mich zu beruhigen. Wir machen das gut.

Vier Wochen ist Kira alt. Während Mateo nach zwei Wochen Babypause mit seiner Band Trash Toy wieder im Proberaum verschwindet, vergeht zu Hause kaum ein Tag ohne Besuch. Ich weiß nicht, ob mir das gefällt. Es ist gut und anstrengend zugleich. Alle sind entzückt und erstaunt. Schau an, die Rave-Tante hat jetzt ein Balg! Eine Mischung aus „so so" und „oh je". Ich weiß nicht, wer hier das Ausstellungsstück ist, Kira oder ich? Wir beide zusammen? Nach jedem Besuch bin ich kaputt wie nach einem Marathon. Ich renne zwischen der neuen Mutterrolle und meinem alten Ich hin und her. Noch nie zuvor war ich so viel (Mutter, Partnerin, Freundin, Tochter) und habe mich gleichzeitig so wenig wahrgenommen gefühlt.

Bei einer Tasse Fenchel-Anis-Tee für mich und einem Bier für die Gäste habe ich nichts zu erzählen als die Geschichten aus dem Wochenbett, denen Nase rümpfend oder mit halbem Ohr zugehört wird.

Hauptsache, das Baby ist süß und das Bier kalt.

Wir leben in verschiedenen Welten. Die meiner Freunde kenne ich sehr gut, meine hingegen ist ihnen völlig fremd. Und das ist sie mir selbst auch, obwohl ich mittendrin stecke. Uns gehen die Themen aus.

„Und? Wie ist es mit dem Schlafen?", fragt Esma mich bei ihrem ersten Besuch.

Ich hole tief Luft, um zu antworten. Aber als wäre Esma das schon Antwort genug, fängt sie laut zu lachen an. Ich bin verunsichert und sage deshalb nur: „Na ja, geht so."

In Wahrheit geht bei mir gar nichts mehr.

In Wahrheit habe ich eine Nacht hinter mir, in der ich stundenlang mit Kira auf dem Arm durch das Wohnzimmer geschlichen bin und ihr mit meinen Fingern auf den Rücken geklopft habe.

In Wahrheit weiß ich weder, seit wie vielen Tagen ich meine Jogginghose schon trage, mir zuletzt die Haare gewaschen habe oder welcher Tag heute ist. Um nicht komplett wahnsinnig zu werden, verbringe ich die Tage damit, Dokumentationen zu schauen. Oder zumindest den Fernseher laufen zu haben. Tagsüber flimmern Waschbären, Pinguine oder das Reich der Pilze über den Bildschirm. Abends läuft etwas über Nervenzellen, Darmbakterien oder darüber, wie man eine Geige baut.

„Ich gucke viele Dokus und so", sage ich schließlich.

„Ah, cool." Esma nickt gelangweilt. „Und Mateo?"

„Der musste wieder in den Proberaum. Die nehmen bald ein neues Album auf und ..."

„... Ja, ich weiß. Lukas hat das erzählt", unterbricht Esma mich und fügt hinzu: „Aber cool, dass er dir trotzdem so toll hilft."

Ich nicke und weiß nicht, was ich darauf antworten soll.

Betretenes Schweigen.

„Wir waren letztes Wochenende auf einem total geilen Open Air!", fängt Esma an zu erzählen. „Bisschen außerhalb, kam man echt schlecht hin, aber ..."

Kiras Geschrei unterbricht sie. Halb genervt vom Baby und halb froh darüber, die Geschichte nicht weiter hören zu müssen, stehe ich mit Kira auf und wippe mit ihr hin und her. Esma setzt ihre Story fort. Irgendwas mit „Polizei", „mega geile Mucke" und „Haschisch verloren". Mehr verstehe ich nicht, während ich versuche herauszufinden, weshalb Kira weint.

„Ja, cool", sage ich angestrengt und lege Kira auf die Couch, um ihr die Windel zu wechseln.

„Ich weiß nicht mal, welcher Tag heute ist, jeder Tag sieht gleich aus."

„Voll entspannt!", sagt Esma.

Wenn sie wüsste, denke ich und grinse nur.

Kira weint immer noch und ich nehme sie wieder auf den Arm, um sie zu stillen. Dann ist Ruhe. Nach ein paar Sekunden unterbreche ich die Stille und frage: „Und? Wie viel schläfst du?"

Esma lacht. Und ich auch. Unsere gemeinsame Vergangenheit und der wenige Schlaf sind momentan das einzige, was uns verbindet. Das wird uns in diesem Moment beiden bewusst.

FREITAGE

„Sometimes it feels completely normal and natural but other times it doesn't feel right somehow. It just feels like: How did I end up here?"
Lee Jones über das Feiern (in *Feiern – Don't forget to go home*)

Seit sechs Stunden schütte ich klebrige Schnäpse in Gläser, schmeiße mit Kronkorken und Lappen um mich, rede mir den Mund fusselig und den Hals heiser, zaubere Leuten ein Lächeln ins Gesicht und das Geld aus der Tasche. Ich liebe diesen Job. Ich werde dafür bezahlt, dass ich bei guter Musik rauche und Leute abfülle. Und man lernt wirklich viel über die Menschen.

Eine Barschicht im Cosmos ist, wie Gastgeberin auf einer riesigen Familienfeier zu sein. Vermutlich. Vorausgesetzt, man hat eine echt coole Familie, die so groß ist, dass sich eine Feier lohnt. Meine Familie bestand nur aus Mutter, meiner Oma und mir. Oma ist nicht mehr. Sie starb, als ich 15 oder 16 war. An Alkohol, der Leber oder so. So genau hat Mutter mir das nie erzählt. Zu groß die Angst, dass es sie genauso dahinraffen könnte. Es gab nie eine Feier in meiner Familie. Weder zu Omas Beerdigung noch sonst wann.

Jetzt feiere ich jede Nacht.

In wirklich guten Nächten entsteht ein Verbundenheitsgefühl mit jedem Einzelnen im Club. Stunde um Stunde schwitzt man nebeneinander, teilt das Glück und spielt im selben Film.

Das Cosmos ist ein ehemaliges Kino und verdankt seinen Namen dem letzten Filmplakat, das im Schaukasten an der Fassade hing: vom Science-

Fiction-Streifen *Cosmo* aus dem Jahr 1992, in dem ein DJ von Aliens gekidnappt wird. Vieles erinnert noch an früher: die Sessel, der halbrunde Raum mit der Leinwand, der heute die Tanzfläche ist. Nach wie vor gibt es Popcorn und sogar einen roten Teppich am Eingang, auf dem früher begehrte Schauspieler:innen in pompösen Designerroben stolzierten. Heute torkeln dort die Feierwütigen. Das gefällt nicht allen Einwohner:innen der Stadt, doch die ist mit einer zweijährigen Zwischennutzung und der Rettung vor dem Zerfall vorerst einverstanden. Genug Zeit, um unvergessliche Nächte und Erfahrungen zu sammeln. Sich unsterblich in einen Ort zu verlieben, sich Wochenende für Wochenende kollektiv zu verlieren.

Ich arbeite auch deshalb gerne hinter der Bar, weil man dort die Rolle der Beobachterin perfektionieren kann. Man sieht die Menschen beim Abdriften und Innehalten. Beim Staunen über Kleines und Lachen über Sinnloses. Es ist, als würde alles von ihnen abfallen. Je später es wird, desto mehr fällt der Stress der Woche aus ihren Gesichtern, desto leichter werden kleine Regeln gebrochen und auf deren Trümmern getanzt. Eine liebevolle Anarchie, mit ganz viel Sekt und Konsens.

Und XTC.

Und Speed.

Die ersten Barschichten habe ich komplett nüchtern erlebt. Ich wollte keine Fehler machen und hatte Angst vor einem Absturz. Schnell merkte ich, dass ab einem bestimmten Punkt in der Nacht niemand mehr nüchtern ist. Auch nicht meine Kolleg:innen. Ich gestand mir meine Müdigkeit ein und es dauerte genau drei Schichten, bis auch ich regelmäßig im Getränkelager verschwand, um eine Nase zu ziehen. In gewisser Weise schweißt uns das zusammen. Und die Arbeit geht leichter von der Hand. Immer öfter kann ich sogar nach der Schicht selbst noch feiern gehen und die Bar von der anderen Seite sehen. Mit den ganzen Menschen tanzen, die ich zuvor bedient habe. Und mit Jonas, Esma, Mateo, Lukas und Sina. Meiner Wahlfamilie, mit der jede Party zur Familienfeier wird.

Wurde.

Es ist Freitagnacht und ich scrolle durch meine Timeline. Kira ist beim Stillen in meinem Schoß eingeschlafen. Ich frage mich, was wohl die anderen machen. Esma, Jonas, Lukas und Sina. Ich schaue kurz von meinem Handy hoch zu Mateo rüber. Auch er ist eingeschlafen. Jetzt ist das Familie: Kira, Mateo und ich. Der Satz „drei ist 'ne Party" ist eine Lüge.

Es ist langweilig.

Ich halte Wache bis zum Morgengrauen und höre allen beim Schnarchen zu. Heute bin ich zu müde zum Schlafen. Statt damals das Speed hält mich heute das Leuchten meines Smartphones wach. Und die Erinnerungsfetzen in meinem Kopf.

Mit der Handytaschenlampe leuchte ich Sina und mir den Weg durch die unbeleuchtete Seitenstraße am Stadtrand. Unsere nackten Beine sind mit uns auf einem illegalen Open Air in einem kleinen Waldstück tanzen gewesen. Nun tragen uns eingestaubte Sneaker und eine Flasche Pfeffi, die wir Lukas abgezogen haben, zum Nachtbus und zur nächsten Party. Im gelblichen Licht der Busbeleuchtung begutachten Sina und ich unsere Schminke und finden neben verschmiertem Kajal uns auch gegenseitig unglaublich witzig. Kichernd erzählen wir uns Geschichten und trinken nacheinander vom grünen Gesöff.

„Geht das auch ein bisschen leiser?", fährt uns eine Stimme von hinten an. Erschrocken drehen wir uns um. Eine Mutter mit ihrem Kind. Vielleicht zwei oder vier Jahre alt, so genau kenne ich mich mit Kindern nicht aus. Es schaut uns mit verschlafenen Augen an. Wortlos drehen wir uns wieder weg und gucken uns stirnrunzelnd an. Ich schaue auf die Uhr. Es ist Freitag, kurz vor Mitternacht. Was macht die um diese Uhrzeit mit einem Kind hier draußen? Ich schüttle verständnislos den Kopf und nehme einen großen Schluck aus der Flasche.

Leise sind wir trotzdem nicht.

Die nächtliche Stille in der Wohnung wird von einem Nörgeln unterbrochen. Im Halbschlaf schiebe ich mein Shirt hoch, um Kira die Brust zu geben. Nach den anfänglichen Unsicherheiten ist das nun eine der wenigen Sachen, die routiniert und ohne Probleme funktionieren: das nächtliche Stillen. Wir tun beide das, was wir am liebsten tun. Sie trinkt. Ich schlafe. Doch heute ist Kira unruhig. Sie verschluckt sich und haut wütend mit ihren keinen Fäustchen gegen meine Brust. Ich werde schließlich ganz wach und sehe, dass wir in einem See aus Milch liegen. Ich setze mich, lege sie in meinen Schoß und lasse sie weiter trinken. In meinem Leben saß ich noch nie so ungemütlich wie jetzt, denke ich und schnaufe leise. Und vielleicht war ich sogar noch nie so müde.

Aber das ist okay.

Es muss okay sein.

Durch die Spalten der Rollläden huscht das Licht der Straße an den Schlafzimmerwänden entlang. Im Halbdunklen beobachte ich Kiras kleines Gesicht. Die langen, gebogenen Wimpern, die auf ihrer matt glänzenden, runden Wange aufliegen. Eine goldene Haarsträhne auf der Stirn. Sie strahlt. Es ist ein Moment, der sich anfühlt wie für die Ewigkeit. In einem Jahr wird er fast vergessen sein. Irgendwann werde ich Fotos in meinen Händen halten, um mich zu erinnern. Jetzt halte ich den Moment in meinen Armen. Ich atme ihn ein und traue mich nicht, mich zu bewegen. Dieser Augenblick ist so zerbrechlich.

Um uns ist es leise, alles schläft.

In mir ist es laut, die Liebe feiert ein Fest.

Für die nächsten paar Minuten bleiben wir hier für immer. Auf meine Brust legt sich eine Schwere. Vielleicht ist es die Müdigkeit. Oder die Unbegreiflichkeit, wie etwas so Schönes in mir wachsen konnte. Es fühlt sich an wie Traurigkeit. Aber sie ist wunderschön und ich möchte sie für immer in mir tragen.

Die Liebe.

Das Leben.

Meines und das meines Kindes, auf 14 Quadratmetern. Ein Raum voller klebriger Milch und Liebe. Die Lichter an den Wänden werden heller. Draußen beginnen andere Leben einen neuen Tag.

Und wir bleiben hier.

Du sicher in meinem Arm, ich geschützt in meiner Blase.

SCHON WIEDER FREITAG

„Nach zwei Uhr entwickeln sich die großen Visionen im Kopf
und die Ideen sprudeln nur."
Dimitri Hegemann (in *Wie Techno aus Detroit Berlin erobert hat*)

Eine Woche später, es ist schon wieder Freitag, passiert, was ich nicht mehr für möglich gehalten habe. Mutter sitzt in unserer Küche.

Sie fragt nach Kaffee.

„Gib sie mir doch mal!" Mutter streckt die Hände aus und fummelt Kira aus meinem Arm. „Jetzt kannst du besser Kaffee kochen."

Ich nicke und mag Mutter kaum den Rücken zudrehen. Ich traue ihr nicht. Was, wenn sie Kira fallen lässt?

„Witzig, die sieht genau so hässlich aus wie du als Baby!", sagt Mutter lachend.

Ich drehe mich um und denke, gut, dann sieht sie wenigstens nicht aus wie du.

Meine Hände zittern vor Wut und Erschöpfung. Mein Kreislauf ist knapp fünf Wochen nach der Geburt noch immer nicht der beste. Ich habe sogar Make-up aufgetragen und mir die Augenbrauen nachgezeichnet.

Nicht, um sonderlich frisch auszusehen, sondern weil ich weiß, wie wichtig Mutter Aussehen ist.

Weil ich Kommentare zu Äußerlichkeiten vermeiden wollte.

Zitternd kippe ich das Kafffeepulver neben die Kanne.

„Was ist? Soll ich mir den Kaffee nun auch noch selber machen, oder was?", pfeift Mutter mich von hinten an.

„Kann deine Mutter deiner armen Oma nicht mal Kaffee kochen, hm?", säuselt sie Kira zu.

Wütend und mit letzter Kraft schraube ich die Kanne zu und stelle sie auf den Herd. Anschließend lasse ich mich auf den Stuhl fallen und verzerre kurz darauf mein Gesicht. Für einen Moment hatte ich Hämorrhoiden und Dammriss vergessen.

„Was hast du?", fragt Mutter.

„Ich kann noch nicht so gut sitzen", jammere ich.

„Dann stehst du halt wieder auf", sagt Mutter trocken und ich bin mir nicht sicher, ob sie das ernst meint.

„Eigentlich gehöre ich ins Bett."

„Unsinn! Als ich mit dir aus dem Krankenhaus kam, hab ich erst mal die ganze Wohnung geputzt!", prahlt Mutter.

Mein Blick fällt auf den Berg aus dreckigem Geschirr und den überfüllten Mülleimer. Eigentlich hatte ich gedacht, Mutter, Kira und ich würden im Schlafzimmer die Zeit miteinander verbringen, aber wie ich soeben gelernt habe, braucht man nicht im Bett liegen, wenn man kurz zuvor eine Wassermelone durch seine Vagina gepresst hat.

„Da fährt Oma den ganzen Weg durch den Schnee zu dir und Mama erzählt so einen Quatsch, ne Süße?" Mutter stupst mit ihren langen Nägeln Kiras kleine Nase an. „Irgendwann kommst du mal zur Oma, nicht wahr? Nur du und ich!"

Kurz darauf wird Kira unruhig und fängt zu weinen an.

Mit dem Strohhalm pustete ich kleine Blubberbläschen in mein Wasser, während Mutter und ich Fernsehen schauten. Freitagabend lief die Mini Playback Show und danach Mutters Comedyprogramm. Die Hälfte der Witze verstand ich nicht, aber ich mochte Mutter beim Lachen zusehen und Wasser durch einen Strohhalm trinken. Andere aßen Popcorn. Ich hatte einen Strohhalm. Mutter hatte ihre Zigaretten und ihren Wein.

Mein größter Traum war es, dass Mutter weniger Wein trinken würde und dass ich mal durch die Zauberkugel laufen könnte. Ich hätte bei „Saturday Night" von Whigfield meine riesige Zahnlücke der ganzen Welt präsentiert. Und ich hätte Marijke Amado viel zu sagen gehabt. Ich stellte mir vor, wie ich ihr erzählen würde, dass meine Mutter Busfahrerin ist und durch die ganze Stadt fährt. Oder dass sie Buchhändlerin ist und alle Bücher der ganzen Welt gelesen hat. Oder eine begehrenswerte Schauspielerin.

Als ich Mutter von meinem großen Wunsch erzählte, sagte sie nur, das sei was für reiche Kinder und wir könnten uns die Fahrt dorthin nicht leisten. Das Thema und das Träumen beendete sie mit den Worten: „Hör auf, dir so dummes Zeug auszudenken, das ist das Fernsehen! Wer da rein kommt, der hat es geschafft."

Ich knabberte an meinem Strohhalm und fragte mich, was Nadine, Ronny, René und die anderen Kinder auf der Bühne bereits alles in ihrem Leben geschafft hatten – im Gegensatz zu mir. Hatten sie eine Eins in Erdkunde? Oder waren sie besser im Flöte spielen? Hatten sie schönere Haare als ich? Oder kleinere Füße? Hatten sie eine bessere Handschrift? Eine Mutter, die nicht trank? Oder sogar einen Vater? Ich fing an mir vorzustellen, wie es gewesen wäre, woanders aufzuwachsen.

Am Abend nach Mutters Besuch liege ich im Bett und kann gar nicht so viel seufzen, wie ich seufzen möchte. Endlich Ruhe. Und trotzdem auf Spannung.

Jederzeit KÖNNTE das Babyphone wieder aufleuchten und die Stille von Geschrei wie Sirenen unterbrochen werden.

KÖNNTE.

Allein das KÖNNTE hindert mich am Entspannen.

Ich KÖNNTE gestört werden beim Nichtstun.

Ich KÖNNTE gestört werden beim Denken.

Und während ich so daliege und darüber nachdenke, wobei mich Kira stören KÖNNTE, bemerke ich nicht, dass sie mich in diesem Moment gar nicht stört. Kira schläft friedlich zwischen Kissen in der Mitte unseres Bettes.

Nur das KÖNNTE, das stört.

Ich höre auf, über Konjunktive nachzudenken und auf Wände zu starren. Ich beschließe, lieber aus dem Fenster zu gucken. Ich raffe mich auf und setze mich auf das Fensterbrett.

In den Fenstern der anderen Häuser brennt Licht. Ich stelle mir das Leben dahinter vor. Wie zusammen gekocht und gegessen wird. Wie Menschen auf Sofas sitzen und Katzen streicheln. Wie sie Sex haben. Worüber sie streiten und was sie lieben. Welche Serien sie gucken. Ob sie Wein oder Limo trinken? Oder gar nichts von beidem? Spielen sie Gesellschaftsspiele oder sind sie einsam? Gehen sie heute aus oder bleiben sie daheim?

Ich mache das Fenster auf und drehe mir eine Kippe. Die erste an diesem Tag, der sich schon dem Ende zuneigt. Die Bäume sind schwarz und hinter den Häusern färbt sich der Himmel dunkelblau. An schlechten Tagen sehne ich mich nach der Dunkelheit. Nicht, weil ich die Sonne nicht mag. Vielmehr, weil mir die Nacht die Last des Tages nimmt. Sie lenkt den Fokus. Alles, was ich höre, sind weit entfernte Menschen, die noch im Tag festhängen und irgendwo bellt ein Hund, der sein Revier beschützt. Die Dunkelheit räumt das Chaos auf und schafft Hoffnung auf einen besseren Morgen. Die Nacht verzeiht.

In Gedanken verloren hätte ich fast vergessen, dass nebenan ein Kleinkind schläft.

Diese romantisch-melancholischen Gefühle zur Nacht sind neu. Sie kamen schleichend mit der Schwangerschaft. Und seit Kira auf der Welt ist, treffen sie mich voll in die Fresse: Ich bin auf alle neidisch, die sich frei unter dem Licht des Mondes bewegen können. Wie eine Wölfin blicke ich nachts zum Himmel hoch, um sicher zu gehen, dass es die Sterne noch gibt. Seit Wochen und Monaten verlasse ich das Haus nicht mehr nach 17 Uhr. Kochen, füttern, waschen, wickeln, Einschlafbegleitung und dabei aufpassen, nicht selbst einzuschlafen, um wenigstens noch ein paar Stunden für mich zu haben und mich von kleinen und großen Bildschirmen gleichzeitig berieseln zu lassen.

Wenn man es ganz genau nimmt, ist es schon Samstagnacht. Ich schrecke hoch, weil etwas laut im Flur poltert. Es sind Mateo und Lukas, die von einem Trash-Toy-Gig wiederkommen. Ich prüfe, ob Kira fest genug schläft und schleiche mich aus dem Familienbett.

„Hey", flüstere ich, in der Küche angekommen. Ich blicke in vier sehr betrunkene Augen. Mateo stürmt auf mich zu und hebt mich hoch.

„Aua, lass mich runter!", zische ich und drücke mich von ihm weg. Lukas und Mateo lachen.

„Und? Wie wars?", frage ich.

„Ausverkauft, Baby!", trällert Mateo und holt zerknüllte Hundert-Euro-Scheine aus der Hosentasche. Dabei fällt eine Tüte mit weißem Pulver auf den Boden.

„Was ist das?", frage ich und deute auf das Tütchen.

„Willst du?", Lukas hebt es auf und hält es mir entgegen.

Angewidert weiche ich zurück. „Nein, Mann!"

„Früher hättest du nicht nein gesagt, Neele", lallt Lukas und schüttet das weiße Zeug auf den Küchentisch.

Schockiert blicke ich zu Mateo, der sich über Lukas' Spruch amüsiert. Genervt reiße ich einen Teller aus dem Regal und drücke den Mateo in die Hand.

„Dann zieht wenigstens nicht auf dem Tisch euer Zeug. Hier liegen Kiras Schnuller!"

„Ja ja, ist gut, Frau Lehrerin", brummt Lukas, ohne mich anzugucken.

„Was hast du gesagt?" Ich werde laut.

„Schon gut, Schatz", versucht Mateo mich zu beruhigen. Dabei haucht er mir seine Alkoholfahne entgegen, was mich noch wütender macht.

„Was? In zwei Stunden wacht Kira auf und ich will hier an diesem Tisch essen. Könnt ihr ein bisschen mitdenken?", fluche ich und vergesse dabei selbst meine Lautstärke.

Mateo legt mir einen Finger auf den Mund und flüstert: „Ist ja gut, reg dich nicht auf."

Genervt schlage ich seine Hand weg und gehe zurück ins Bett. Doch schlafen kann ich nicht. Ich nehme jedes Wort und jede Reaktion auseinander, bis ich nicht mehr weiß, was Wahrheit und was müde Interpretation war. Ob Lukas und Mateo denken, ich wäre jetzt eine verklemmte Spießermutti? Ob sie Dinge über mich sagen wie: „Die hat sich so verändert, seitdem sie Mutter ist"? Ich lege mir solche und ähnliche Sätze im Kopf zurecht.

Und kurz bevor ich wegnicke, wacht Kira auf.

FREMDE KÖRPER

Kira und ich sitzen im Kreis mit sechs anderen Müttern und sechs anderen Babys. Es ist laut, heiß, irgendwer hat in die Windel gekackt. Die Stimmung ist famos. Ich frage mich, wie ich auf die Idee kam, dass solche Treffen genau das Richtige für mich und Kira wären. Ich glaube, ich dachte, so was macht man eben: in Krabbelgruppen gehen, zum Babyschwimmen oder Ähnliches. Ich hasse die Idee spätestens nach der ersten Vorstellungsrunde, in der die Mamas das Alter und den Namen von sich und dem Kind sagen sollen, sowie ein paar Sätze zu ihren ersten Monaten als Mutter.

Hier ein paar Sätze, die ich höre:

Der Schlafentzug macht mir gar nichts aus. // Ich stille gerne und genieße jeden Augenblick. // Ich habe 35 Kilo zugenommen, aber ist egal. // Ich als Mutter weiß einfach viel besser als mein Mann, was mein Kind braucht. // Egal wie schlecht mein Tag war, wenn mein Baby mich anlächelt, ist alles andere vergessen. // Die Geburt war ein Traum.

Sätze, die ich gerne sagen würde, mich aber nicht traue zu sagen:

Ich habe Hämorrhoiden vom Pressen und die tun weh. // Ich weiß nicht, was mein Baby möchte, wenn es schreit. // Der Schlafmangel zehrt an mir. // Das Stillen langweilt mich. // Ich piss mir in die Hose beim Rennen und Husten // Ich vermisse das Feiern, einen guten Rausch und wilden Sex. // Vielleicht hätte ich nie ein Kind bekommen sollen.

Ich erkenne mich nicht wieder. Weder mit meinen Händen noch im Spiegel. Nur meine Tattoos zeigen mir, dass ich noch im selben Körper wie vor der Schwangerschaft stecke. Man hat nicht heimlich meinen Körper während der Geburt ausgetauscht. Ich fühle mich trotzdem wie ausgewechselt. Ich betrachte mein Spiegelbild, bekleidet nur mit einer Netzunterhose, groß wie ein Viermannzelt, aus der eine riesige Binde lugt. Die Geburt ist vier Monate her und dennoch brauche ich diese nervigen Riesenbinden, meinem schwachen Beckenboden sei Dank.

Ich kneife mir in den weichen und noch recht großen Bauch, gebe mir einen Klaps auf den Arsch und staune, wie lange er nachbebt. Die Mundwinkel tun es dem Rest des Körpers gleich: Sie hängen nach unten. Das einzige, was fröhlich steht, sind meine Brüste. Was mindestens genauso brennt wie meine Dammnarbe ist die Frage, wie ich wieder zu einem Körpergefühl kommen soll, welches auch nur annähernd an das von früher heranreicht. Wie ich jemals in meine alte Jeans passen soll oder irgendwann wieder Sex haben kann. Gestern habe ich einen Blick zwischen meine Beine gewagt. Es war, wie eine gute alte Bekannte wieder zu treffen, die eine schlechte Zeit hinter sich hat. „Das wird schon wieder", flüsterte ich in Richtung meiner Vulva und streichelte ihr Haar.

Niemand möchte das Gejammer einer Person hören, die vor kurzem ein Kind bekommen hat.

Eine frisch gebackene Mama, so sagt man doch.

Und frischgebacken, das klingt einfach lecker und wohlig. Man hat einfach nicht zu meckern. Punkt. Sei glücklich. Dein Körper ist eine Trophäe. Zugegeben, ein schöner Gedanke. Und wirklich cool, wenn das für viele klappt. Dieser Körper, den du gerade mit großer Verwunderung und Stirnrunzeln betrachtest, hat neun Monate lang ein Baby getragen, genährt und wachsen lassen. Das ist wahrlich sehr beeindruckend und ganz bestimmt etwas, worauf man stolz sein kann. Für mich funktioniert das nicht.

Wenn der eigene Körper ein Zuhause sein soll, dann bin ich obdachlos, seit ich aus dem Kreißsaal gegangen bin. Ich habe wirklich versucht, nachsichtig mit mir zu sein, meinen Körper nach all der Arbeit, die er geleistet hat, zu bewundern und ihm zu danken. Aber ich sehe es einfach als seine Aufgabe. Er hat die Aufgabe vollbracht, die ein jedes Säugetier vollbringt. Ich sehe es als einen rein medizinischen Vorgang. Ich kann das alles nicht romantisieren. Vor allem nicht, wenn ich an die Schmerzen und Komplikationen der Geburt zurückdenke. Sätze wie „Alles wird einfacher" inhaliere und verabscheue ich gleichzeitig.

Ich habe Angst, das alles anzusprechen. Habe Angst, als Mutter zu versagen, wenn ich über meine wahren Gefühle oder Hämorrhoiden spreche. Oder darüber, dass ich das Gefühl habe, keinerlei Mutterinstinkte zu besitzen. Solange ich all das nicht ausspreche, kann ich mir einreden, dass diese Themen nicht existieren. Vielleicht bilde ich mir alles auch nur ein. Vielleicht habe ich mich in dieser anfänglichen Einsamkeit zwischen vollen Windeln und Milcheinschuss einfach in etwas hineingesteigert. Die Schmerzen an meinem Arsch sind real, das spüre ich ziemlich sicher. Aber ich fürchte mich vor den Blicken der anderen Mütter, wenn ich berichte, wie es mir wirklich geht.

Also spiele ich die Rolle meines neuen Lebens: die der coolen jungen Mutti.

Ich lache über Babypupse und schäme mich für das Loch in meinem Strumpf. Alle sind perfekt organisiert. Ihre Wickeltaschen zeigen mehr Inhalt als ihre Gespräche.

„So, jetzt, wo wir uns alle kennengelernt haben, wollen wir die Babys miteinander bekannt machen", sagt Nadja, die Leiterin des Krabbelkurses.

Nadja hat kein Baby dabei, aber eine Puppe namens Henry, die sie vor sich legt. Die anderen Mütter machen es ihr nach und legen ihr Baby vor sich auf den Teppich. Als Kira den Körperkontakt zu mir verliert, fängt sie an zu schreien. Ich nehme sie wieder auf den Schoß. Nadja schaut mich erwartungsvoll an. Nervös versuche ich, Kira zu beruhigen und sie wieder auf den Teppich zu legen. Doch sie leistet Widerstand.

„Sie möchte nicht", sage ich schulterzuckend, und damit hat sich das Thema für mich erledigt. Aber nicht für Nadja.

„Es ist wichtig, dass alle Babys auf dem Teppich liegen", sagt sie und deutet auf Henry, die Puppe.

Ich schaue sie stirnrunzelnd an und bin mir nicht sicher, ob ich sie zwischen Kiras Geschrei richtig verstanden habe. Kiras Gesicht ist inzwischen rot vor Aufregung.

„Leg sie einfach vor dich", sagt Nadja mit einer ruhigen Stimme, die mich fast noch wahnsinniger macht als Kiras Weinen.

Alle Augen sind auf mich gerichtet. Alle Babys liegen auf dem Teppich. Alle außer meins. Die trockene Heizungsluft oder der Stress treiben mir den Schweiß auf die Stirn und unter meine Arme. Ich stehe auf, die Blicke der anderen im Rücken, laufe durch den Raum und wippe Kira hin und her. Ich komme mir so vor, als wäre mein Kind kaputt. Oder ich. Nun sei leise, denke ich.

„Es wäre jetzt wirklich toll, wenn wir weitermachen könnten!", ruft Nadja aus dem Sitzkreis und wedelt mit Henry in der Luft.

Das ist der Startschuss. Ich schnappe meine Sachen und gehe. Ohne mich noch einmal umzudrehen, schiebe ich mich umständlich, mit der schreienden Kira auf dem Arm, Jacke und Rucksack auf der Schulter, durch die Tür, die anschließend krachend ins Schloss fällt.

Kiras Weinen hallt durch den Flur. Ich stelle mir vor, was die Mütter im Sitzkreis über mich sagen und schiebe Kira in ihren Overall. Noch bevor ich selbst eine Jacke anziehe, flüchte ich aus dem Gebäude.

Was für eine Scheiße, denke ich und laufe die Straße hinunter. Scheiß Nadja. Scheiß Henry.

Danke, Kira.

Danke, dass du mich aus diesem Kreis gerettet hast.

Wir passen da nicht rein.

In dieses Mutterding.

COSMOS-BEN TEIL 1

„I hate to be alone. Something that I really hate is to be alone. (...)
The saddest thing for me, in my life, would be to find myself alone."
DJ Luciano (in *Feiern – Don't forget to go home*)

Hier gehöre ich hin. Ich sitze auf dem Podest neben der Tanzfläche im Cosmos, einige Limos mit Alkohol in mir. Drei, vier oder fünf Stunden, nachdem wir an der langen Schlange vorm Club einfach vorbeispaziert und reingegangen sind. Neben mir sitzen andere: meine Teilzeitverbündeten für diese Nacht, diese Minuten. Wir tauschen intimste Geheimnisse aus, verlieren uns in Worten, Kippen und im Jetzt.

Zeit hat in solchen Nächten verschiedene Aggregatzustände. Manchmal bleibt sie stehen, unzerbrechlich, starr wie Eis. Manchmal vergeht alles viel zu schnell. Ein Ereignis folgt dem nächsten, alles schwappt über, wie kochendes Wasser. Manchmal ist Zeit schwabbelig, wabert wie dieses grüne Glibberzeug aus der Kindheit. Manchmal fließt sie auch einfach dahin, leise und beruhigend wie Wasser in einem Bach. Und manchmal ist Zeit wie Wasserdampf, fast unsichtbar bis leicht neblig.

Am meisten liebe ich die Wasserdampfnächte.

Diese Nacht ist so eine.

Und so sitze ich da, bewaffnet mit Kippe und Getränk, den Blick auf die tanzenden Menschen gerichtet, und versuche, durch den Nebel der Zeit und den der Nebelmaschine hindurch zu blicken. Wie eine Kriegerin, im Kampf gegen die Zeit. Mit dem Wissen, völlig machtlos zu sein. Mir gefällt das.

Ich erkenne die Silhouetten meiner Freunde, sehe ihnen zu, wie sie sich im Takt bewegen und stelle mir vor, wie mit jedem Flackern des Stroboskops ein Foto für immer in meinem Kopf entsteht.

Eine Person schält sich aus dem Dunkeln und setzt sich vor mich. Es ist Jonas. Sein kurzgeschorenes blaues Haar wechselt im Discolicht die Farbe. Tut es nicht wirklich, aber es sieht so aus. Ich muss lachen.

„Ey Neele, musst du heute noch arbeiten?", fragt Jonas.

Ich schüttele den Kopf.

„Nee, dieses Wochenende habe ich frei!"

Wegen der Lautstärke wiederhole ich diesen Satz noch zwei Mal. Als Jonas endlich versteht, springt er auf, ähnlich wie bei einem Fußballspiel, und schreit:

„Sie hat frei!"

Ich lache. Jonas hockt sich wieder zu mir runter, öffnet seine Faust und hält mir eine pink leuchtende Pille unter die Nase.

„Nee, danke. Ich glaube, ich will jetzt nicht."

Schulterzuckend steckt er die Pille wieder in das kleine Döschen, das er vorher aus der Hosentasche gezogen hat. Dann kommt er noch mal näher, als könne uns jemand anderes bei unserem Gespräch zuhören. „Wer isn der Neue hinterm Tresen?"

Ich schaue an Jonas vorbei, um nachzusehen, wer hinter der Bar steht. Ich arbeite selbst erst seit vier Wochenenden im Cosmos und kenne noch nicht alle Kolleg:innen. Ich sehe, wen Jonas meint und erkenne in seinen Augen, dass er ihn heiß findet. Wir stellen uns an die Bar und bestellen beim Neuen drei Wodkashots. Einen für Jonas, einen für mich und einen für den Neuen. Nach einer kleinen Vorstellungsrunde erfahren wir: Der Neue heißt Ben und er hat ein Augenzwinkern, wie nur Barkeeper es haben. Leider gehen die Zwinkerer nur in meine Richtung, und um Jonas zu trösten sage ich, dass er das nur tun würde, weil wir Arbeitskollegen sind. Wir beschließen, uns Barhocker zu holen und uns an die Bar zu setzen. Esma, Mateo und Sina haben wir irgendwo im Stroboskopgewitter verloren und mir ist eh nicht nach Tanzen. Der Wodka hat mich müde gemacht. Auch eine gute Nacht, eine Wasserdampfnacht, ist irgendwann zu Ende. Wasser fängt bei Hitze und wenig Sauerstoff schnell zu kippen an. So auch die Stimmung.

Die ersten Barschichten an den vergangenen Wochenenden hier im Club waren hart und ich stelle mir die Frage, was ich hier eigentlich an meinem freien Wochenende mache. Keine Frage, die Party ist gut, die Musik die beste der Welt. Aber ich sollte eigentlich im Bett liegen. Nun sitze ich auf einem mit rotem Kunstleder bezogenen Barhocker und unterhalte mich mit Jonas über wilde Dates. Das ist zwar amüsant, aber weniger gemütlich. Immer wieder tauchen neue Shots vor uns auf. Bens Augenzwinkern wird immer eindeutiger und wirkt fast schon aggressiv. Dazu ein großes Lächeln mit vielen Zähnen. Um mich vor seinen Blicken zu retten, drehe ich mich auf dem Stuhl mit dem Rücken zur Bar und hole mein Handy heraus. Ich vermisse den Rest der Truppe. Und vor allem Mateo. Ob ich ihm schreibe und frage, wo er ist?

Jonas sieht mich auf mein Handy starren. Das Chatfenster mit Mateo ist offen.

„Na, schreibst du deinem Lover?", sagt er neckisch und gibt mir einen Hüftstoß.

„Lover?", frage ich empört „Das ist Mateo!"

„Na, sag ich doch!"

Ich rolle die Augen. Und fühle mich ertappt. Zum Glück erkennt man im Dämmerlicht mein errötetes Gesicht nicht. Ich stecke das Handy wieder weg.

„Was ist? Hast du ihm jetzt geschrieben?", will Jonas wissen. Ich schüttle den Kopf und versuche, so abgeklärt wie möglich zu wirken. Was mir nicht gut gelingt. Jonas ist Mateos Bruder. Wenn er erfährt, dass ich verliebt in Mateo bin, dann weiß es ganz schnell auch Mateo selbst.

„Ey Neele, ...“ Jonas kommt näher an mein Ohr, um mich wegen der lauten Musik nicht anzuschreien.

„Dass da zwischen euch was läuft, das sieht doch jeder.“ Jonas schaut mich eindringlich an. Ich traue mich nicht, zurückzugucken.

„Was ist dein Problem?“, fragt er und dreht mich in seine Richtung. Ich muss grinsen. Er hat recht. Da ist kein Problem.

„Er ist nur ein Kumpel“, sage ich und muss fast selbst darüber lachen.

Ich ziehe meinen Tabak aus meiner Bauchtasche, um mir eine Kippe zu drehen. Um von mir abzulenken, frage ich mit dem Filter im Mundwinkel und mit Blick auf Ben:

„Findest du den immer noch heiß?“

Zu meinem Erstaunen nickt Jonas hektisch und schaut sofort zu Ben. Ich drehe meine Zigarette zu Ende, stürze meinen Shot runter und beuge mich über die Bar.

„Hey Ben!“ Wie ein folgsames Hündchen kommt er zu mir.

„Ich hau ab. Aber mein Freund Jonas bleibt noch. Lerne ihn kennen und sei lieb zu ihm!“

Jonas schaut mich mit großen Augen an und verkneift sich sein Lachen. Erschrocken über meine eigene Coolness gebe ich Jonas einen Kuss auf die Wange und gehe.

Der Wodka hat mich müde gemacht. Ich drücke mich zwischen den Menschen hindurch, wimmle einen komischen Dude ab, der mich am Arm packt und mir unverständlich etwas ins Ohr säuselt. Ich verschwinde in der Menge und flüchte zum Ausgang. Draußen angekommen lasse ich mir Feuer von Clemens, dem Türsteher, geben, halte einen kurzen Vortrag über die Stimmung im Club, bis ich mich schließlich auf den Heimweg mache. Während ich laufe, schicke ich Sina eine Nachricht:

Bin los. Morgen Filmabend bei dir? 03:23

OK LIEBE DICH! 03:24

Ich bemerke, dass jemand hinter mir läuft. Ich gehe an den Rand des Weges, um der Person Platz zu machen. Aber sie bleibt hinter mir. Genervt gehe ich schneller und blicke kurz in ein Schaufenster, um zu sehen, wer mir folgt. Sofort erkenne ich ihn: Es ist der Typ, der mich auf der Tanzfläche festgehalten hat!

Als er merkt, dass ich immer schneller laufe, lallt er:

„Hey!"

Meine Schritte werden schneller. Mein Herz auch.

„Hey, warte doch mal!"

Ich will nicht warten. Ich will rennen, aber ich kann nicht. Mein Blick ist starr nach vorne gerichtet, als würde das Fokussieren der nächsten Häuserecke meine Beine schneller werden lassen.

„Süße, komm schon ..."

Ich halte noch immer das Handy in der Hand. Schaue kurz drauf und drücke auf den grünen Hörer neben Sinas Namen. Es tutet laut. Zu laut. Vor Schreck lege ich wieder auf und bereue es im selben Moment. Seine Schritte werden schneller.

„Bleib doch mal stehen!", sagt er energischer als vorher.

Wenige Meter vor mir sehe ich das Schild eines Kiosks. Bitte hab auf, denke ich. Bitte hab auf. Ich laufe. Bitte hab auf. Ich höre meine und seine Schuhe auf dem Asphalt. Bitte hab auf. Ich sehe das rot leuchtende OPEN und verschwinde im Laden.

Sicherheit.

Grelles weißes Licht, Kühlschränke und Regale voller bunter Flaschen.

„Hallo!"

Ich erschrecke.

Es war nur der Kioskbesitzer, der mich von seinem Platz hinter der Kasse aus begrüßt hat.

Ich drehe mich zur Tür. Niemand. Nur die leere, beleuchtete Straße.

„Alles gut?"

Ich nicke und antworte: „Ja. Ja, alles gut."

Ich habe keinen Durst, aber ziehe einen Eistee aus einem der Regale, bezahle und verlasse den Laden.

Die Straße ist menschenleer. Fast friedlich.

Erleichtert komme ich zu Hause an. Ich kann nicht aufhören, darüber nachzudenken, wer dieser Typ war und was er von mir wollte. Wie viel Glück ich hatte und was alles hätte passieren können. Ich hätte ein Taxi nehmen sollen, aber von welchem Geld?

Ich wälze die Szenen der letzten Stunden hin und her.

Ich betrachte mich von außen und laufe gedanklich neben mir auf der langen Straße entlang.

Ich analysiere jede Sekunde, jede Handlung und mein Aussehen.

Ich nehme alles auseinander und setze es neu zusammen und komme immer wieder zu dem Schluss: Das ist nichts Neues.

Ich kenne solche Szenen. Ich kenne sie aus Büchern, Filmen und Gesprächen mit anderen weiblich gelesenen Personen. Etwas, das in die Schublade „so was passiert eben" gesteckt wird. Ich liebe die Nacht. Doch wie kann sie ein sicherer Ort für mich sein? Wie kann ich mich schützen? Wo fange ich an? Was ist falsch?

Ich lege mich ins Bett, stelle den Eistee neben mich und gucke noch mal auf mein Handy. Ein Anruf und eine Nachricht von Sina.

Du hast angerufen? War wichtig? 03:33

Nein schon gut 04:01

Ich lege das Handy weg und beschließe, einen Joint zu rauchen. Die Gedanken um das gerade Geschehene ziehen zu lassen.

Das Rollen des Blättchens knistert laut in meinem Zimmer. Fast schon meditativ drehe ich das Papier in meinen Händen. Zünde den Joint an und puste ihn aus wie eine Kerze, bis nur noch eine kleine Glut leuchtet.

Ich knipse die kleine Lampe neben meinem Bett aus und beobachte das Glimmen zwischen meinen Fingern.

Das orangefarbene Licht der Kerze zittert in Mateos Gesicht. Seine Augen sind glasig.

„Weißt du ...", sagt er und leckt das Blättchen des Joints an „... manchmal wäre es schön, weniger allein zu sein."

Ich nehme einen großen Schluck aus meinem Glas, in dem sich nur noch geschmolzene Eiswürfel befinden. Draußen wird es bereits hell und Mateo und ich sind die letzten Gäste der kleinen Eckkneipe. Seit zwei Stunden sitzen wir vor unserem letzten Getränk und seit fünf Zigaretten wollen wir los. Ich überlege, ob sein Satz eine Anspielung darauf sein sollte, dass er nicht allein nach Hause möchte. Aber ich frage nicht nach.

„Manchmal wäre es schön, weniger allein zu sein", flüstere ich in den Rauch meines dunklen Zimmers hinein. Kurz stelle ich mir vor, wie Mateo neben mir liegt. Wie wir beide rauchen, wie sich seine Hände auf meinen Händen anfühlen. Es fühlt sich schön an, aber auch ein bisschen verboten. Wir sind Freunde, mehr nicht. Aber weniger allein, das wäre schön.

Ich rauche und werde müde. Und meine Gedanken werden es auch.

COSMOS-BEN TEIL 2

Ich schmeiße eine Tüte Brötchen auf den WG-Küchentisch von Sina und Jonas. Alibi-Brötchen. So läuft das meistens. Wir treffen uns zum Frühstück, aber gegessen wird kaum.

Sina und Mateo sitzen am Tisch und schauen sich irgendwelche Videos auf dem Handy an. Auf dem Dielenboden sitzen Esma und Jonas, angelehnt an den rotgestrichenen Einbauschränken, mit einer Sektflasche in der Hand. Ich reiße das Fenster auf, um den Geruch von abgestandenem Alkohol und Kippen hinauszulassen.

„Wie lange wart ihr noch im Cosmos?", frage ich in die Runde und schaue dabei in den Kühlschrank. Ich hole einen Saft heraus und rieche daran, um ihn dann wieder zurückzustellen.

„Ich weiß nicht, wie spät ist es denn jetzt?", fragt Esma zurück und schaut sich in der Küche um, als hätte an den Küchenwänden jemals eine Uhr gehangen. Und obwohl ich nicht weiß, was ihre Frage mit meiner zu tun hat, antworte ich: „Halb 12."

Niemand in diesem Raum ist geduscht, hat die Zähne geputzt oder geschlafen.

Außer mir.

Ich stelle Aufstrich und Käse auf den Tisch, schiebe Tabak, Filter, Blättchen und sonstigen Kram beiseite, um Teller zu platzieren. Etwa drei Minuten nach meiner ersten Frage antwortet Jonas:

„Ich bin 'ne Stunde nach dir gegangen."

„Wie? Und was ist mit Ben?"

Ich schnappe mir ein trockenes Croissant und setze mich zu Jonas und Esma auf den Boden.

„Der Typ hat 'ne Freundin! Und zwei Kinder!", quatscht Esma rein.

Mir bleibt das Essen vor Schreck kurz im Hals stecken.

„WAS?", huste ich laut „Wie alt ist der denn?"

„Vierundzwanzig", sagt Sina und wendet sich von ihrem Handy ab.

Mein Husten endet in einem Lachen.

„Und dann in 'nem Technoladen arbeiten und alle Mädels anbaggern", raunt Mateo.

Ich runzle die Stirn. Es ist mir unangenehm, dass Ben mit mir flirten wollte und ich frage naiv, wen Ben angebaggert hat. Mateo zuckt nur mit der Schulter und schaut mich nicht an. Ich stupse ihn mit dem Fuß an. Keine Reaktion.

„Was is'?", frage ich.

Keine Reaktion. Jonas schaut mich mit einem Blick an, der so viel heißt wie „Dein Ernst?".

„Was?!", wiederhole ich mich.

Eine komische Stimmung herrscht zwischen Mateo und mir. Ich verstehe nichts. Er tut häufig so, als wären wir zusammen. Was ist sein Problem, frage ich mich. Es ist nicht das erste Mal, dass er mir so was wie Eifersucht entgegenbringt. Ich beobachte ihn, wie er da sitzt: mit überschlagenen Beinen, auf sein Handy starrend. Mit tiefen Augenringen, einer kleinen Zornesfalte auf seiner Stirn und zerzaustem Haar.

„Scheiß drauf, er ist hetero und 'n komischer Dude mit Kindern", sagt Sina und unterbricht damit meine Gedanken. „Was ist das für ein Leben? Nachts Techno und Schnaps kippen und morgens besoffen auf die Kinder aufpassen, oder was?"

„Abgefuckt", sagt Esma und beendet damit das Thema.

Das Fazit ist klar: Wir mögen Ben nicht. Er soll lieber auf seine Kinder aufpassen gehen, als in Clubs abzuhängen.

Ich schaue noch mal rüber zu Mateo. Zwischen seinen Augen ist immer noch eine Falte. Ich gucke Sina fragend an. Sie winkt ab und reicht mir eine Tasse. Ohne hineinzugucken trinke ich einen Schluck und spucke ihn in hohem Bogen direkt auf Mateos Hose wieder aus.

„Scheiße, das ist Sekt und kein Kaffee!", schreie ich. Alle lachen. Auch Mateo lacht, während ich mit einem Geschirrhandtuch auf seiner Hose wische.

Den Rest des Tages verbringen wir alle zusammengekuschelt auf dem Bett von Sina, teilen uns Kippen, Decken und Wärme und schauen den Trash-Klassiker „Angriff der Killertomaten".

Nacheinander schlafen alle ein. Bis zuletzt nur noch Mateo und ich wach sind. Ich gucke auf den Fernseher und spüre seine Blicke auf meiner Haut. Zwischen uns liegen Esma und Jonas. Zart berührt er meinen Arm, um mir dann seinen Joint zu reichen. Ich tue unbeeindruckt und konzentriert. Dabei bin ich überall, nur nicht hier. Meine Gedanken liegen irgendwo zwischen Mateos Armen und auf dunkler Straße bei dem creepy Typen von letzter Nacht.

Ich sehe dabei zu, wie riesige Monstertomaten die Stadt überwältigen und frage mich, was ich als nächstes tue. Stehe ich auf, gehe auf Toilette und setze mich danach neben Mateo?

Oder stehe ich auf und gehe nach Hause?

SELFCARELESS

„Es ging um Space. Einen Space kreieren,
wo alle abfahren können und wo man neue Freiheiten austestet und
neue Wahrnehmungserlebnisse hat. "
Elsa for Toys (in *We Call it Techno*)

Seit geschlagenen drei Stunden laufe ich mit Kira durch die Wohnung. Ich schaukle, wippe, singe und versage.

Gebe ihr abwechselnd die Brust und den Schnuller, nichts ist ihr recht. Sie schreit, drückt, strampelt. Mateo sieht hilflos zu. Nimmt er sie mir kurz ab, damit ich auf Toilette gehen kann, weint Kira noch mehr. Es hilft also alles nichts. Irgendwann schläft sie doch erschöpft in meinem Arm ein und öffnet, wie eine tickende Bombe, bei jeder Bewegung ein Auge, was uns den Atem anhalten und denken lässt: Bitte nicht! Bitte schlaf!

Nachdem ich sie endlich im Bett ablegen konnte, komme ich zurück ins Wohnzimmer. Ich bin erschöpft und gleichzeitig voller Tatendrang. Ich habe mir bereits mit Kira auf dem Arm, bei der 376sten Runde um den Esstisch, einen Plan für meinen Feierabend ausgedacht: Badewanne, Kerzen, Lesen, Gesichtsmaske und vielleicht sogar Nägel machen, Beine rasieren und danach einen Grünkohlsmoothie.

Stichwort: Selfcare.

Stolz auf meinen Plan verschwinde ich im Badezimmer. Lasse das Wasser ein, packe eine Badebombe aus und stelle die Kerzen auf den Wannenrand neben das Babyphone. Das muss mit. Denn sieht Kira Mateo statt mich an ihrem Bett, schreit sie sich in Rage.

Bei jedem Knacken aus dem Lautsprecher zucke ich zusammen.

Ich weiche meinen Körper und meine Gedanken im heißen, pinken Wasser ein.

Spüle mir Haare und Kopf frei von Seife und Sorgen.

Rasple mir voller Elan Hornhaut und Verantwortung runter.

Das Babyphone immer im Blick.

Und während ich mir beim Rasieren der Beine alle Gliedmaßen verrenke, bemerke ich, dass ich alles andere als entspannt bin. Alles, was ich tue, mache ich, als wäre ich in Eile. Als würde meine Zeit im Abfluss verschwinden.

Wie geht Entspannen?

Auf der Packung der Badekugel steht doch in großen Buchstaben TIEFENENTSPANNUNG. Und darunter, etwas kleiner: *Verhilft nachweislich zu tiefer Entspannung und innerer Ruhe.* Vielleicht ist die scheiß Kugel schon abgelaufen. Das Verfallsdatum von Ylang-Ylang und Magnolie überschritten. Wenn ich meine Füße anschaue, dann könnte ich meinen, dass mein eigenes auch naht: Der Lack ist herausgewachsen, geschnitten wurde seit Wochen nichts mehr. Schnell verstecke ich meine Füße im Wasser. Diese unlackierten Zehen gehören nicht zu mir.

Seit ich denken kann, pinsele ich in kurzen Abständen Farbe auf meine Nägel. Meine Kindheit roch nach Nivea, Haarspray, Nagellackentferner und Pfefferminz. Alle zwei Wochen verwandelte sich unsere kleine Wohnung in ein Nagelstudio. Mutter und ich saßen im Wohnzimmer. Der Fernseher war an. Der Fernseher war immer an. Er ging an, sobald Mutter wach war und ging aus, wenn sie zu Bett ging. Auf dem Wohnzimmertisch ein Sammelsurium an Nagellack, Maniküreetuis, Wattepads, Q-Tips, kleinen Strasssteinchen und einem Gerät, welches den Lack schneller trocknen lassen sollte. Mutter zelebrierte ihren Nägeltag. So nannte sie den Tag, an dem sie vier Stunden lang ihre Kreativität an ihren Fingern und Zehen auslebte.

Als kleines Mädchen war ich fasziniert von all den Farben, ihrer ruhigen Hand und davon, mit welcher Passion sie kleine Blumen, Fische oder Muster auf ihre Nägel zauberte. Ich schaute ihr gerne dabei zu, denn das waren die friedlichsten Stunden zu Hause. Mutter war stolz darauf, als ein Hauch von künstlerischem Talent auch bei mir erkennbar wurde.

„Das hast du von mir", sagte sie jedes Mal, wenn sie eine Zeichnung von mir zu Gesicht bekam. Ihrer Meinung nach war sie es, die mir alle guten Eigenschaften vererbt hatte.

Und sie gab sich sehr viel Mühe, mir ihr Faible für Äußerlichkeiten mitzugeben.

Ich bin nicht sicher, ob Mutter das gelungen ist.

Ich liege in der Wanne und frage mich, was dieses Selfcare eigentlich soll. Ich habe mir davon mehr erhofft. Hat doch früher auch immer geklappt – nach vier Tagen Festival war die Badewanne das Geilste der Welt. Und ich entspannt wie Sau. Oder lag das am Feiern?

Entspannt etwa Feiern mehr als Duftkerzen und Badezusatz?

Lieber Geld für Alkohol und Pepp ausgeben statt für Grünkohl und Cremes?

Das Babyphone leuchtet. Kira wimmert im Schlaf. Bitte Mädchen, denke ich. Lass mich doch einfach mal in Ruhe.

Stille.

Für ein paar Sekunden bleibe ich noch regungslos liegen und starre das Babyphone an. Nichts. Glück gehabt.

Ich schaue mich im Badezimmer um. Entspannen ist auch ein bisschen langweilig und Lesen in der Wanne immer nur in meiner Vorstellung schön. Das Wasser wird mir zu heiß. Ich steige knallrot aus der Wanne, wickle mich in meinen Bademantel und studiere die Packungsbeilage der Gesichtsmaske. *BERRYDREAM* in Schnörkelschreibschrift steht dort drauf und *Beeren-Extrakt für intensive Feuchtigkeit*. Ich reiße das fruchtig-frische Beautyerlebnis auf und schmiere es auf mein Gesicht. Einwirkzeit 10 Minuten. Ich setze mich auf den Klodeckel.

Selfcare ist anstrengend.

Ich bin einfach nur müde. Scheiß auf Grünkohl. Wenn ich hiermit fertig bin, mache ich mir einen Kakao mit Sahne. Dann ins Bett.

Mein Blick fällt auf meine abgelegten Klamotten. Ich muss noch die Wäsche von heute Mittag aufhängen, fällt mir ein. Die Geschirrspülmaschine ist auch noch nicht leer. Hatte ich die überhaupt angemacht? Und wenn die Gesichtsmaske sowieso 10 Minuten einziehen muss, kann ich auch kurz noch schnell das Bad aufräumen und sauber machen.

Wenn ich schon mal hier bin.

Nur schnell.

Mal kurz.

Ich stehe auf und putze das Klo. Wische das Waschbecken und ordne Cremes, Zahnpastatuben und Badespielzeug von Kira. Das ist doch prima, das geht ganz schnell, denke ich und merke nicht, wie ich mich selbst belüge. Wie kann es sein, dass ich beim Putzen und Aufräumen mehr das Gefühl habe, etwas Gutes getan zu haben, als wenn ich mich um mich selbst kümmere?

Ich poliere das Bild einer perfekten Mutter, Frau und Partnerin.

Ich glänze im sauberen Bad sowie im Patriarchat.

Ich stöhne nach nicht bezahlter getaner Arbeit und klopfe mir selbst auf die schmerzende Schulter.

Als ich gerade meinen Arm ins Badewasser stecke, um den Stöpsel zu ziehen, schreit Kira durch das Babyphone.

Schnell ziehe ich den Arm aus dem Wasser, reiße die Tür auf, renne ins Schlafzimmer und hebe Kira hoch. Schluchzend schmiegt sie sich in meine Arme. Ich lege mich mit ihr auf unser Bett und gebe ihr die Brust. Mir ist kalt. Der Bademantel ist offen, meine Haare nass und auf meinem Gesicht klebt eine nach Kaugummi stinkende Maske. Während Kira trinkt und dabei einschläft, strenge ich mich an, nicht selbst einzuschlafen. Mir ist wirklich sehr kalt und ich lege vorsichtig die Decke über mich.

Jetzt bloß nicht einschlafen.

Denk an die Maske, Neele. Du hast die Fresse voller Beerenscheiße.

Jetzt bloß nicht einschlafen.

Denk an die Wäsche und die Spülmaschine! Der Kakao!

Jetzt nicht einschlafen.

Die Maske war teuer, jetzt schlaf nicht ein. Das Badewasser! Du musst das Wasser noch rauslassen.

Nicht einschlafen.

DISPOPARTY

„Es gab einen Goldrausch, klar. Jeder wollte was abhaben. "
Kati Schwind über die Kommerzialisierung von Techno
(in *Party auf dem Todesstreifen*)

Meine Finger wühlen sich durch kleine, bunte Parfümproben. Mutter sammelt sie seit jeher in einer Schachtel im Badezimmer. Als Kind dachte ich, die Schachtel wäre aus Gold. Heute weiß ich, Mutter hat nie etwas aus Gold besessen. Denn wir waren arm und sind es noch immer.

„Dein Kind ist wach!", ruft Mutter mir aus dem Wohnzimmer zu.

Eilig lasse ich eine Parfümprobe in meiner Hosentasche verschwinden und gehe rüber zu Kira.

„Hat die kein Spielzeug oder so?", fragt Mutter und zündet sich eine Zigarette an.

„Kira ist noch winzig, was soll sie jetzt mit so viel Spielzeug ..." Genervt reiße ich das Fenster auf.

„Also du hattest immer Spielsachen!" Mutter klingt empört.

„Ja? Was denn so?", will ich von Mutter wissen, hebe Kira hoch und gehe mit ihr zum Fenster, damit wir nicht im Zigarettenrauch stehen.

„Irgendeinen Krempel von der Oma. Aber viel gabs nie."

Mutter winkt ab und merkt selbst, dass sie sich widerspricht. Ich denke zurück an das Weihnachten, an dem meine alten Spielsachen noch mal neu eingepackt unterm Weihnachtsbaum lagen. Es gab ein riesiges Drama an jenem Abend. Erst jetzt begreife ich, wie dramatisch das nicht nur für mich, sondern auch für Mutter gewesen sein musste. Jetzt, wo ich selbst Mutter bin. Vielleicht bin ich genau deswegen immer wieder bei Mutter zu Hause. Um mich besser kennenzulernen. Und auch, weil ich jedes Mal die Hoffnung habe, ihr durch die neue Sache, die wir nun gemeinsam haben, das Muttersein, näher zu kommen.

In meinem Leben spielte Geld immer eine Rolle. Die „das ist zu teuer"- und „kann ich mir was von dir leihen?"-Rolle.

Ich war immer blank.

Aber ohne Kind wenigstens nur für mich verantwortlich.

Es ist der 14. des Monats. Meeting-Tag im Cosmos. Der erste Tag meiner Menstruation. Und seit mehr als 14 Tagen warten Vermieter, Stromanbieter, Wasserwerke, Telefonanbieter und ich auf Geld. Stündlich aktualisiere ich meine Banking App. Sie zeigt minus 189 Euro. Geht eigentlich noch, denke ich, nehme einen Schluck Kaffee und verziehe das Gesicht. Ich werde mich nie mit schwarzem Kaffee anfreunden können. Bevor ich das Haus verlasse, prüfe ich auf der Toilette, ob mein Tampon noch das Blut auffängt. Ich habe kein Geld und keine Tampons mehr. Aber das Glück, dass meine Blutung noch nicht sehr stark ist.

Ich werfe mir die Jacke über, finde einen angefangenen Joint in der Tasche und mache ihn draußen auf dem Weg zum Cosmos an.

Mir ist flau im Magen. Zu viel schwarzer Kaffee, PMS, Tabak und das bevorstehende Gespräch mit Steini über mein nicht ausgezahltes Gehalt schlagen mir auf den Bauch.

Vor der Tür des Cosmos wartet Sina auf mich.

„Hey, wie geht's dir?", begrüßt sie mich.

„Boah, weiß nicht", sage ich und mache dabei ein ängstliches Gesicht.

„Hast du dein Geld schon bekommen?"

Sina schüttelt den Kopf.

„Willst du's ansprechen?", fragt sie.

„Ich muss. Ich brauch die Kohle einfach. Hast du 'nen Tampon?", frage ich und hämmere mit meinen Fäusten gegen die Tür des Clubs.

„Ehm, nee, glaube nicht", antwortet Sina und kramt in ihrer Tasche.

Clemens, der Türsteher, macht uns die Tür auf.

Im Cosmos leuchten Neonröhren grell – das Putzlicht. Der Gestank von Alkohol und Zigaretten schlägt uns entgegen. Sina verschwindet sofort hinter der Bar und holt zwei Radler. Wir setzen uns in die Kinosessel und warten mit Zitronenbier und Drehtabak auf den Rest der Crew. Nach einiger Zeit kommt Steini mit einem lautem „Hallo allesamt!" rein, schnappt sich eine leere Getränkekiste, stellt sie auf das Podest und setzt sich drauf.

„So. Wir hatten einen Krachermonat!", fängt er an. „Hammer DJs, volle Abende, hier und da Probleme an der Tür."

Ich sehe Clemens und die anderen Türsteher unruhig auf ihren Plätzen rutschen. Ich schaue mich weiter um und mir fällt auf, wie hierarchisch unsere Platzordnung ist: Steini, der Chef, ganz oben, auf uns herabschauend. Die protokollierende Praktikantin sowie die Partydurchführer:innen direkt neben Steini auf dem Boden des Podests. Die anderen Kolleg:innen sitzen auf den alten Kinositzen am Rand des Raums, auf Barhockern oder auf dem Tresen.

Es wird viel geredet. Meistens redet Steini. Über Gästelistenplätze, nicht gut gespülte Gläser, kaputte Toilettenspülungen, Beschwerden der Nachbar:innen und unaufgeräumte Garderoben. Aber nicht über Geld. Dabei vermute ich, dass die meisten im Raum noch keines auf dem Konto haben. Ich schließe kurz die Augen und muss an Frau Schuster denken.

Frau Schuster ist Sachbearbeiterin. Sie ist meine Sachbearbeiterin. Für „wann steht Ihnen wie viel Geld zu"-Sachen. Ich sitze in ihrem Büro. Frau Schuster klopft beschäftigt auf ihre Tastatur. Hinter ihr hängen Postkarten, auf denen dieses eine Schaf gezeichnet ist mit Pfeilen, die auf Dinge deuten, die das Schaf doof findet. Daneben hängt ein Kalender, bei dem man einen roten Rahmen auf das Datum ziehen muss. Frau Schuster hat das heute schon gemacht. Eine rosa Orchidee steht am Fenster. Ihre Echtheit stelle ich in Frage. Genauso wie Frau Schusters Freundlichkeit.

„Sie haben Anlage EK und WEP?", fragt sie und schaut dabei auf ihren Monitor.

Ich sage nichts. Was habe ich?

„Die bräuchte ich, bitte", sagt sie, schaut weiter auf den Monitor und hält mir ihre ausgestreckte Hand entgegen.

Ich gucke die Orchidee an. Sie weiß es auch nicht.

„Ich weiß nicht", sage ich zögerlich.

„Was haben Sie denn dabei?" Frau Schuster scheint genervt und wedelt mit ihrer Hand nach meinen Unterlagen, an denen ich mich bisher festgekrallt habe. Stumm gebe ich ihr den Stapel Papiere.

Konzentriert blättert sie durch die gräulichen Zettel, die mir in den letzten Tagen die Stimmung vermiest haben.

Wenn es um Verträge und Anträge geht, habe ich immer Angst, etwas falsch zu machen. Ich verstehe nie, worum es geht, was man von mir will oder nicht will. Habe Angst, zu viel oder zu wenig preiszugeben. Mir etwas zu nehmen, das mir nicht zusteht. Ich schäme mich für meinen miserablen Lebenslauf und dafür, dass ich die Anforderungen nicht verstehe. Ich denke, dass jede:r außer mir diese Unterlagen versteht außer ich. Denke mir Szenarien aus, in denen ich ins Gefängnis muss, weil ich eine Angabe vergessen habe oder einsam verarme, weil ich es nicht schaffe, Fristen einzuhalten.

Irgendwann sitze ich dann weinend über dem Stapel und fülle zögernd Kästen aus, in der Hoffnung, niemand erahnt meine Ahnungslosigkeit.

Frau Schuster leckt nach jedem zweiten Umblättern an ihrem Zeigefinger. Kurz frage ich mich, ob das Papier nach meinen verzweifelten Tränen schmeckt. Das ist natürlich Quatsch.

„Die Anlage EK und WEP fehlt schon wieder", stellt sie fest und schaut mich so an, wie mich meine Grundschullehrerin Frau Moreno angeschaut hat, wenn ich meine Hausaufgaben nicht gemacht hatte.

Ich fühle mich ertappt und bin den Tränen nahe.

„Und jetzt?", frage ich vorsichtig.

Frau Schuster kramt in ihrer Schublade und legt mir die Anlage EK und WEP auf den Tisch.

„Die reichen Sie mir bitte bis nächste Woche Dienstag nach, erst dann kann ich Ihren Antrag bearbeiten."

Ich nicke und weiß nicht, ob das der Moment ist, an dem man aufsteht und geht. Eigentlich will ich noch fragen, was die Anlage bedeutet, was sie von mir wissen will. Und was mit dem Geld ist. Das Geld aus den paar Barschichten im Monat reicht nicht aus. Meine Shampooflasche fülle ich seit Wochen neu mit Wasser auf, der unausgefüllte Überweisungsschein für ein Schwarzfahrticket wartet auf meinem Tisch, neben unzähligen anderen ungeöffneten Briefen, und bald ist auch der letzte Blister der Anti-Baby-Pille aufgebraucht.

Doch Frau Schuster weiß davon nichts. Oder doch, wer weiß. Aber sie würdigt mich keines Blickes und tippt weiter auf ihrer Tastatur.

Ich schaue zur Orchidee. Sie ist nicht echt.

„Gut, dann bis nächste Woche", sagt Frau Schuster schließlich. Ich springe auf und flüchte aus dieser Tristesse.

Unsere Radler sind schon lange leer, als Steini endlich fertig ist. Er ist so was wie eine Technolegende und hatte vor dem Cosmos bereits andere Clubs. Viele meiner Kolleg:innen haben mir im Vertrauen erzählt, dass man bei ihm lange auf sein Gehalt warten müsse. Kann sein, denke ich. Ich brauche es trotzdem. Als nach anderthalb Stunden das Meeting endlich zu Ende ist und alle von ihren Plätzen aufstehen, gehe ich zu Steini.

„Hast du einen Moment?", frage ich und komme mir jetzt schon sehr unbeholfen vor.

„Hey Neele, was gibts?", begrüßt er mich lächelnd.

„Es geht um das Gehalt", sage ich gespielt selbstsicher und weiß nicht, wohin mit meinen Händen.

„Was ist damit?", fragt er und ich denke, frag nicht so blöd.

„Es ist Mitte des Monats und ich habe immer noch nichts auf meinem Konto. Ich weiß nicht, aber ..."

Steini unterbricht mich. „Aha, echt?"

Seine Stimme klingt plötzlich nicht mehr so freundlich. Ich bin noch verunsicherter.

„Ich weiß nicht, ob da was mit der Buchhaltung nicht stimmt oder ..." Ich versuche, ihm die Schuld wegzunehmen, um ihn zu besänftigen. „Oder mit meiner Bank oder so", fahre ich fort und weiß, dass das Quatsch ist.

„Du bekommst dein Geld. Hast du irgendwann mal nicht dein Geld bekommen?", fragt er und zieht die Augenbrauen hoch.

„Nein, ich habe mein Geld immer bekommen." Und ich will hinzufügen: Immer zu spät. Aber traue mich nicht.

„Siehst du!" Steini lächelt.

„Ehm... Ja."

Ich merke, dass das Gespräch sich dem Ende neigt. Mir fällt der Tampon ein als ich merke, wie Blut in meiner Unterhose landet. Ich kann mir nicht mal einen verdammten Tampon leisten. Ich bin machtlos. Die Verzweiflung kommt über mich und wird zur Wut.

„Ich muss Miete zahlen!", sage ich so laut, dass sich ein paar der Kolleg:innen umdrehen.

Steini baut sich vor mir auf, schielt mit seinen braunen Augen in meine, flüstert: „Du kriegst dein Geld, Neele." Er macht eine Pause und starrt mich immer noch an. „Wenn du mit deinem Geld nicht umgehen kannst, dann ist das dein Pech! Dann kiff weniger!", und er deutet auf den Joint in meiner Hand, den ich schon längst vergessen habe.

Ich spüre, wie sich ein riesiger Klumpen aus Verachtung und Ekel in mir aufbaut, der mich sprachlos werden lässt. Aber die Gefühle bleiben ihm verborgen, mein Widerstand fällt in sich zusammen und ich sage kleinlaut: „Alles klar, sorry."

Ich denke: Fick dich. Und bin sauer auf ihn und mich. Weil ich nicht mutiger bin und ihm die Stirn biete. Weil er ein ekliger, machtgeiler Macker ist.

Steini drängt sich an mir vorbei und verschwindet in seinem Büro.

Bevor ich den Club verlasse, stürze ich zur Gästetoilette. Dort steht immer eine Box mit Tampons und Binden. Ich halte meine Tasche auf und schütte den kompletten Inhalt der Box hinein. Als Anzahlung quasi.

Eine Woche später habe ich einen Kontostand von -230 Euro, einen verpassten Anruf von meinem Vermieter und die Kündigung für Steini fertig geschrieben. Doch ich fühle mich weder in der Lage dazu, sie ihm persönlich zu übergeben, noch weitere unterdrückende Gespräche mit ihm zu führen. Keinen Moment länger halte ich es aus, mein Selbstbewusstsein vor diesem Typen schrumpfen zu sehen und gebe die Kündigung Sina mit. Die kurz daraufhin von Steini selbst gekündigt wird, weil er sie für meine fiese Komplizin hält und Angst hat, dass sie noch andere Kolleg:innen dazu aufstachelt zu gehen.

Am selben Abend stehen wir im Vibe-Club an der Bar. Als Gäste. Sina schiebt zwanzig Euro über den Tresen und sagt zum Barkeeper „Stimmt so".

Ich denke an meinen Kontostand und muss kurz schlucken. Dann drückt sie mir den Mexikaner in die Hand und jubelt:

„Nie wieder Steini!"

„Nie wieder Steini!", wiederhole ich, halte das Glas triumphierend nach oben und kippe mir das scharfe Gesöff in den Hals.

Der Vibe-Club ist ganz anders als das Cosmos. Dunkler und enger. Voller Beton, Säulen und riesigen Belüftungsrohren an der Decke. Erinnert das Cosmos eher an einen Zirkus, so ist der Vibe wie ein düsterer Bunker. Reduziert auf das Wesentliche – die Musik nämlich. Aber auch trist, ohne Deko und Klimbim. Die Partys im Vibe gehören zu den intensivsten.

„Ey, arbeitet ihr nicht im Cosmos?", fragt uns ein Barkeeper beim Abräumen unserer Gläser. Wir schütteln die Köpfe und lachen laut.

„Nee, wir haben heute gekündigt", sage ich jubelnd. Der Typ hinter der Bar lacht mit uns und will mehr wissen. Es stellt sich heraus, dass auch er mal für Steini gearbeitet hat.

„Ich bin Fuat", stellt er sich vor. „Und? Habt ihr schon 'nen neuen Job?"

„Nee", antwortet Sina. „Wir schauen mal ..."

Fuat stellt drei Schnapsgläser vor uns, schenkt noch mal Mexikaner ein und sagt: „Also, wir könnten noch ein paar Leute gebrauchen, wenn ihr Bock habt."

„Was? Echt?", platzt es aus mir heraus.

Ich brauche dringend einen neuen Job. Vor allem brauche ich Geld.

Es ist früh am Morgen, als Sina und ich betrunken aus dem Vibe-Club stolpern. Wir haben unsere Cosmos-Kündigung und unseren neuen Job im Vibe gefeiert. In Gespräche vertieft, schlendern wir durch leere Straßen, bis wir vor einem Haus stehen bleiben. Sina stößt die Tür auf und kichernd rennen wir Stufe für Stufe die Treppen des Mehrfamilienhauses hoch, bis wir ganz oben ankommen. Sina öffnet eine schwere Stahltür, führt mich durch den Dachboden, öffnet ein Fenster und schiebt einen alten Schemel darunter.

„Nach Ihnen, die Dame", sagt sie und winkt mich nach draußen.

Ich stelle mich auf den Schemel und strecke meinen Kopf durch das Fenster. Der Wind und die Höhe nehmen mir kurz den Atem.

„Na, hoch mit dir!", höre ich Sina sagen, sie gibt mir einen Klaps auf den Po.

Ich ziehe mich hoch und klettere auf das Dach. Kurz danach kommt auch Sina. Wir sitzen nebeneinander auf der Dachpappe und schweigen und staunen.

Hinter einem Kran geht die Sonne auf. Der Himmel lässt sein dunkelblaues Kleid fallen und hüllt sich in weiche, zart orangefarbene Wolken. Außer dem aufgeregten Vogelgezwitscher und dem Ratschen von Sinas Feuerzeug hört man nichts. Meine Beine sind schwer. Das Wochenende war lang. Dieser Moment mit Sina auf dem Dach, die warmen Sonnenstrahlen und der frische Wind machen mich dankbar und nachdenklich.

Ich frage mich: Gibt es noch etwas anderes für uns? Außer laute Musik und dunkle Clubs?

Und mir fällt auf, dass so was wie jetzt in meinem Leben fehlt.

„Weißt du, was schön ist?", fragt Sina und ich erwarte, dass sie das sagt, was ich fühle: die Sonne, das Dach, die Ruhe.

„Wenn man wen kennenlernt und sofort richtig geflasht ist ..."

Ich lache vor Überraschung. Sina lacht auch und erzählt weiter. „Ich habe da eine neue Arbeitskollegin, Anni heißt die. Die ist ganz anders als andere, die ich so kenne ..."

Verträumt schaut sie gen Himmel.

„Cool! Bring sie doch mal mit?", schlage ich vor. Sina lacht kurz. Als wäre das eine sehr komische Idee.

Dieser Sonnenaufgang war ein Ende, das wusste ich da aber noch nicht. Anni habe ich nie kennengelernt. Aber ich weiß, dass sie mir Sina genommen und sie in ihre geheime Esoterikwelt aus Edelsteinen, Zehenringen und Yogahosen gezogen hat, nur wenige Monate nach dem Morgen auf dem Dach.

Gedankenverloren schnüffle ich an der geklauten Parfümprobe aus Mutters Badezimmerschrank und schaue aus dem Fenster des Linienbusses, während ich routiniert mit meinem Fuß den Kinderwagen schaukle. Der Geruch des Parfüms lässt mich von einem besseren Leben träumen. Eines mit weniger Geldsorgen, mit Mandarinenquarktorte und einem Haus am See.

Ich fahre schwarz. Mein Geld hat nur noch für die Hinfahrt gereicht. Doch ich bin in der Vergangenheit schon so häufig ohne Fahrkarte gefahren, dass mich das nicht mehr nervös macht. Aber ich denke, jetzt mit Baby sollte ich wohl besser mit Fahrkarte fahren. Das fühlt sich vernünftiger an. Erwachsen, oder so.

„Wir haben keine Windeln mehr", sage ich zu Mateo, als ich Kira zu Hause aus dem Kinderwagen hebe und ihr die nach Zigaretten stinkenden Klamotten ausziehe.

„Okay. Wie viel Geld haben wir noch?"

Ich zucke mit den Schultern. „Vielleicht liegt in unserem Kleingeldglas noch etwas. Ich habe jedenfalls nichts mehr. Bin schwarz gefahren."

Mateo zückt sein Handy und sagt: „Ich ruf meine Eltern an. Die schicken uns bestimmt Geld."

Ich höre es tuten und ziehe Kira die viel zu klein gewordene Strumpfhose hoch. Dann nehme auch ich mein Handy in die Hand und gebe „Wo gibt es die günstigsten Windeln" in die Suchmaschine ein. Ich öffne die App mit der Second-Hand-Kleidung und suche die nächsten anderthalb Stunden nach neuen Strumpfhosen und Bodys für Kira.

Ob sich Mutter auch so gefühlt hat?

Nein. Sie hatte kein Handy. Sie hatte auch keinen Freund und keine hilfsbereiten Schwiegereltern.

DAS HUHN-EMOJI

„Ich denke, alle die ausgehen ... im Großen und Ganzen suchen die ja auch
alle was. Vielleicht ... weiß nicht. Jemanden?"
Saskia Willich (in *Feiern – Don't forget to go home*)

Verwirrt schaue ich auf mein Handy. Fast 16 Uhr. Ich habe erst vier Stunden geschlafen. Ich denke über die vergangene Nacht nach, oder eher den Morgen.

Meine Schicht im Vibe ging bis sechs Uhr. Danach haben wir Lukas im Beet besucht und sind noch durch die Spätis gezogen.

Das Beet ist eine kleine schrammelige Eckkneipe, mit alten, eingerahmten Gemälden an der Decke, zusammengewürfelten Stühlen und Tischen, auf denen unzählige Sticker kleben. Ab Mitternacht hängt eine dicke Rauchwolke in der Luft, aus den Boxen kommt alles zwischen Alternative und Punk.

Seit Pfeffi-Lukas hier arbeitet, ist das Beet unsere Stammkneipe. Unser Treffpunkt, bevor wir weiter in die Clubs ziehen, bevor wir nach Hause gehen, zur Arbeit müssen oder einfach nur so.

Die lange Nacht hält mich nicht davon ab, die Nachrichten zu lesen, die ich vorhin auf dem Nachhauseweg nicht mehr entziffern konnte. Eine Nachricht von Mutter. Ob ich zum Abendessen vorbeikomme. Dahinter ein Kartoffel-, ein Karotten- und ein Huhn-Emoji.

Bei dem Gedanken an Essen wird mir schlecht. Mutter und Essen, das passt nicht.

Ich lege das Handy beiseite und drehe mich noch einmal um. Mateo liegt neben mir und schläft. Ich bin ein bisschen neidisch auf seinen Schlaf. Wie häufig ich ihn wohl schon beim Schlafen beobachtet habe in den fünf Monaten, in denen wir zusammen sind.

Ich glaube, es sind fünf.

Sicher bin ich mir nicht.

Ich schließe die Augen und denke an diesen Abend vor fünf Monaten.

Sina und ich hatten beschlossen, noch ins Beet zu gehen, bevor wir zur Arbeit mussten. Kaum waren wir durch den schweren Samtvorhang gestolpert, der vor der Beettür hängt, sah ich Mateo am Tresen sitzen. Er war sichtlich betrunken, begrüßte uns mit großer Geste und fiel dabei fast auf mich. Ich setzte mich neben ihn. Bevor ich bei Lukas ein Getränk bestellen konnte, legte Mateo seine Hand auf meinen Rücken und kam nah an mein Ohr, als wollte er mir etwas zuflüstern. Er öffnete nur den Mund, aber heraus kam nichts.

Belustigt fragte ich ihn, was los ist.

„Neele …", fing er an.

Ich schielte kurz zu Lukas, der sich die Hand gegen die Stirn klatschte. Ich glaube, das sollte so viel heißen wie: „Mateo, was tust du?!", oder so.

„Neele …", wiederholte Mateo und ich holte gerade Luft, um etwas zu sagen, da platzte es aus ihm heraus: „Ich liebe dich einfach!"

„Was is los?"

„Ja! Ich liebe dich", lallte Mateo noch einmal. Im selben Ton wie davor. Es klang wie: Pech gehabt.

Wir schauten uns lange in die Augen. Und ich versuchte, in seinem betrunkenen Blick zu erkennen, ob er die Wahrheit sagte. Er presste die Lippen zusammen, zuckte mit den Schultern und zischte: „Tja."

„Was erzählst du denn da?!", fragte ich lachend und gab ihm einen kleinen Schubs.

Ich wusste nicht, wohin mit mir. Wohin mit meinen Augen und Armen.

Ich rieb nervös meinen kleinen Finger und den Daumen aneinander und spürte, wie schwitzig sie waren.

Ich schaute zu Sina. Auf ihrem Gesicht war ein fettes Grinsen. Als hätte sie von allem gewusst.

Ich schaute zu Lukas. Er formte mit seinen Händen ein Herz und ließ es zu mir fliegen. Waren jetzt alle verrückt geworden?

Mateo und ich?

Ich und Mateo?

Ich merkte, wie mein Herz pochte und mein Gesicht errötete. Unsere Hände trafen sich spontan auf dem Holztresen. Ich zuckte weg, lachte kurz, griff dann nach meinem Bier, welches Lukas mir unbemerkt hingestellt hatte und nahm einen großen Schluck. Was ist denn jetzt los, dachte ich.

Ich rutsche näher an Mateo und lege mich mit unter seine Decke. Er riecht nach einem guten Abend. Nach Alkohol und Zigaretten. Nach Schweiß, Sperma und diesem einen Parfüm.

Bei jedem Ausatmen vermisse ich schon das Einatmen.

Ich grabe meine Nase in seinen Nacken und halte ihn fest. Ich bin nicht mehr allein. Es gibt jetzt Mateo und Mateo und mich. „Neele und Mateo", werden jetzt andere sagen. Dass ich niemals mehr meinen Joint allein im Bett rauchen muss, gefällt mir gut. Der Rest ist immer noch komisch für mich.

Wir haben nie ausgesprochen, dass wir jetzt ein Paar sind. Es ist einfach passiert. Manchmal fühlt es sich an wie Scham. Dieses ganze Verliebtsein. Händchenhalten, Knutschen vor anderen, das ist alles nicht meins. Aber Mateo ist Romantiker durch und durch.

Eines Nachts kamen wir aus einem Club und gingen zum nächsten, als Mateo über einen Zaun sprang, um mir aus einem Vorgarten drei Rosen zu klauen.

„Hier, zum Dreimonatigen!", sagte er strahlend und überreichte mir die Blumen.

Drei Monate?, fragte ich mich. Ich wusste nicht, dass wir einen Tag hatten, an dem wir zusammengekommen sind. Mateos Aktion fand ich trotzdem süß und so lief ich dann mit drei welken Rosen auf der Tanzfläche umher.

Einerseits stolz, weil ich jetzt einen Freund hatte.

Andererseits beschämt. Weil ich jetzt einen Freund hatte. Mit Monatstag.

In meinem Bauch macht sich ein flaues Gefühl breit. Nicht wegen irgendwelcher Schmetterlinge, um Gottes Willen, es war nur etwas viel gestern. Viel von allem: viele bunte Pillen mit Alkohol, viel gute Musik, viel guter Sex und insgesamt habe ich in der Nacht viel von mir gegeben. Zehn von zehn Sternen, würde Mateo jetzt sagen. Aber der schläft, leider. Mir wird langweilig. Ich drehe mich wieder auf den Rücken und schaue den Fliegen beim Fliegen um die Deckenlampe zu.

Jetzt ist da nicht mehr viel.

Nur viel Leere.

Aber da, wo eine Fülle war, muss es auch eine Leere geben. Das ist die Konsequenz der letzten Stunden, in denen ich meinem Hirn mit Hilfe von MDMA und Amphetaminen einen Streich gespielt und es auf pures Glück gepolt habe. Auf übermäßig viel Glück.

Das Glück lag in jedem Detail. Es lag auf unseren Schläfen in Form von Schweißperlen und Glitzerstaub. Es schmeckte nach Bitter Lemon mit Wodka und selbstgedrehten Zigaretten. Es ließ uns im Kreis drehen, durchdrehen: vor Wahnsinn und Freude.

Und jetzt ist da nichts mehr. Außer das Glitzer. Das klebt nun überall im Bett und in ein paar Jahren, da wird man in den Fugen der Dielen etwas davon wiederfinden. Wie ein kleiner Erinnerungsschatz, den man dann betrachtet und sagt: „Ah, schau an, das muss doch von dieser einen großartigen Party sein, als …"

Als … was?

Als wir feierten, wie jedes Wochenende? Zu immer derselben Musik? Ich bezweifle, dass ich mich in ein paar Jahren noch an jede einzelne Feierei erinnern werde. Ich kann mich nicht mal an das Wochenende von vor drei Wochen erinnern. Je länger ich hier im Bett liege und an die Decke starre, desto weniger weiß ich noch von letzter Nacht.

Vielleicht ist das der Grund, warum wir immer wieder feiern gehen, immer wieder das Gleiche tun: Weil wir zwar morgens wissen, dass es gut war, aber uns leider nur noch an die Hälfte der Nacht erinnern.

Ich greife wieder zum Handy. Sechzehn Uhr einundzwanzig. Ohne darüber nachzudenken öffne ich eine App und scrolle durch Fotos von anderen.

Lilalucyyy hat ihr lila Haare geschnitten. Sie sieht toll aus, denke ich.

Angel_Heart hat eine Vase getöpfert. Man kann sie nicht mit Wasser füllen. Na gut, denke ich.

Astraaffe hat ein Foto von unten gemacht. Hinter ihm der Himmel. Er ist grau. Es ist mir egal, denke ich.

BellaLangstrumpf hat einen Infopost erstellt. Lila Schrift auf grünem Hintergrund. Zu viel Text, ich mag nicht lesen.

Sina hat ein Foto von letzter Nacht gepostet: Jonas, sie und ich auf dem Boden sitzend, vor den geschlossenen Türen des Vibe-Clubs. Fast wie aus einem Katalog oder einem Stillleben. Wie künstlich arrangiert. Die Nacht hat unsere Gesichter gezeichnet und sie zum völligen Entgleisen gebracht. Niemand von uns sieht auf dem Bild wirklich gut aus, aber wenigstens die Posen sitzen.

Was mir erst jetzt auffällt: Sina trägt eine Kette mit einem Edelstein um den Hals. Ich hatte ihn in der Nacht gar nicht gesehen. Und überhaupt – außer für dieses Foto, waren wir nicht viel beisammen.

Ich tippe dennoch auf das kleine Herz und kommentiere mit einem Huhn-Emoji.

ROMANTIK

„Da hat sich dann einfach ganz viel gelöst. Was in Deutschland auf allen
Ebenen ein totales No-Go war. Bloß keine Gefühle!"
Elsa for Toys über die Loveparade 1989
(in *Party auf dem Todesstreifen*)

Mateo und ich sitzen auf dem Fußboden im Vibe-Club und halten Händchen. In einem Zwischenraum. Zwischen Tanzfläche, Toiletten und dem zweiten Floor, zwischen gestern und heute. Wir haben die Zwölf-Stunden-Marke schon längst geknackt.

Wir sind drunter und drüber und fallen immer weiter in die endlose Nacht. Trotz der Mittagssonne, die man in dem kleinen, mit rotem Transparentpapier beklebten Fenster erahnen kann. Vielleicht ist sie mittlerweile schon das zweite Mal aufgegangen.

Kann sein.

Hier ist alles möglich.

Ich weiß nicht mal, wie lange Mateo und ich uns schon gegenübersitzen. Beide im Schneidersitz, meine Knie auf seinen Knien, auf unseren Beinen Tabakkrümel. Unsere Gehirne haben sich verknüpft. Hochkonzentriert und inspiriert kommen sich unsere Synapsen näher. Ich spreche aus, was er denkt. Er denkt, was ich fühle. Wir wundern und lieben uns.

„Weißt du …", sage ich und ziehe an meiner Zigarette. „Ich brauche dich nicht."

Mateo lächelt und ich überlege weiter.

„Aber ich glaube, wir zusammen ergeben etwas Neues. Oder etwas Besseres. Also etwas, was ich allein nicht sein kann."

Mateo nickt.

„Mit dir habe ich keine Angst mehr", stellt er fest.

„Vor was?"

„Generell."

Er nimmt mir meine Zigarette ab und redet weiter: „Vor Menschen vielleicht."

Wir überlegen. Unsere Gedanken schweben im Dickicht des Zigarettenqualms.

„Ich hatte immer so eine Grundstimmung", sagt Mateo schließlich.

„Wie in einem Film?" Ich schmunzle.

„Jaa, genau. Und die war eher bedrückend. Als würde gleich etwas Bedrohliches um die Ecke kommen. Was Böses oder so ...."

„Und dann kam ich!", sage ich und lache.

„Ja, echt jetzt! Dann kamst du und ... keine Ahnung, wie du das gemacht hast. Aber jetzt ist da nichts Böses mehr."

Mateo guckt auf den Fußboden neben mir und denkt nach. Seine verschwitzten Haare liegen in Strähnen auf seiner Stirn. Ich reiße ihm die Zigarette aus der Hand und wir lächeln uns an. Ich weiß, das sind die Augen, in die ich noch in dreißig Jahren schauen werde. Romantik zwischen Kippenstummeln und fremden Schuhen, die an uns vorbeigehen.

Die Art Romantik, die ich sehr gut ertragen kann.

Wir küssen uns, sind eins und sind fast unsichtbar.

Aber nur gefühlt.

Eine fremde Stimme spricht uns an und teilt uns wieder in zwei: „Ey sorry! Wisst ihr, wo ich Teile herbekomme?"

Mateo und ich gucken den Typ verwundert an.

„Siehst du nicht, dass wir grade zu tun haben oder was?", fragt Mateo leicht gereizt.

Ich lache und winke den Fremden zu uns runter.

„Wie viele möchtest du denn?"

„Für mich und meinen Kumpel."

Er geht in die Hocke, stellt sein Bier neben uns ab und legt seine Hand auf Mateos Schulter und nuschelt: „Ey sorry, echt. Wollt' euch nicht stören. Ihr seid echt süß. Mein Kumpel und ich wollen einfach noch ein paar Stunden Spaß haben und ich dachte vielleicht ..."

Ich wühle in meiner Bauchtasche und drücke ihm eine Pille in die Hand und sage: „Zehner."

„Oh wow, echt. Echt cool!"

Er öffnet sein Portemonnaie, wühlt in seinem Kleingeldfach zehn Euro in Münzen zusammen und bedankt sich ein paar Mal zu viel.

„Teilt euch die. Die ist stark", sage ich und nehme die Handvoll Münzen entgegen.

Als er aufsteht, schmeißt er sein Bier um. Blitzschnell sitzen wir in einem See aus Bier.

„Ey sorry!"

Wir stehen auf, sammeln unser Zeug ein und wischen es an unseren Hosen trocken.

„Echt, tut mir so leid!", entschuldigt sich der Fremde noch mal.

„Ja, ist schon gut", sagen wir und sind schon leicht genervt.

„Kann ich euch ein Bier ausgeben oder so?"

Mateo lässt ihn abblitzen. „Nee, lass mal gut sein", sagt er, dreht sich um und geht Richtung Tanzfläche.

Mir tut der Fremde etwas leid und ich sage ihm nochmal, dass alles gut ist und er die Pille wirklich nicht komplett nehmen soll. Dann folge ich Mateo auf die Tanzfläche.

Stunden später sehe ich den Typ schwitzend und kreidebleich an die Wand gelehnt wieder. Trottel, denke ich. Ich hab doch gesagt, nimm die Hälfte.

Eine Woche später sind wir auf Jonas' Geburtstagsparty, einer Party mit viel Schnaps, Pillen und Selbstüberschätzung.

Trottel, denke ich mit Blick auf Mateo.

„Wie viel hast du genommen?", fragt Jonas seinen Bruder. Mateo antwortet nicht. Er sitzt aufrecht auf dem Küchenstuhl, sein Körper zittert. Er deutet an, dass er nicht sprechen kann.

„Wie viel hat er genommen?", fragt Jonas mich.

„Keine Ahnung", antworte ich und stelle Mateo ein Glas Wasser auf den Tisch. Ich bin selbst ziemlich verballert und habe nicht mitbekommen, ob Mateo die ganze Pille genommen hat. Zutrauen würde ich es ihm.

„Hast du die Ganze genommen?", frage ich ihn.

Er schaut mich mit weit aufgerissenen Augen an. „Hast du?"

Jonas muss lachen. Über Mateos Gesicht huscht ein Grinsen. Hastig wischt er sich den Schweiß von der Stirn.

„Die sind viel zu stark, man!", Jonas klopft ihm auf die Schulter.

„In Filmen sieht man Leute immer 'ne ganze XTC nehmen. Wer nimmt denn bitte 'ne Ganze?", frage ich in den Raum rein. Mateo hebt die Hand.

„Mateo nimmt 'ne Ganze!" antwortet Jonas lachend und auch ich lache.

Angestrengt versucht Mateo, seinen Körper wieder in den Griff zu kriegen. Er hält seine zitternden Knie mit den Händen fest und holt immer wieder tief Luft. Eine ganze Weile stehen Jonas und ich mit ihm in der Küche und philosophieren über Drogenkonsum in Filmen. Fast hätten wir Mateos Zustand vergessen, da steht er plötzlich neben uns und fragt: „Gibt's noch Pepp?"

„Sag ma', bist du bescheuert? Komm doch erst mal klar oder was?", fahre ich ihn an. „Hast du dein Wasser getrunken?"

Schon schiebt Jonas ihm den Teller mit dem Speed hin. Ich gucke Jonas vorwurfsvoll an. Sehe Mateo dabei zu, wie er zwei Nasen zieht und warte auf seine Reaktion.

„Okay, gut", nuschelt er und streichelt mir über den Rücken.

Alle lachen und Jonas und ich geben Mateo einen Kuss auf die Wange.

DAS GEHEIMNIS

Sina liebt Sushi und hasst es, alleine zu essen. Deshalb sitzen wir zusammen auf ihrem Teppich, zwischen uns eine Plastikschale mit rohem Fisch vom Lieferservice, neben uns der Kassenzettel. Ich lese 56,80 Euro.

„Sag mal, wie viel verdienst du eigentlich als Frisörin?", frage ich Sina und stopfe mir ein Maki in den Mund.

„So 1100 Euro", antwortet sie, zerknüllt den Kassenzettel und wirft ihn in den Papierkorb.

„Shit. Vielleicht sollte ich mir auch einen zweiten Job suchen", stelle ich fest.

„Warum? Brauchst du Geld?"

„Ja. Die Barschichten reichen nicht."

Sina nickt, steht auf und holt ihr Portemonnaie.

„Wie viel brauchst du?", fragt sie und setzt sich wieder hin.

Irritiert schaue ich Sina an. „Was?", stottere ich.

„Sag mir, wie viel Geld du brauchst!", fordert Sina und holt mehrere Geldscheine aus ihrem Geldbeutel.

Ich schaue abwechselnd auf die Scheine und in ihr Gesicht.

„Was soll das werden?" Ich schüttle fassungslos den Kopf. „Willst du mir jetzt all dein Geld schenken?", scherze ich.

Aber Sina schaut mich nur ernsthaft an, als würde sie immer noch auf eine Antwort warten.

„Sina!", flüstere ich. „Was soll das?"

„Hör zu ...", fängt Sina an und zählt dabei die Scheine. „Ich habe mehr als genug Geld. Ich brauche das alles nicht, glaube mir. Und wenn du Geld brauchst, dann gebe ich dir welches."

Sie steckt einen Zwanzig-Euro-Schein zurück in ihr Portemonnaie und legt den Rest vor mich. Stirnrunzelnd schaue ich sie an. Ich traue mich nicht, das Geld anzufassen. Was stimmt hier nicht?

Sina grinst mich an und isst genüsslich weiter ihr Sushi.

„Hast du 'ne Bank ausgeraubt?", versuche ich wieder einen Scherz.

„Nee, ich bin reich und kann da nichts für", erwidert sie trocken.

Und dann beginnt sie zu erzählen.

Sina wurde reich geboren. Ihre Eltern sind reich, ihre Großeltern waren reich. Sie wuchs in einer behüteten Vorstadt auf, mit großem Haus, Ankleidezimmer, eigenem Bad, Garten und mit Aussicht auf ein fettes Erbe. Als ihre Großmutter starb, erbte die damals 19-jährige Sina mehrere Immobilien direkt in der Stadt. Weil ihre Eltern sich mit Geld und allem, was dazugehört, gut auskennen, legten sie ihr nahe, alle Häuser nach und nach zu sanieren und für mehr Geld zu vermieten. Sina überließ die Planung ihren Eltern und kassierte zwei Jahre später das Geld der Mieter:innen.

Irgendwie so war es.

So genau kann ich ihr nicht folgen. Alles, was mit Geld zu tun hat, ist wie eine Fremdsprache für mich.

Ich hole meinen Tabak heraus und baue einen Joint.

Mein Bild von Sina fängt an zu bröckeln, hier in ihrem WG-Zimmer im kernsanierten Altbau. Ich fühle mich nicht betrogen oder so. Das wäre übertrieben. Mir fällt bloß auf, wie viel ich nicht von ihr gewusst habe.

„Warum wusste ich das nie?", frage ich sie also.

Sina zuckt mit den Schultern.

„Ich weiß nicht. Ich bin nicht die Kohle meiner Eltern. Ich hab das nicht verdient. Ich habe dafür nie was gemacht, weißt du?"

„Aber warum tust du das dann alles? Barjob, Frisörausbildung und so?", frage ich weiter.

Sina überlegt. „Ich glaube, mir ist das unangenehm. Ich kann doch nichts dafür, dass meine Eltern reich sind."

Ich nicke und denke, dass das doch nichts ist, wofür man sich schämen muss.

Ich zünde den Joint an und setze mich auf Sinas Couch. Ich schaue mich um. Außer dem Stuck an der Decke und dem teuren Sushi deutet hier nichts auf großen Reichtum.

Ich gehe die Jahre unserer Freundschaft im Kopf durch.

Auf ihrer Kohle ausgeruht hat sich Sina definitiv nicht. Sie hat oft Getränke ausgegeben, aber nicht so oft, dass man sich hätte wundern müssen. Ausbildung statt Studium. Nachts steht sie mit mir hinter der Bar. Sie schnorrt Tabak, wie wir alle ab und an, und fährt lieber mit dem Fahrrad statt mit uns im Taxi. Sie sucht immer nach Herausforderungen und probiert alles aus, was sie interessiert. Ich hab das immer bewundert. Aber jetzt weiß ich: Sie hat auch die Mittel dazu. Ihr steht die ganze Welt offen. Sie kennt und kannte meine Sorgen nie.

Ich überlege, ob sie mich überhaupt verstehen kann. Für einen kurzen Moment stelle ich die ganze Freundschaft in Frage.

Dann sagt sie: „Ich fühle mich scheiße, weil ich Geld habe."

Darauf habe ich keine Antwort. Dieser Blickwinkel war mir bisher fremd. Aber der Satz holt mich zurück zu ihr, zu Sina. Zu meiner Freundin. Für einen kurzen Augenblick habe ich gedacht, dass das Geld uns trennen würde.

Sina setzt sich zu mir und ich gebe ihr den Joint.

„Sag mal. Das Haus hier ...", fange ich an.

„Ja", antwortet sie, ohne die Frage zu kennen.

„Das ist deins?"

Sina nickt, pustet den grauen Rauch aus und sagt: „Ja und das andere, wo wir neulich aufm Dach saßen, das auch."

Ich staune und sage nichts.

„Bist du jetzt sauer auf mich?", fragt sie eingeschüchtert.

Ich grinse und schüttle den Kopf.

„Nein, alles gut. Danke, dass du mir das erzählt hast. Und äh ..." Ich schiele zum Geld, welches immer noch auf dem Fußboden liegt. „Danke für die Kohle."

Sina freut sich. Erleichterung huscht über ihr Gesicht und sie legt ihren Kopf auf meine Schulter.

Dann klingelt ihr Handy. Es ist ihre Freundin Anni.

Während Sina telefoniert und im Zimmer auf und ab geht, blicke ich mit anderen Augen auf diese Wohnung. Ihr gehört das ganze verdammte Haus. Fassungslos und gleichzeitig amüsiert lehne ich mich zurück und höre Sina zu, wie sie über „Reiki und gestaute Energie" spricht. Ich verstehe kein Wort, aber wundere mich heute über gar nichts mehr.

PFEFFERMINZ

Ich stehe vor dem Wohnhaus, welches ich mal mein Zuhause nannte, das aber nie ein Zuhause war. Mateo und ich sind seit sechs Monaten zusammen. Ich wollte, dass er heute mitkommt, doch eine Bandprobe kam dazwischen.

Das Haus könnte viele Geschichten erzählen. Es fehlt ihm aber an Stimme. Drum erzählt die Nachbarschaft den neusten Tratsch. Wer mit wem wann im Hausflur gesichtet wurde, knutschend oder sich schlagend. Wer den Papiermüll nicht ordnungsgemäß entsorgt und noch bis tief in die Nacht laut Fernsehen schaut.

Mutter wohnt hier schon ihr halbes Leben lang.

Das Eisengeländer ist im Winter so kalt wie Mutter selbst.

Nach einem langen Arbeits- und Feierwochenende sitze ich bei Mutter im Wohnzimmer.

„Der Bartels-Junge, du weißt schon, der Hübsche mit den Locken, der wird in der Schule gemobbt!"

„Julian", sage ich monoton.

Julian ist einer von drei Bartels-Brüdern. Sie alle sind in dieselbe Schule gegangen wie ich, und ich konnte sie nie leiden. Julians älterer Bruder Nils hatte jeden Morgen vor dem Klassenzimmer auf mich gewartet, um mir in den Bauch zu treten. Es vergingen Monate, bis ich Mutter davon erzählte. Leider glaubte sie mir nicht und ich musste noch weitere vier Monate gekrümmt in das Klassenzimmer schleichen. Bis Nils die Klasse wiederholte und er in einem anderen Gebäude Unterricht hatte.

Familie Bartels hat nicht nur ein ausgeprägtes Aggressions-, sondern auch ein unleugbares Nazi-Problem. Ihr Vater Ralf ist Parteimitglied der NPD und das sieht man ihm auch an. Seine Söhne dagegen haben eher das Aussehen von braven BWL-Studenten oder coolen Hipstern. Damit können sie wohl besser Mädchen beeindrucken oder unschuldige Kinder und Jugendliche zu ihrer politischen Drecksscheiße bekehren.

„Julian geht noch zur Schule?", frage ich verwirrt.

„Berufsschule! Aus dem wird mal was."

Mutter klingt stolz, als wäre es ihr eigener Sohn.

„Aber jetzt ist er Mobbingopfer, der Arme."

„Der Arme?!" Ich werde laut vor Empörung. „Du weißt noch, dass Nils mir jeden Tag in den Magen getreten hat?"

„Ach ...", Mutter winkt ab und geht in die Küche.

„Glaubst du mir das noch immer nicht?", rufe ich ihr hinterher.

„Ich rede von Julian. Nicht von Nils."

Ich folge ihr in die Küche.

„Ja, und? Die Bartels sind Faschos, kloppen Kinder, verteilen merkwürdige Flugblätter und haben seit Ewigkeiten 'ne Reichsflagge im Garten hängen!"

Mutter pflückt Blätter von ihren Pfefferminzsträuchern, die auf dem Fensterbett stehen, und sagt kopfschüttelnd: „Ach, Neele ...", als wäre ich es, die nicht verstehen würde.

„Was? Soll ich jetzt Mitleid haben?" Ich bin fassungslos.

Mutter dreht sich um und behauptet sehr entschlossen, während sie mit einem Pfefferminzstrauch unter meiner Nase wedelt: „Julian wird gemobbt, nur weil er eine andere Meinung hat." Und nach einer kurzen Pause fährt sie fort: „Außerdem hat er wenigstens die Realschule geschafft! Und lernt jetzt etwas Ordentliches!"

Mit fehlen die Worte.

Ich wurde auch gemobbt. Ein ganzes Schuljahr lang.

Mir hatte Mutter nicht geglaubt. Aber diesem Julian. Mutter hatte sich auch nicht für meine Schulnoten interessiert. Mein Aussehen war es, was ihr wichtig war.

Mir schießen Tränen der Wut in die Augen. Und dieser scheiß Pfefferminz. Wenn es ein Geruch gibt, den ich abgrundtief verabscheue, dann ist es Pfefferminz. Seit ich denken kann, trinkt Mutter Wasser mit Pfefferminzblättern. Und wenn es ihr sehr schlecht geht, kommt es vor, dass sie nichts isst außer diese Blätter. Manchmal habe ich das Gefühl, ihr Körper würde die ätherischen Öle dieser Pflanze ausdünsten.

Mutter blickt mir in die Augen. Meine Tränen bleiben ihr nicht verborgen. Und in mir wächst die Sehnsucht nach einer Umarmung. Einer zärtlichen Berührung. Nach irgendwas, was sich nach einer Entschuldigung oder Zuneigung anfühlt. Und ich glaube, für eine Sekunde so etwas wie Wärme in ihrem Blick erkannt zu haben.

Aber Mutter ist kalt wie Menthol und Pfefferminz auf nackter Haut.

„Was heulst du jetzt?", fragt sie, schaut mir tief in die Augen und stopft sich ein Blatt in den Mund.

Wie erstarrt stehe ich da und sehe ihr beim Kauen zu. Ein Stängel schaut aus ihrem Mund. Sie sieht aus wie eine Kuh. Ich stelle mir vor, wie sie an ihrem grünen Kraut erstickt und auf den braunen Linoleumboden fällt. Wie ich mit ihr im Krankenwagen sitze und ihre Hand halte. Wie sie mich voller Demut anlächelt und sie mit ihren letzten Atemzügen etwas Liebes sagt. Tränen laufen mir die Wange herunter. Der Kloß im Hals und die Wut im Bauch sind zu groß, um zu sprechen.

„Nils wird seine Gründe gehabt haben! Du warst schon immer anders!", bellt sie mich an und hält mir ihren Zeigefinger drohend vor die Nase.

Die Wut im Bauch verwandelt sich in die Schmerzen der Tritte von damals. Mutter geht aus der Küche und hinterlässt neben grünen Stängeln und zerrissenen Pfefferminzblättern ein weinendes siebenjähriges Mädchen, im Körper einer 23-Jährigen.

„Was heulst du jetzt?", frage ich Kira, die auf dem Boden sitzt. Wir haben keine Zeit für so was, denke ich und ziehe der weinenden Kira die Schuhe an.

Kira kann mir noch nicht sagen, warum sie weint. Sie zeigt mir, dass sie unzufrieden ist. Ich zeige ihr, dass ich genervt bin. Sie weint lauter. Ich werde nervöser.

Wir rennen die Treppe des täglichen Wahnsinns gemeinsam hoch, hetzen uns gegenseitig und kommen beide erschöpft im Nirgendwo an. Während ich mir die Jacke überziehe und Kira versucht, an meinen Beinen hochzuklettern, gehe ich in meinem Kopf Listen durch. Windeln, Feuchttücher, Flasche, ein Spielzeug, Snacks – man Kira, nun hör einfach auf zu weinen. Schnuller. Wo ist der scheiß Schnuller? Mit Schuhen und Mantel hetze ich durch die Wohnung, schmeiße alles in meine Tasche und suche nebenbei den Schnuller. Während ich suche und alles zusammenpacke, gehe ich die nächste Liste durch: Bananen, Brot, Joghurt – ah da ist der Schnuller – Tomaten, auf dem Weg zum Supermarkt noch kurz zur Post. Gibt es da einen Fahrstuhl? Rolltreppe? Oder gehe ich morgen die Briefe wegbringen? Die hätten gestern schon raus gemusst. Öl brauchen wir. Wichtig! Hab ich überhaupt noch Bargeld da? Wieder mit Karte zahlen. Scheiß drauf.

„Kira, was ist denn los?" Ich knie mich zu ihr runter und rücke ihre Jacke zurecht. Ihr Gesicht ist rot und nass. Ich finde kein Taschentuch und nehme meinen Schal. Sie klettert wie ein Äffchen auf meinen Arm und legt ihre kleine Hand auf meine Wange. Das ist kurz sehr süß. Aber für süß haben wir keine Zeit. Mein Zeitdruck bringt mich irgendwann zum Platzen.

Ich schnaufe und setze Kira wieder auf den Boden. Sie will gerade wieder anfangen zu weinen, kneift die Augen zu und reißt ihren Mund mit den vier kleinen Zähnen auf – da halte ich ihr drohend den Finger vors Gesicht und sage: „Hör jetzt sofort auf zu weinen, Kira! Schluss jetzt!"

Große Augen, aus denen dicke Tränen laufen, schauen mich erschrocken an. Kiras Unterlippe zittert. Es dauert keine zwei Sekunden, da schallt ein noch lauteres Kreischen durch unsere Wohnung als zuvor. Ich nehme

Kira auf den Arm, greife mir den Schlüssel und ziehe die Wohnungstür hinter uns zu.

Meine Schuhe und Kiras Schluchzen hallen durch den Hausflur. Die Tür unseres Nachbarn Herrn Huber, den wir Hubschrauber nennen, öffnet sich. Schnell laufe ich an ihm vorbei, weiter die Treppen hinunter.

„Was ist denn das wieder für ein Lärm?!", höre ich ihn rufen.

Herr Huber hat schon etliche Male an unserer Tür geklingelt, um sich über Musik, lautes Trampeln oder Kira zu beschweren. Wie ein wachender Hubschrauber kreist er über unserem Familienleben. Und ich weiß, wenn er nicht wäre, wäre mein Alltag um einiges leichter. Es ist nicht übertrieben, wenn ich sage, er macht mir das Leben schwer. Kira ist klein und laut. Sie versteht nicht, was ein Nachbar ist oder warum man leise zu sein hat. Trotzdem kriege ich es mit der Angst zu tun, wenn Kira morgens um halb fünf durch die Wohnung stapft. Ich wünschte, es wäre mir egal.

Mutter ist alles egal. Warum kann ich in der Hinsicht nicht sein wie sie?

MUTTER UND DIE LIEBE

„Wo wird sonst Liebe gespürt? (...) Auf so eine intensive Art? Also klar, ist das wahrscheinlich eine negative Reflexion der Gesellschaft: dass wir nicht in der Lage sind, das zu erzeugen ohne Drogen. Aber ich glaube auch, dass wir nicht in einer Gesellschaft leben, die das fördert."
Julie van Wart über Drogenkonsum beim Feiern.
(in *Feiern – Don't forget to go home*)

„Liebe, Liebe...", spottet Mutter und verdreht die Augen, als ich ihr erzähle, wie gut es mir mit Mateo geht. „Was weißt du von der Liebe?"

„Ach, weißt du darüber etwa mehr?", will ich wissen und nehme einen Schluck aus meinem Weinglas. Mutter lacht und um nichts sagen zu müssen, steckt sie sich eine Zigarette an.

Ich schaue sie erwartungsvoll an.

„Du bist jung, Neele. Du wirst noch einige Männer treffen, aber ich sag dir eins ..." Lange Pause, ihr Gesicht verschwindet im Zigarettenrauch. „... sie sind alle gleich."

Ich schenke ihr ein müdes Lächeln. Ich denke an Mateo und daran, wie peinlich verliebt ich bin. Ich vermisse ihn, dabei haben wir vorhin noch zusammen im Bett gelegen, bevor ich mich auf den Weg zu Mutter gemacht habe. Sie hatte angerufen an, weil sie gestürzt war und mit ihrem umgeknickten Fuß nicht mehr die Stufen zum Supermarkt gehen kann.

Und weil sie gerne Gesellschaft hat beim Saufen.

Das können wir beide gut: Saufen. Sie besser als ich.

„Aber weißt du was ..." Wieder macht Mutter eine lange Pause. So eine, wie Besoffene sie machen, wenn sie was zu sagen haben.

„Fick ihnen allen das Hirn weg!"

Ich verschlucke mich fast am Wein. Mutter ist immer für Überraschungen gut. Aus Schreck und Verlegenheit muss ich husten.

„Jaa ich weiß, darüber redet man nicht mit seiner alten Mutter. Aber weißt du, wenn du erst mal in mein Alter kommst, sieht das alles nicht mehr so rosig aus."

Verlegen schaue ich auf den Couchtisch und kratze mich am Nacken. Wie komme ich aus dem Gespräch jetzt wieder heraus.

„Ich kenne die Männer", sagt sie und nickt dabei.

Mutter hatte immer irgendwelche Männer zu Besuch, als ich klein war. Ich war mir nicht immer sicher, was sie bei uns machten. Ob es ein Elektriker war, der sich den alten Stromkasten anschaute, ein alter Schulfreund oder eine Liebschaft. Manche waren öfter da, manche brachten Blumen mit, andere schlugen sie. Manche saßen auf unserem Sofa, von anderen kannte ich nur das Stöhnen aus dem Schlafzimmer. Und manchmal gab es nachts diese Partys bei uns.

„Warst du schon mal verliebt?", frage ich Mutter.

„Aber sicher!", antwortet sie, als wäre das selbstverständlich. Ich bin verwundert und überlege, in wen von diesen Typen sie verliebt gewesen sein könnte. „Aber die Liebe macht dumm...", lallt sie.

Ich verstehe nicht. Mich macht die Liebe glücklich. Mich macht Mateo glücklich.

„Erst ficken sie dich, dann machst du alles für sie, dann wollen sie ein Kind mit dir und dann bist du allein", erklärt sie und gießt sich das Glas bis Anschlag voll.

„Moment – du hast doch grade gesagt, ich soll sie alle ficken gehen?", sage ich lachend und ziehe eine Kippe aus Mutters Zigarettenschachtel.

Mutter winkt ab „Ach, du. Du hast keine Ahnung. Du bist so jung. Zu jung, um dich festzulegen!"

Ich rechne.

„Ich bin so alt wie du, als du … als du mit mir schwanger warst", stelle ich fest.

Mutter überlegt und nickt.

Ich finde den Gedanken interessant und stelle mir vor, wie es wäre, jetzt schwanger zu sein. Ein Kind zu haben. Eine absurde Vorstellung.

„Mach nicht denselben Fehler wie ich."

„Ähm? Dein Fehler sitzt grade vor dir?", scherze ich. Und sehe, dass Mutter keinen Witz gemacht hat.

Betretenes Schweigen. Mutter ist in Gedanken und ihre Augen haben sich im Aschenbecher verheddert. Ich tippe meine Asche daran ab und warte auf irgendwas. Oder will sie das so stehen lassen?

Ich bin ein rauchender Fehler?

Im Hintergrund läuft der Fernseher. Ein Actionfilm mit aufregender Musik. Es wird geschossen. Mutters Blick fällt auf den Fernseher. Wortlos greift sie nach der Fernbedienung und schaltet um, sie zappt durch die Sender. Jedes Mal wird das Wohnzimmer kurz dunkel, dann wieder hell. Sie entscheidet sich für eine Liebeskomödie aus den 80ern. Ein Langhaar- und ein Kurzhaarvokuhila sitzen in einem Restaurant und halten Händchen. Vielleicht sehe ich ein Glitzern in Mutters Augen.

REPEAT

„I quite like it when you have that thing of going through
an experience together, but it has to stop at some point. "
Ewan Pearson (in *Feiern – Don't forget to go home*)

Mein Kopf liegt auf Sinas Bauch. Der Rest von mir auf einem flauschi-
gen Langhaarteppich. Ich rauche. Nehme Sina die Proseccoflasche aus der
Hand und trinke. Es kribbelt. Ich rauche. Ich sehe dabei zu, wie der Rauch
über mir im Sonnenlicht schwebt, das durch das Fenster in Jonas' Zimmer
scheint. Ich rauche. Sina kämmt mit ihren Fingern meine Haare. Sie findet
Konfetti und Tabakkrümel.

Überbleibsel der Nacht, so wie wir.

Mateo, der am CD-Player steht, Jonas der neben ihm tanzt, wie ein Was-
serfall erzählt und eine Line nach der nächsten hackt, während Lukas
schon längst auf dem Sofa eingeschlafen ist und Esma in ihrem eigenen
Spiegelbild versinkt, um sich für die nächste Party zu schminken.

Momente wie diese sind wie diese eine Stelle im Song, in der der Beat
aufhört und die Percussions immer leiser werden, bis nur noch eine ver-
spulte Acidline übrig bleibt und einen mit Gänsehaut und hohen Erwartungen zurücklässt.

Aber den Track haben wir schon oft gehört.

Wir kennen alle den Anfang, den Mittelteil, den Break und den Drop.
Auch das abrupte Ende schockt uns nicht mehr.

Den Nachmittag nach einer Party in verrauchten WG-Zimmern zu verbringen hat an Zauber verloren. Das erkenne ich in unseren Gesichtern.
Wir sind alt geworden. Älter mit jeder Nacht. Es ist egal geworden, was als
nächstes passiert. Es wird irgendwas mit Alkohol, Speed, Nikotin und

XTC sein. Und Techno. Wach halten, am Leben bleiben. Hin und wieder die Haare gekrault bekommen oder auf der Clubtoilette knutschen, um irgendwas mit Gefühlen zu haben.

Ich schließe kurz die Augen. Höre Jonas und Mateo kichern. Ich stelle mir Mateo nackt vor. Ich frage mich, ob ich nach Hause möchte und wundere mich gleichzeitig darüber. Es ist Samstag. Zu früh für den Heimweg. Aber viel lieber als hier auf dem Teppich mit Sina wäre ich in meinem Bett mit Mateo.

„Neele! Pennst du schon oder was?"

Ich öffne die Augen und ein tanzender Jonas steht über mir. Sina und Jonas lachen dreckig. Ich reibe mir die Augen.

„Alles klar bei euch?", fragt Jonas und setzt sich auf meinen Bauch.

„Ich weiß nicht, ich hab irgendwie keinen Bock mehr."

Fast gleichzeitig platzt aus beiden ein lautes „WAS?" heraus. Wir lachen. Aber ich meinte das ernst. Ich will nicht mehr.

„Ey Matti, deine Frau macht schlapp!", ruft Jonas zu seinem Bruder rüber. Doch Mateo reagiert nicht. Er hat die Kopfhörer auf.

Ich verdrehe die Augen und bin genervt. Weiß aber, dass ich eh nicht gehen werde.

„Noch 'n Näschen?"

Jonas steht auf und gibt mir die Hand. Ich lasse mich hochziehen und finde meinen Kopf über dem Speedteller wieder.

Mal wieder.

Immer wieder.

Bitter läuft es mir den Rachen runter und ich schüttle den Geschmack und die Müdigkeit von mir ab. Gut, denke ich. Auch dieses Wochenende werde ich zu Ende bringen.

Eine halbe Stunde später sitzen wir alle auf Jonas' Eckcouch und denken uns aus, was wir als erstes tun würden, wenn jemand eine Revolution anzetteln würde. Und wie die aussehen würde. Ich merke, wie ich beim Sprechen meinen Mund kaum aufbekomme und mein Kiefer schmerzt. Ich lehne mich zurück und höre den anderen zu.

„Ist doch voll geil, erst mal paar Paletten Bier ausm Rewe zocken", scherzt Mateo.

Die anderen lachen mit, dabei war es gar nicht so witzig.

„Irgendwas anzünden!", ruft Lukas rein.

„Bullenwagen klauen und die Innenstadt demolieren!!", grölt Sina und reißt die Arme hoch.

„Ich würde mir 'ne richtig große Villa holen", schmeißt Esma in den Raum.

„Ja! Mit Pool!", ruft Sina und gibt mir ihren Joint. Ich ziehe und mache die Augen zu.

„Welche Villa hat denn auch keinen Pool?", flüstere ich und wundere mich, dass Sina mich hört und lacht.

„Ich stell mir vor, dass alles brennt und alle druff sind", denkt Mateo laut.

Und ohne hinzugucken weiß ich, dass weiße Spucke in seine Mundwinkel kriecht. Das finde ich lustig und lache in mich hinein. Schlauer wird es wahrscheinlich heute nicht mehr.

„Was kicherst du hier rum?" Mateo piekt in meine Rippen und gibt mir einen Kuss. Ich schaue ihn an. Die Mundwinkel sind tatsächlich weiß. Anders als das Weiß seiner Augen. Das ist nämlich rot.

„Ich glaube, ich möchte nach Hause", gähne ich. Mateo guckt mich ungläubig an. „Gehts dir nicht gut?"

„Doch, doch. Ich bin einfach müde und ..."

Ich mache eine Pause und schaue in die Runde.

Alles wiederholt sich.

Jede Party und alles zwischen den Partys.

Jedes Gespräch und jeden Witz, ich kenne das alles.

„... mir ist langweilig."

Ausgesprochen klingt es fast schon witzig. Wie ein kleines Kind, das bei der Verabredung neben den Erwachsenen sitzen muss.

„Aber wir wollten doch nachher noch mal los? Auf 'ne andere Party?" Mateo rückt näher.

Das Gespräch langweilt mich noch mehr als das davor. Ich schüttle den Kopf und sage: „Egal. Ich glaube ich bin nur ein bisschen fertig."

Dann richte ich mich auf und greife mir den Teller mit dem Speed.

ICH BIN SCHWANGER

Ich will nicht mehr sprechen. Meine Zunge ist schwer. Meine Augen auch. Müde schütte ich Getränke zusammen, tausche Scheine gegen Münzen und wische den Tresen trocken.

Es ist die vierte Barschicht in Folge im Vibe. Zwischen ihnen lagen jeweils nur fünf Stunden Schlaf.

Sina und ich lächeln uns müde an, sie holt wortlos zwei Shotgläser aus dem Regal und füllt beide mit Pfeffi.

„Wie lange musst du?", frage ich.

„Bis zum Ende"

„Cool, ich auch."

Wir stoßen an und trinken.

Die letzten Stunden ziehen sich. Die Musik, die Menschen, es langweilt mich. Ich habe Sehnsucht nach Sonne und frischer Luft. Nach nackten Beinen auf gemähter Wiese und einem Getränk ohne Alkohol.

Kurz vor Zwölf am Mittag treiben wir die letzten Gäste aus dem Club, bringen halbherzig die Bar in Ordnung und liegen kurze Zeit später mit einer Cola auf einer Holzliege im Park. Es ist warm, die Sonne scheint auf unsere blasse, unreine Haut. Menschen laufen mit Shoppingtüten und Hunden spazieren. Kinder rennen einem Ball hinterher. Kurz wundere ich mich über das Treiben der Stadt, bis mir einfällt, dass Montag ist.

„Willst du mal Kinder?", fragt Sina aus dem Nichts.

Ich schiele über meine Sonnenbrille zu ihr hinüber.

„Was weiß ich", sage ich und lehne mich wieder zurück.

„Du musst doch wissen, ob du Kinder willst?", sagt Sina lachend.

Ich überlege und höre das Geschrei der Kinder im Park.

„Nein, glaub nicht", sage ich wenig überzeugend.

„Warum nicht?"

„Keine Ahnung. Dann müsste ich aufhören zu rauchen."

Ich lache. Sina lacht auch.

„Musst du ja nicht. Kannst ja danach weiter rauchen."

„Ja schon …"

Ich überlege und hole meinen Tabakbeutel raus.

„Ich glaube, ich will dann einfach alles besser machen als meine Mutter, weißt du?"

Sina sagt lange nichts und dann: „Aber dann ist es doch einfach. Dann weißt du, wie du es nicht machen willst. Du musst es nur stark genug manifestieren. Schreibe es dir auf und sage es jeden Tag. Das hilft!"

Ich nicke. Sina wieder, mit ihren neuen Ratschlägen aus irgendwelchen Guru-Büchern. Ich weiß nicht, was ich darauf antworten soll aber denke, dass es nicht so einfach sein kann.

Unwissend, dass ich zu diesem Zeitpunkt schon schwanger bin.

„Bist du bescheuert?", fragt Mutter mich.

Bescheuert? Nein. Ich bin schwanger. Ich höre Mutter in den Hörer atmen und schnaufen. Immer wieder Sätze wie: „Oh man, Neele" und „Das kann doch wohl nicht wahr sein" und: „Und jetzt?"

Ich weiß nicht, ob die Sätze an mich gerichtet sind. Aber sie gehen direkt in mein Ohr und setzen sich in meinen Kopf. Dahin, wo eh kaum noch Platz ist. Auf diesen riesigen Haufen voller Fragen und Ängste.

„Warum machst du das?"

Ich kann nichts sagen. Ich hatte Sex. Jetzt bin ich schwanger. Warum mache ich das …

„Was machst du denn jetzt? Was hast du dir dabei gedacht?"

Was mache ich jetzt … Ich sitze jetzt auf meinem Bett in meiner Einzimmerwohnung, vor mir drei positive Schwangerschaftstests, und frage mich, was mache ich jetzt?

„Ich weiß es nicht", antworte ich und fange an zu weinen.

„Heulst du?", fragt Mutter vorwurfsvoll.

Ich sage nichts und weine leise.

„Du bist so dumm, Neele."

Ich presse meine Hand auf meinen Mund, damit sie mein Weinen nicht hört. Mutter sagt: „Ich lege jetzt auf", und legt auf.

Zitternd lege ich mein Handy neben die Schwangerschaftstests und weine, ohne einen Laut von mir zu geben. Die letzte Hoffnung auf eine liebevolle Mutter zerbricht im Telefonhörer. Was hatte ich erwartet? Warum kann ich nicht aufhören, Erwartungen ihr gegenüber zu haben? Ich hatte wirklich gehofft, dass uns ein Baby näher zusammenbringt. Dass sie mich versteht. Von Mutter zu Mutter. Doch der Traum von einer liebevollen Oma ist zerplatzt.

Der letzte Rest der Gefühle, selbst eine Mutter zu haben, ebenso. Ich hatte sie unterschätzt. Ihre Boshaftigkeit. Ihren Hass gegen mich.

Mateo, der das ganze Telefonat über seine Hand auf meinem Rücken hatte, als würde er mich jeden Moment auffangen können, im Falle, dass ich falle, setzt sich vor mich und nimmt mich fest in den Arm. Doch meine Trauer ist Wut geworden, lässt mich aufspringen und von rechts nach links stampfen.

„Ob ich bescheuert bin, hat sie mich gefragt!", schreie ich.

Auch Mateo kommen die Tränen.

„So kann man doch nicht sein!"

Ich wische mir mein nasses Gesicht trocken.

„Sie ist so scheiße."

Ich laufe noch ein paar Mal hin und her. Suche irgendwas, um meine Nase zu putzen.

„Sie ist so scheiße. Sie ist einfach so scheiße", wiederhole ich weinend immer und immer wieder, bis ich mich schließlich wieder auf das Bett fallen lasse und meinen Schnodder am Kissen abwische.

Mateo rückt zu mir, wir kuscheln uns aneinander, liegen Stirn an Stirn mit geschlossenen Augen.

„Warum ist sie so scheiße?", flüstere ich.

„Ich weiß es nicht", sagt Mateo tonlos.

Da liegen wir. Auf dem Bett, auf dem wir nach irgendeiner Party ein Baby gemacht haben. Völlig betrunken, auf Speed, MDMA oder Koks. Oder allem. Wahrscheinlich.

Ich hatte schon seit einer Ewigkeit meinen Zyklus nicht mehr im Blick. Eigentlich hatte ich in letzter Zeit nichts im Blick und schon gar nicht im Griff. Ich war froh, wenn ich bei meinen Barschichten genug Geld für die Miete und Tabak verdiente und ich mit Mateo und den anderen in irgendeinem dunklen Schuppen tanzen konnte. Und jetzt sollen wir Eltern werden?

„Wir haben ein Baby gemacht", sagt Mateo, ergänzend zu meinen Gedanken.

„Wir haben ein Baby gemacht", wiederhole ich und weiß nicht, ob ich darüber lachen oder noch mehr weinen soll.

„Was macht man jetzt?" Ich rücke ein Stück weg und schaue ihm in die Augen, als wäre es mir ernst.

Es ist ernst.

„Weiß nicht."

„Muss es weg?" Meine Stimme bricht.

Mateo sagt nichts. Dieses Nichts wiegt schwer und steht mitten im Raum. Alle Gefühle sind im Raum. Da steht Angst neben Freude. Trauer und Reue neben Hoffnung und Zuversicht.

Mateo durchbricht die Sekunden der Schwere, steht auf, geht in die Küche und kommt mit zwei Flaschen Radler zurück. Er zeigt auf meinen kleinen Balkon. „Kommst du mit raus?"

Es ist ein warmer Sommerabend. Einer dieser Sommerabende, an denen Menschen gegen Abend nur kurz in den Häusern verschwinden, um sich für die Nacht umzuziehen oder das Strandtuch gegen den Lippenstift zu tauschen. Wir beobachten das wilde Treiben der Straße. Ich sehe Frauen und frage mich, sind das Mütter? Wo sind Mütter?

Zwei Sommer danach sitze ich auf dem Balkon unserer neuen Dreizimmerwohnung und blicke hinunter auf die Kreuzung. Das gleiche Viertel, eine andere Straße, ein anderes Haus. An der Ecke gegenüber sind alle Tische belegt, wie jeden Samstag im Sommer. Ab einer Außentemperatur von 20 Grad haben Menschen das Bedürfnis, ihr Essen außer Haus zu sich zu nehmen. Sie sitzen da, schlackern mit ihren Sandalen, klauen sich Antipasti vom Teller und kichern über Tomatensoßetropfen auf Nasenspitzen und wegen der zwei Gläser zu viel.

Eine skurrile Welt da unten, denke ich. Ist das das normale Leben? Obwohl uns Luftlinie nur wenige Meter voneinander trennen, liegen mehrere Galaxien zwischen uns. Mein Balkon ist mein Raumschiff. Mit im Cockpit: ein Babyphone, eine Packung Tabak, Blättchen, Filter sowie ein Feuerzeug und ein Glas Erdbeersekt. Normaler Sekt schmeckt mir nicht mehr. Mit den Damen da unten könnte ich längst nicht mehr mithalten.

Als Kira sechs Wochen alt war, habe ich wieder mit dem Rauchen angefangen. Ich hatte mein Raumschiff vermisst. Fünf Minuten nur für mich zum Atmen, Rauchen und Beobachten. Ich denke dann häufig an alle anderen Mütter mit Balkonen, und ob sie wie ich sehnsüchtig anderen Pärchen hinterherschauen, sich vorstellen, wie es wäre, sie zu sein und sich wünschen, einfach hinausrennen zu können, ohne Schuhe, nur mit ein bisschen Kleingeld, um sich ins Getümmel zu stürzen und sich von der Freiheit treiben zu lassen.

All diese Menschen da unten könnten Eltern sein. Eltern von Kindern, die von den Großeltern gehütet werden. Eltern von verstorbenen Kindern. Eltern von Kindern, die schon erwachsen sind. Eltern von Kindern, die alleine zu Hause schlafen können. Getrennte Eltern im Wechselmodell. Getrennte Eltern, die ihre Kinder kaum sehen. Eltern, deren Kinder bei Freund:innen übernachten. Eltern, deren Partner:in auf das Kind aufpasst.

Ich bin nicht da unten.

Ich bin hier in meinem Raumschiff.

Lichtjahre entfernt von den Menschen und diesem Leben da unten.

Damals in der Einzimmerwohnung wusste ich nicht mal, wie man schwanger ist.

Geschweige denn, wie man eine Mutter ist.

Ich habe noch nie ein Baby auf dem Arm gehabt und jetzt habe ich eins in meinem Bauch. Ich nippe am Bier und schlucke mein schlechtes Gewissen herunter. Ich stelle die Flasche neben mich und bilde mir ein, dass es mir eh nicht schmeckt. Wie leer die Hände sind, wenn man nicht raucht oder trinkt. Was können diese Finger noch, außer sich in den Tiefen des Tabakbeutels vergraben oder Flaschenetiketten abpulen? Unruhig knibbelt mein Mittelfingernagel den Daumennagel. Es verursacht ein leises Knacken.

Mateo unterbricht meine unruhigen Hände und nimmt sie in seine.

„Du rufst am besten morgen bei deinem Frauenarzt an."

Ich nicke und atme schwer.

„Ich komm mit zum Arzt."

„Okay."

„Mama Neele."

„Papa Mateo."

Wir lachen. Aber nicht wie über einen guten Witz. Sondern so, wie über eine große Dummheit.

Dann wieder großes Schweigen. Wenn man Unsicherheit hören könnte, dann würde sie jetzt den Straßenverkehr und die Stimmen aus den Lokalen draußen übertönen.

„Schaut, da oben, diese Unsicherheit!", würde jemand sagen und zu uns hoch zeigen. Die Menschen würden stehen bleiben und staunen.

„Eine verdammt große Unsicherheit!", würden sie tuscheln.

SINA UND
DIE SCHLECHTEN ENERGIEN

Ich liege bei Sina auf dem Bett. Neben mir halbe Sätze, die ich versuche zusammenzufügen. Eigentlich ganz leicht: Sina, ich bin schwanger. Aber die Worte wollen nicht, wie ich will.

Plötzlich riecht es wie in einem dieser kleinen Hippieläden, vor denen Traumfänger und bunte Tücher im Wind flattern.

Sina kommt mit einer Holzkiste und einem qualmenden Räucherstäbchen und setzt sich neben mich auf die Bettkante.

„Guck mal, was mir Anni heute mitgebracht hat …"

Ich denke, dass mir der Name Anni langsam zum Hals raushängt.

„Ich kriege richtig Gänsehaut bei diesem Geschenk", haucht Sina und streicht dabei über das Kästchen.

Ich überprüfe ihre Mimik, aber es ist keinerlei Ironie darin zu erkennen.

„Okay?", frage ich und rutsche näher, um ihren Schatz genauer zu betrachten.

„Anni ist so eine besondere Person. Ich bin so froh, dass sie bei uns im Frisörsalon angefangen hat … Kennst du das, wenn jemand den Raum betritt und man denkt nur so: Aaaaah wie schön …?"

Ja, denke ich. Du bist für mich so eine. Aber ich behalte es für mich und höre weiter zu, in der Hoffnung, ihr gleich von meinen Neuigkeiten erzählen zu können.

„Sie hat so was in sich. Sie strahlt so und …"

Sina schaut in die Ferne. Oder tut zumindest so. Die Ferne endet an der dunkelgrün gestrichenen Wand. Nach einer langen Pause fährt sie mit ihrer Rede fort.

„Ich glaube, ich kann noch viel von ihr lernen. Sie ist so bedacht und ganz bei sich. Sie ist eine Meisterin."

Ich setze mich auf und will endlich wissen, was in der Kiste drin ist.

„Zeig! Was ist da drin?"

Als meine Hände die Kiste berühren, zieht Sina sie weg und stellt sie zwischen uns. Ganz langsam und vorsichtig öffnet sie den Deckel. Zum Vorschein kommen ein Briefumschlag aus geschöpftem Papier, ein Kristall, eine getrocknete Blume und eine Karte. Ich nehme die Karte und lese:

Die wahre Lebenskunst besteht darin,
im Alltäglichen das Wunderbare zu sehen.

Ich lache laut los und schmeiße die Karte verächtlich zurück.

„Ja ja und wenn's dir schlecht geht, dann bist du auf jeden Fall selbst dran schuld", sage ich amüsiert.

Doch Sina schaut mich an, als wäre das hier jetzt eine sehr ernste Sache. Ich höre auf zu lachen und prüfe erneut ihr Gesicht.

„Was?", frage ich.

Sie durchbohrt mich mit ihrem Blick, bis sie sich wieder ihrer Kiste zuwendet und ihre Finger darin spazieren lässt.

„Was? Stimmst du dem zu oder was?"

Ich halte die Karte vor ihr Gesicht und lasse sie gleich wieder fallen.

Sina wirkt gedankenverloren. Ich verstehe gar nichts mehr. Als ich noch mal hineingreifen will, um mir den Rest anzuschauen, schließt sie den Deckel abrupt, nimmt die Kiste an sich, steht auf und sagt sehr bestimmt: „Du bist so negativ. Von dir kommen immer nur schlechte Energien. Das möchte ich nicht mehr. Ich ziehe hier eine Grenze."

Ich reiße meine Augen auf. Wahrscheinlich, um genau hinsehen zu können, ob wirklich Sina vor mir steht.

„Schlechte Energien?", wiederhole ich verwundert.

„Ja."

Sina stellt die Kiste auf ihren Schrank und fuchtelt beim Reden mit dem

Räucherstäbchen umher. Es ist ein wirklich komisches Bild von ihr, welches ich bis dahin nicht kannte. Als würde sie für ein Theaterstück eine Rolle proben, so steht sie da und sagt: „Ich empfange von dir nur schlechte Energien. Du bist immer so im Außen. Wenn du das ändern willst, dann helfe ich dir gern dabei. Aber so ... so möchte ich nicht mehr."

Helfen wobei? Ich verstehe nichts mehr. Und schüttle nur verwirrt den Kopf. Was tut sie da? Macht sie grade mit mir Schluss?

„Ich muss gleich los, ich treffe mich mit Anni zur Klangmeditation."

Sie greift nach ihrer Tasche und fängt an, irgendwelche Leggins und Stulpen einzupacken. Ich muss mir das Lachen verkneifen und warte darauf, dass sie zu mir aufs Bett springt und laut „veraaaaarscht!" schreit. Als ich merke, dass der Punkt überschritten ist, an dem sie das hätte machen können, nehme auch ich meine Tasche und bewege mich zur Tür.

„Okay, dann äh ... bis morgen?", frage ich unsicher.

Sina kommt auf mich zu und nimmt mich in den Arm. Die Umarmung dauert nicht die üblichen ein, zwei Sekunden. Sie drückt mich lange an sich, bis es mir wirklich unangenehm wird, und als wir uns endlich lösen, liegt in ihrem Gesicht eine Sanftheit, die mich etwas ängstigt.

„Tschüss Neele, ich wünsche dir einen schönen Tag", säuselt sie und es hört sich an, als würde wer anderes durch sie sprechen. Ich drehe mich um und überlege, ob ich ihr noch von dem Baby in meinem Bauch erzähle.

Aber ich verlasse die Wohnung.

Wir sehen uns nicht am nächsten Tag, auch nicht am darauffolgenden.

Ich weiß nicht was diese Anni mit ihren Räucherstäbchen und den Klangmeditationen mit Sina gemacht oder wo sie sie hingebracht hat. Es vergehen Wochen und viele Partys ohne Sina. Immer wieder schreibe ich ihr Nachrichten. Ich schreibe Sätze, die mit „ich bin schwanger..." beginnen und lösche sie wieder. Auch im Gruppenchat liest sie mit, aber eine Antwort kommt nie.

IMMER WIEDER
BRAUNES LINOLEUM

„You hear the music and you start to think about your childhood, you start
to think about your problems. You feel something."
Ricardo Villalobos (in *Feiern – Don't forget to go home*)

Mutter hat schon lange kein Wasser mehr getrunken. Das sehe ich an
der Pracht der Pfefferminzsträucher auf ihrem Fensterbrett. Mutter hat
auch schon lange keinen Nägeltag gehabt, das verrät das abgeblätterte Rot
auf ihren Nägeln. Die Anzahl der grünen Weinflaschen, die sich auf dem
braunen Linoleumboden der Küche stapeln, zeugen von einer Zeit in
Mutters Leben, in der ihr ohnehin schon kleines Universum noch mehr
geschrumpft ist.

Vielleicht ist sie aber auch schon längst ihr eigenes Universum. Von dort
aus hört sie nur noch sich selbst reden. Meistens gibt es auch niemand anderen, mit dem sie sprechen könnte.

Ich will mit ihr über das Baby sprechen.

„Wir waren bei diesem Beratungsgespräch", sage ich.

„Aha", sagt sie, während ihr Zigarettenqualm aus der Nase kommt.

„Und mir wurde da bewusst, dass..." Ich wedle den Rauch von mir weg,
bevor ich weiterrede: „...also ich glaube, wir werden das Baby behalten."

Mutter schaut mich ungläubig an. Ihr Mund tut so, als würde er „Was?"
sagen und fällt dann in ein lautes Gelächter.

„Das ist nicht dein Ernst, Neele?"

Ich atme tief und sage nichts. Mein Blick nagelt sich am Linoleum fest.
Das tut er immer, wenn ich mich von Mutter erniedrigen lasse. Es ist, als
würde mein Blick dorthin gehen, wo er meine Seele liegen sieht – am Boden.

„Du willst nicht wirklich dieses Baby kriegen?"

Mutters Stimme wird lauter und ihr Lachen weniger.

Es ist Linoleum, das sich nicht mal die Mühe macht, so auszusehen wie Holz.

„Wer ist überhaupt der Vater? Dieser Matthias?"

Mateo, denke ich und nicke.

„Das ist ein Witz! Der Typ?!"

An manchen Stellen des Bodens wölbt sich der Belag nach oben. Luftblasen, die nicht mehr wegzukriegen sind. Irgendwann Mitte der 80er-Jahre wurde das Linoleum verlegt. Schlampig, nachlässig. Der Boden, auf dem Mutter und ich unsere gemeinsamen Jahre verbracht haben.

„Sei ein Mal in deinem Leben vernünftig und treib das Baby ab!"

Aus dem Augenwinkel sehe ich, wie sie ihre Zigarette ausdrückt. Mein Blick lässt das Linoleum los, schweift zum Aschenbecher und dann zum Messerblock auf der Küchenzeile. Ich will, dass sie sich an meinen Worten schneidet. Doch ich habe keine Worte mehr. Meine Gefühle sind zu stumpf. Meine Wut gegen sie macht mich müde und träge. Wie gut es wäre, jetzt einfach diese Wohnung zu verlassen, denke ich. Im Film wäre das jetzt so. Im echten Leben bleibe ich noch weitere dreißig Minuten sitzen, nicke und sage nichts. Höre mir ihren Hass gegen mich und das Leben an.

Linoleum und ich, wir sind widerstandsfähig. Auf unsere Weise.

„Also wenn du Mutter wirst, dann hast du keine Mutter mehr, das verspreche ich dir", fährt sie fort. „Lass dich mit dem Balg hier bloß nie blicken, hörst du?"

Ich merke wie ich aufstehe und höre mich sagen: „Das würde ich nie tun."

Dabei klingt meine Stimme weniger stark als gedacht. Ich verlasse die Wohnung, renne das Treppenhaus hinunter und höre Mutter schreien: „Verpiss dich oder treib ab!!"

Draußen angekommen, laufe ich zum kleinen Park auf der gegenüberliegenden Straßenseite. Dorthin, wo einst Bänke standen. Dorthin, wo ich mich als Kind immer zu verstecken versuchte, wenn ich mit Mutter Streit hatte. Bis die Stadt beschloss, die Bänke zu entfernen, um kiffende Jugendliche vom Park fernzuhalten. Die Jugendlichen kifften trotzdem und ich lief weiter von zu Hause weg.

Meine schnellen Schritte durch das Treppenhaus übertönten Mutters Geschrei, das man noch durch die geschlossene Wohnungstür hörte. Ich war elf oder zwölf und konnte ihre Stimme nicht mehr ertragen. Sie hörte nicht auf zu reden. Sie redete über die Müllabfuhr, die Nachbarn, irgendwelche Männer, die sie kennenlernte, über mein Aussehen, über meine große Nase und über meine Fünf in Mathe. Selbst wenn ihr keiner zuhörte, hörte sie nicht auf zu reden. Sie redete mit dem Fernseher, mit ihrem Schnaps, mit der Dusche. Es gab damals noch keine Noise-Canceling-Kopfhörer. Ich hatte nur Kopfhörer, die einen Wackelkontakt hatten und einen heißgeliebten Discman, den ich überall mit hin nahm. An diesem Tag hatte Mutter ihn mir wegnehmen wollen.

Ich saß an meinem Schreibtisch und hörte Britney Spears.

There is no need to protect me
It's time that I
Learn to face up to this on my own
I've seen so much more than you know now
So don't tell me to shut my eyes
I'm not a girl
Not yet a woman

In meinem Kopf war ich die Sängerin des Songs und spazierte am verlassenen Strand entlang oder durch die Straßen von New York. Egal.

Hauptsache, ich war nicht in dieser langweiligen Siedlung in dieser schrecklichen Stadt und musste Mutters Reden nicht mehr ertragen. Ich hörte so laut Musik, dass ich nicht bemerkte, wie sie in mein Zimmer kam. Bis ihr wütendes Gebrüll durch meine Kopfhörer drang und ich sie erschrocken aus meinen Ohren riss.

„Hörst du mir überhaupt zu?", schrie Mutter und sah den kleinen CD-Player auf meinem Schoß. „Dieses Drecksteil!", sagte sie und griff danach, wollte ihn mir wegnehmen. Ich hielt ihn mit aller Kraft fest und schrie, „NEIN" und „LASS MICH". Immer wieder. Als ich merkte, dass der Discman mir aus der Hand rutschte, stand ich abrupt auf, schubste Mutter gegen mein Regal, woraufhin sie zu Boden fiel und ich aus der Wohnung floh.

Draußen angekommen rannte ich über die Straße in den Park und setzte mich auf eine der Bänke. Den Discman hatte ich noch in den Händen. Aus den Kopfhörern tönte bereits das nächste Lied. Ich setzte sie auf, machte so laut, bis ich meinen eigenen schnellen Atem nicht mehr hörte und weinte zu HIM.

We are so young
Our lives have just begun
But already we're considering
Escape from this world

Mehr als zehn Jahre später setze ich mich auf einen übriggebliebenen Banksockel und während mir die heißen Tränen die Wange runter laufen, bemerke ich, dass ich meine Jacke bei Mutter vergessen habe. In der Jacke ist mein Portemonnaie. Ganz kurz überlege ich, noch mal zurück zu gehen, aber es erscheint mir unmöglich.

Ich bin schon so oft weggerannt.

Ich will dieses Haus verlassen haben für immer.

Ich kann nicht mehr zurück.

Mutter freut sich sicherlich über die 15 Euro und wirft den Rest in den Müll. Ich weine. Warum kann sie mir nicht so egal sein wie ich ihr? Was ist falsch mit mir? Schon wieder hatte ich Erwartungen an sie. Wie naiv und dumm kann man sein?

Vielleicht sollte ich wirklich abtreiben.

Mit diesem Gedanken stehe ich auf und gehe zur Straßenbahn. Ohne Ticket und Jacke setze ich mich an einen Fensterplatz und fahre vierzig Minuten ans andere Ende der Stadt. Es ist Feierabendverkehr, die Menschen wollen nach Hause und drücken sich mit langer Miene und großen Umhängetaschen in die Bahn. Alles ist bedrückend und eng. Ähnlich wie in meinem Brustkorb. Ich verstecke mich hinter meiner Hand und meinen Haaren. Meine Tränen gehören nur mir, keiner darf sie sehen. Mir wird schlecht wegen der vielen Gerüche, der vielen Menschen und weil ich ein Baby im Bauch habe. Mir tut das Baby leid, denke ich und konzentriere mich, nicht noch mehr zu weinen. Das Baby kann nichts dafür, dass man es nicht von Sekunde eins geliebt hat. Ob es den Hass von Mutter spürt? Und meine Unsicherheit? Ob es weiß, dass es mir heute lieber gewesen wäre, wenn da damals ein Kondom gewesen wäre? Ich habe Mitleid und Schuldgefühle und damit fahre ich nach Hause. Meinen Kopf angelehnt am Fensterglas sehe ich dabei zu, wie die Straßenbahn durch mir bekannte Straßen in eine ungewisse Zukunft fährt.

ABGEPACKTES BROT

„Ja, aber ich bin doch für dich da!", beruhigt mich Mateo, als wir von unserem ersten Ultraschalltermin kommen.

Nachdem die Ärztin die Schwangerschaft bestätigt hat, überrollte mich im Fahrstuhl des Ärzt:innenhauses eine Art Panik vor der neuen Situation. Ich hatte nicht damit gerechnet, dass man jetzt schon den Herzschlag des Babys sehen kann. Als Mateo und ich es auf dem schwarz-weißen Bildschirm flimmern sahen, griff er meine Hand und drückte sie ganz fest. Wir lachten unsicher, mit Tränen in den Augen, und dann war es beschlossen. Irgendwie. Ein Baby.

„Ich bin die meiste Zeit zu Hause und wenn du willst, dann kannst du noch mal zur Schule", sagt Mateo.

„Zur Schule?", frage ich verwirrt.

„Ja. Oder was weiß ich ... Ausbildung oder so."

„Ich bekomme ein Kind!", sage ich und lache, weil mir der Vorschlag so absurd vorkommt.

„Ja schon klar. Wir bekommen das!" Mateo betont das „wir" und fügt hinzu: „Ich bin ja auch noch da."

Kurz versuche ich mir vorzustellen, abends nach Hause zu kommen, zu Mateo und dem Baby. Das Abendessen auf dem Tisch.

Wir gehen an einem Kindergarten vorbei. Über die Hecke hinweg kann man kleine Kinder spielen sehen. Mateo und ich sehen uns an und fangen gleichzeitig an zu lachen.

„Aber so früh geben wir unser Kind nicht in die Kita, oder?", frage ich empört.

„Auf keinen Fall! Die waren ja höchstens zwei Jahre alt!", versichert Mateo.

Wir laufen weiter.

„Und was ist, wenn du auf Tour bist?", fällt mir ein.

„Die Touren sind ja vorgeplant. Das kriegen wir schon hin."

„Okay und dann, wenn du nicht auf Tour bist, dann bist du Haus- ..."
Ich überlege, ob es das Wort wirklich gibt und fahre fort: „... Hausmann?"

Mateo lacht. „Ja, warum nicht?"

Ich lache auch und nehme seine Hand.

„Ich putze, koche, backe Brot ...", zählt Mateo auf.

„Du backst Brot?" Jetzt lache ich laut.

Mateo sagt, er rufe gleich morgen seine Mutter an. Die habe früher
immer für Jonas und ihn das Brot für die Schule selbst gebacken. Die Brü-
der hatten sich für ihre Ökoeltern geschämt damals. Ihnen war immer alles
furchtbar unangenehm, was in ihrem kleinen Heimatdorf passierte.

Mit dem Ultraschallbild unseres Babys und einem Lächeln im Gesicht
laufen wir voller Zuversicht nach Hause. Eine mir unbekannte Vorfreude
wächst in mir, so wie das neue Leben in meinem Bauch und in unserer
Vorstellung: Spaziergänge, bei denen das Baby im Tragetuch vor Mateos
Brust schläft. Entschleunigung, Kuscheln zu dritt. Süße Strampler und
winzig kleine Schuhe. Glucksendes Babylachen und zarte Wangen.

Der ganze Tag ist durchwebt von diesen Vorstellungen. Jedes Mal, wenn
ich Mateo betrachte, versuche ich, ihn als Vater zu sehen. Das gelingt mir
mal mehr, mal weniger, aber definitiv besser, als mich selbst in der Mutterrolle zu sehen.

Da sehe ich nichts.

Und ich beruhige mich mit dem Gedanken, dass das noch kommt, spätestens wenn das Baby da ist.

Was gekommen ist, ist irgendwie anders.

Sehr anders.

Doch ich kenne das Gefühl. Denn wie schwer Verantwortung wiegen
kann, wusste ich schon als Kind.

Auf dem Pausenhof erzählten die anderen Kinder, wie viel sie für getane Hausarbeit bekamen. Naiv fragte ich: „Wie viel von was?"

Ich konnte mir nicht vorstellen, dass jemand Geld für Geschirrspülen oder den Müll rausbringen bekommen könnte. Die Kinder lachten laut.

„Na Geld, du Eierloch, was sonst?"

Ich tat so als wüsste ich, wovon sie sprachen.

„Ich bekomme fünf Mark!", log ich, um dazuzugehören. Dabei sah man mir an, dass wir kein Geld hatten. An der Länge meiner Hosen, am Inhalt der Brotdose und am Zettel, den ich jedes Halbjahr mitbringen musste, damit uns die Schulbücher finanziert würden.

Was meine Mitschüler nicht wussten war, dass ich trotzdem den Haushalt machte. Auch ohne Geld.

Ich spülte das dreckige Geschirr. Ich trocknete es ab und stellte es zurück in den Schrank. Ich fegte die Küche und auch den Flur. Ich leerte Mutters Aschenbecher und holte die Post aus dem Briefkasten. Ich erinnerte Mutter an das Öffnen der Post. Ich deckte sie abends zu, wenn sie auf dem Sofa eingeschlafen war. Ich wusste, wie man die Waschmaschine bedient oder Nudeln kocht. Ich stützte Mutter, wenn sie zu betrunken war, um allein zum Klo zu laufen. Und einmal schleifte ich sie vom Bett zur Dusche, weil sie eingepinkelt hatte. Ich zog sie aus und hielt die warme Duschbrause auf meine jammernde Mutter.

Vielleicht hätte ich für solche Dinge Geld bekommen sollen. Vielleicht hätte ich solche Dinge auch nie erleben dürfen. Kein Kind auf einem Schulhof sollte so viel Verantwortung tragen müssen. Aber das ahnte ich damals nur.

Ich bin sehr viel mehr Mutter und Mateo sehr viel weniger Vater, als ich an jenem Tag nach dem Ultraschalltermin dachte. Das will Kira so.

Oder vielleicht sind wir da in etwas reingerutscht, das wir so nie wollten.

„Wieso will sie nicht bei mir ins Tragetuch?", fragt Mateo gestresst durch Kiras Geschrei, als wir sie in das fünf Meter lange Tuch befördern wollen.

„Ich weiß es nicht!", sage ich und weine fast mit.

Erschöpft nehme ich Kira zurück auf meinen Arm und setze mich. Sofort ist sie ruhig und schmiegt sich an meine Brust. Hilfesuchend blicke ich zu Mateo. Aber auch er weiß keine Antwort:

„Warum will sie nicht zu mir?", fragt er enttäuscht.

Ich schüttle nur den Kopf.

„Ich bin die meiste Zeit zu Hause und wenn du willst, dann kannst du nochmal zur Schule." Diese Sätze von Mateo hallen in meinem Kopf nach, während ich Mateo und Kira beim abendlichen Kampf mit diesen scheiß Koliken beobachte. Sein „Sssch" wird immer lauter. Kiras Weinen immer schriller. Wie naiv wir gewesen sind. Seit einer Woche war ich nicht mehr duschen. Kira klebt an mir wie Muttermilch und Kotze an meiner Haut. Ich will irgendwem die Schuld geben. Kira oder Mateo, ist mir egal, ich will nur warmes Wasser und Seife und ein bisschen Ruhe. Stattdessen binde ich mir Kira ins Tragetuch und räume die Küche auf. Sowie die Garderobe und den Schreibtisch. Denn Mateo ist zum Einkaufen gegangen und obwohl ich sauer auf das Alleinsein bin, fällt es mir schwer, mich auszuruhen. Ich schäme mich, wenn ich den ganzen Tag mit Kira nur auf dem Sofa sitze.

Ich habe wegen eines Babys die Kontrolle über mein Leben verloren. Ich kann nicht auch noch die Kontrolle über den Haushalt verlieren. Der war schon immer meiner.

Als Kind, und heute auch.

Das Teilen von Aufgaben habe ich mir romantischer vorgestellt, als es in Wahrheit ist. Die Wahrheit habe ich mir anders vorgestellt.

Mateo kommt zurück mit einer Einkaufstüte und einem halben abgepackten Brot.

IRGENDWANN

„Diese Zeit hat alles Mögliche beeinflusst. Die Kunst, die visuelle Bild-sprache (...). Ich finde gut, dass man das nicht so festhalten kann und sagen kann, oh guck mal, wie früher."
Elsa for Toys über die ersten Jahre von Techno (in *We Call it Techno*)

„Du bist die Mutter, warum sollte ich auf dein Baby aufpassen?", pampt Mutter am Telefon.

„Okay, dann nicht."

Enttäuscht lege ich auf.

Das war klar, denke ich. Ich weiß gar nicht, ob ich es wirklich gewollt hätte, dass Mutter auf die zehn Monate alte Kira aufpasst. Aber es war mal wieder ein Versuch, sie als meine Mutter und auch als Oma zu integrieren.

Sie zu dem Mensch zu machen, den ich mir wünsche.

Mateo streicht mir über den Arm und versucht, mich zu trösten.

„Mach dir nichts draus, irgendwann gehen wir wieder zusammen feiern."

Irgendwann, wiederhole ich in meinem Kopf. Und das macht mich fast noch wütender. Denn das bedeutet, dass es nicht heute passiert und auch nicht morgen. Irgendwann ist in frühestens einem halben Jahr. Oder erst in drei.

Ich denke an Cosmos-Ben. Wie wir ihn alle verachtet haben, weil er Kinder hatte, feiern ging und in einem Club arbeitete. Heute wäre ich gerne Ben.

„Wie hat deine Mutter das eigentlich früher gemacht?", platzt Mateo in meine Gedanken.

„Hatte die Babysitter für dich?"

„Ich weiß gar nicht", antworte ich und überlege.

„Wenn sie sich mit Männern getroffen hat, dann waren die immer bei uns. Manchmal gab es richtige Partys im Wohnzimmer. Dann wurde ich nachts wach und durfte nicht rauskommen."

Jemand hatte meine Kinderzimmertür aufgerissen und sie sofort wieder zugeknallt. Kerzengerade saß ich im Bett. Das Mondlicht glitzerte zwischen den Blättern vor meinem Fenster.

„Heike? Was ist das für ein Zimmer?", rief jemand vor meiner Tür.

Ich hörte, wie meine Mutter über den Flur gelaufen kam.

„Geh weg da!", flüsterte sie.

Mutter kicherte so, wie sie immer kicherte, wenn sie betrunken war. Und das war sie eigentlich immer, sobald die Sonne unterging. Meistens saß sie mit zwei Flaschen Wein und einer Schachtel Kippen alleine vor dem Fernseher. Aber manchmal lud sie sich Leute nach Hause ein. Zu Gesicht bekam ich die nie. Ich traute mich nicht aus meinem Zimmer. Ich vermute, dass Mutter ihren Gästen nichts von mir erzählte. Jeden Morgen nach ihren Partys zog ich meine Schuhe, meine Jacke und alles andere, was sich außerhalb meines Kinderzimmers befand, aus einem Korb in ihrem Kleiderschrank heraus. Das war ihr Versteck für die Dinge, die darauf hätten deuten können, dass Heike, also Mutter, Mutter sein könnte. Die Gäste waren morgens schon längst verschwunden. Ein herber Geruch von Alkohol und Rauch lag in der Luft. Oft sammelte ich die Gläser vom Tisch, schüttete sie in der Küche aus und leerte den vollen Aschenbecher, während Mutter ihren komatösen Rausch ausschlief. Erwischte sie mich dabei, wurde sie wütend.

Wie immer eigentlich.

Mateo schüttelt entsetzt den Kopf, als ich ihm das erzähle. Dann ist es kurz still im Zimmer.

„Gehst du trotzdem zur Party?", frage ich.

„Ich würde gerne kurz vorbeischauen", antwortet er und sein schlechtes Gewissen erkenne ich über die Eckcouch hinweg.

Ich schlucke meine Enttäuschung hinunter und lächle. Ich rede mir ein, dass das okay ist. Weil es okay ist.

„Hey wir müssen ja nicht beide hier auf dem Sofa hocken, oder?", fragt er und sucht meinen Blick.

„Nein, alles gut. Irgendwann gehen wir wieder zusammen feiern", sage ich und zwinkere ihm zu. Ich muss ein paar Mal tief durchatmen. Dann schicke ich Esma eine Nachricht.

Hey, haben kein Babysitter.
Bleibe zu Hause, viel Spaß! 17:06

Schade :(Aber irgendwann werden
wir wieder zusammen feiern! 17:07

Irgendwann.

Irgendwann.

Ich stehe auf, nehme die krabbelnde Kira hoch und koche mir einen Tee.

FREMDE FREUNDE

„Das ganze Clubleben, das war das Leben. Man hat da gelebt. Das war so ein unglaubliches Gemeinschaftsgefühl. Man wollte da gar nicht weg und alleine in seine Wohnung."

Danielle de Picciotto (in *Party auf dem Todesstreifen*)

Ich öffne die Chatgruppe *Schlammcatchen*. Sie ist vor Jahren entstanden, nach dieser einen legendären Open-Air-Party im Matsch. Anfangs nur mit Jonas, Sina, Mateo, Esma, Lukas und mir. Als mein Babybauch immer größer wurde und ich immer weniger auf Partys gegangen bin, betraten Leute unseren Chat, die ich nicht kannte. Ich wusste nur, dass sie viel Zeit zum Feiern und keine Kinder hatten.

Nach wie vor fühlt sich das an, wie ausgewechselt worden zu sein.

Ich scrolle durch den Gruppenchat wie ein Geist. Es dauert lange, bis ich eine Nachricht von mir entdecke. Mehr als ein Jahr ist das her.

Esma
18 Uhr im Beet treffen? 13:54

Komme auch, freu mich! 14:02

Lukas
Wow du auch? 14:03

Jonas
Kommt das Baby nicht gleich? 14:06

Nein ich bin im 7. Monat 14:10

Das war der letzte Abend, an dem ich ausgegangen bin.

Kneipen und Clubs sind nicht für Schwangere gemacht. Es wird geraucht, die Schlange zur Toilette ist zu lang und die Partys beginnen dann, wenn man längst schon müde ist.

Aber da stand ich nun: Mit dickem Bauch in unserer Stammkneipe. Mit Apfel- statt Gerstenschorle, starkem Sodbrennen und überspieltem Unwohlsein.

Je betrunkener die Betrunkenen um mich herum werden, desto mehr frage ich mich: Was zum Fick tue ich hier eigentlich?

Und andere fragen mich das auch.

„Was machst du hier eigentlich?", fragt Lukas, als er mich dabei erwischt, wie ich aus den besoffenen Gesprächen der anderen aussteige.

„Wieso? Wo soll ich denn sonst sein?", entgegne ich beleidigt.

Aus seinem Mund klingt es so, als würde er nicht wollen, dass ich hier bin.

„Kein Plan ... Zu Hause oder so? Kann mir echt Geileres vorstellen als Techno und Bier für immer."

Lukas mochte Techno noch nie. Ab und an kommt er mit, wenn er mal wieder ein paar Pfeffi und Pillen zu viel hatte. Seiner Meinung nach erträgt man nur so dieses ganze „Bumm Bumm".

Aber wo soll ich denn sonst sein, wenn nicht hier? Zu Hause? Alleine? Mit anderen Hobbys sieht es mau aus. Und überhaupt. Nur weil ein Baby in mir wächst heißt das nicht, dass ich für die nächsten Monate in häusliche Quarantäne muss. Was soll ich dort? Ich verbringe meine gesamte Zeit in Clubs. Ich kenne niemanden außer den Menschen hier. Diese Leute sind meine Freunde. Meine Familie. Deren besoffene Gespräche ich nüchtern kaum ertrage und denen ich nicht folgen kann. Sie scheinen eine andere Sprache zu sprechen. Mein stetig wachsender Bauch trennt uns immer weiter voneinander.

Ich lasse mir das Leben nicht nehmen!, denke ich. Sage ich nicht. Klingt in meinem Kopf gut, aber ausgesprochen zu dramatisch.

Ich schiele zu Mateo. Ich werde heute alleine nach Hause gehen müssen, denke ich und werde recht behalten.

Als sich Aufbruchsstimmung breit macht und man abwägt, auf welche Party zu gehen sich mehr lohnen würde, stehe ich zwischen den Barstühlen.

Mitgehen oder Bett?

Aufgeben oder Weitermachen?

Ich fühle, dass die meisten von mir erwarteten, dass ich nach Hause gehe. Selbst Mateo ist dabei, sich von mir zu verabschieden.

„Ich bring dich noch zur Bahn, ja?"

Er streicht mir durchs Haar. Mehr grob als zärtlich.

„Schickst du mich nach Hause oder was?"

Mateo guckt verwundert und sehr betrunken.

„Ich dachte ... wegen dem Baby?", lallt er und tätschelt dabei meinen Bauch.

Ich hasse das. Bevormundet werden und halbherziges Betatschen.

Ich schiebe seine Hand weg, werfe mir die Jacke über und sage schnippisch: „Ich komm aber mit!"

Dabei bin ich mir selbst nicht mal sicher, ob ich das überhaupt will.

Kurze Zeit später sind wir in einem neuen Club, nicht weit vom Beet entfernt. Der Laden ist voll, die Menschen sind es auch. Wie eine Außerirdische stehe ich am Rand der Tanzfläche und gebe mir größte Mühe, nicht aufzufallen, aus Angst, jemand könnte einen fiesen Kommentar über meinen Bauch ablassen. Ein komischer Blick und ich breche in Tränen aus, denke ich. In meinem dunklen Versteck am Rande des Geschehens nehme ich eine Rolle ein, die es in Clubs sehr selten gibt: die der Schwangeren.

Ich fühle mich maximal unwohl, unbeweglich und fehl am Platz. Doch ein Teil in mir sagt, dass auch ich eine Daseinsberechtigung habe. Schwanger oder nicht, egal. Ich alleine entscheide, wo ich mich durch die Nacht trage. Ob ich liegen oder tanzen soll. Im Grunde ist Tanzen ja auch gar nichts Schlechtes in der Schwangerschaft, rede ich mir ein, wippe von einem Bein aufs nächste und schlürfe trotz Sodbrennen meine sechste Apfelsaftschorle.

Der Bass trägt meine Gedanken durch die nächsten fünfzig Minuten. Ich durchdenke die Gründe meiner Unsicherheit. Ist es das Sodbrennen? Die Seitenstiche? Oder ist es das gesellschaftliche Bild einer Schwangeren, welchem ich nicht entspreche? Ich hänge lieber mit meinen Freunden ab, als in Onlineshops nach dem perfekten Beistellbett zu suchen. Es macht mich wahnsinnig, mich zwischen Rosa und Blau entscheiden zu müssen, Junge oder Mädchen, dabei ist es mir doch wirklich egal, es ist einfach nur ein Mensch.

Und noch viel zu häufig würde ich einfach gerne Kräuterschnaps statt Kräutertee trinken.

Als wäre der Umstand, einen Menschen in sich wachsen zu lassen, nicht abgefahren, neu und schwer genug, versucht die halbe Welt (am lautesten die Leute, die keine Kinder haben) mir zu erklären, wie ich am besten schwanger zu sein habe. Für zwei essen, nichts heben und sowieso, jetzt ist aber Schluss mit Lustig.

Entgegen jeder Erwartung stehe ich mit dickem Bauch und unsicherer Entschlossenheit (ich wusste selbst nicht, dass es so was gibt) im Club und kämpfe dagegen an, als Mensch mit Uterus, in dem ein kleinerer Mensch heranwächst, von der Gesellschaft ausgeschlossen zu werden. Eine Art Protest gegen die Bevormundung, das Stigma und gegen die elendige Langeweile, alleine auf der Couch ein Baby auszubrüten.

Neun Monate sind lang.

Ich schnaufe. Sowohl aus Kurzatmigkeit und dem Gefühl des Erstickens, das eine Marihuanawolke auslöst, in der ich plötzlich stehe, als auch bei dem Gedanken an Geburt und das Leben danach. Und aus Müdigkeit. Noch nie war ich so müde. Und kurzerhand gehe ich nach Hause und bin ein bisschen froh, dem Wahnsinn von zwei XTC-Pillen zu entfliehen, die in Mateo demnächst anfangen werden zu wirken.

Das war der letzte Abend, an dem ich fester und wichtiger Bestandteil der Clique war. Sina fehlte an diesem Abend. Ich glaube, sie nahm es mir übel, dass sie von meiner Schwangerschaft über Jonas erfahren hatte.

Ich scrolle im Gruppenchat wieder nach unten, zu den aktuellen Nachrichten und denke, ihr Leben ging einfach weiter wie bisher. Dieselben Partys, dieselbe Musik, dieselben Drogen. Woche für Woche, Monat für Monat.

Auch an dem Tag, als ich Kira zur Welt brachte, hingen alle im Club ab. Das habe ich im Chatverlauf gesehen. Ich klicke auf die Profilfotos. Alt sind sie geworden. Und fremd. Ihre Gesichter wurden von Erlebnissen gezeichnet, bei denen ich nicht dabei war. Sie sehen aus wie fremde Freunde.

Ich schließe den Gruppenchat und öffne eine andere App, um mir Bilder von anderen Freunden anzuschauen. Auch Fremde. Freunde, denen ich noch nie begegnet bin. Aber im Gegensatz zu Esma oder Jonas wissen Lilalucyyy oder Zimtbirne, wie es mir wirklich geht, wie es Kira geht und was mich bewegt. Weil sie auch Kinder haben.

Die wenigsten Menschen wissen von meinen Internetfreunden. Irgendwie schäme ich mich für meine Unfähigkeit, Freundschaften im realen Leben zu pflegen, und dafür, dass ich lieber meine Zeit mit Menschen verbringe, die ich noch nie gesehen habe.

Wie ein Fernglas erlaubt mir mein Handy Einblick in Räume, die mir als Mutter sonst verwehrt bleiben. Auf meinem Smartphone betrachte ich Kunst, höre Podiumsdiskussionen zu. In Foren reihe ich mich an Menschen, die sagen, dass Flasche geben die Bindung zum Baby stört. Ob es bei ihm hackt, habe ich gefragt. Nein, es wäre nur seine Meinung, war die Antwort.

Mein Postfach hat ein offenes Ohr für andere Einsame am anderen Ende der Glasfaserleitung. Zusammen sitzen wir alleine am Handy, schicken lachende Smileys, ohne dabei eine Miene zu verziehen.

Wie ich früher, sobald es dunkel wurde, das Haus verließ, um ins Leben zu tauchen, so sitze ich heute auf dem Sofa, scrolle in Welten von Fremden umher und stelle mir vor, wie es wäre, sie zu sein. Oder mit ihnen zu sein. Ich weiß mehr über diese Fremden als über die, die ich einst meine Freunde nannte. Auf meinem Bildschirm ploppen mehr Benachrichtigungen von Menschen auf, die nicht meinen Klarnamen kennen, als von Menschen, die wüssten, wo sie klingeln müssten, stünden sie vor meinem Haus.

Aber da steht schon lange keiner mehr.

HÜNDINNEN

„Wenn sie dich nicht küssen will, dann lass es bitte!", sage ich zu Mutter, als ich mit Kira zur Wohnungstür hineinkomme.

„Na hör mal! Die Oma wird doch wohl noch einen Kuss von ihrer Enkelin zum Geburtstag bekommen dürfen!", empört sich Mutter und gibt Kira gegen ihren Willen einen riesigen Schmatzer auf die Wange.

„Alles Gute zum Geburtstag, Mutti", gratuliere ich und überreiche ihr einen Strauß Tulpen.

„Und? Gibt es einen Kuchen?", scherze ich, als ich mir die Schuhe ausziehe.

„Bist du wahnsinnig?", antwortet Mutter.

Es gab noch nie Kuchen. Auch nicht zum Geburtstag.

Mutter verschwindet in der Küche und kommt mit zwei Gläsern Wein zurück, die sie auf den Tisch stellt. Ich schaue sie verwundert an.

„Was? Jetzt willst du nichts trinken?", fragt Mutter schockiert.

„Ähm, ich stille ...", sage ich und deute auf meine Brüste.

„Ach was, das Gläschen Wein", erwidert sie und schiebt das Glas noch ein Stückchen näher.

„Nein!", sage ich deutlich und wende mich dann Kira zu.

„Das ist so typisch", faucht sie, nimmt mein Glas und schüttet den Wein in ihres.

Ich bin das gewohnt. Mutter wird immer sauer, wenn niemand mit ihr trinkt.

„Ich muss mal", sage ich, um aus der Situation herauszukommen und verschwinde mit Kira im Bad.

Während Kira das Toilettenpapier abrollt, höre ich Mutter immer noch über mich schimpfen: „Immer dasselbe" und „Muss die immer meinen Geburtstag versauen".

Ich flüstere Kira zu: „Wir bleiben nicht lang, okay?"

Beim Händewaschen öffne ich kurz Mutters Spiegelschrank, in dem sie die Parfüm- und Make-up-Proben hortet. Dabei fliegt mir eine offene Packung Tampons entgegen, die ich nicht mehr zu fassen kriege. Der gesamte Inhalt verteilt sich auf dem Boden.

Sofort reißt Mutter die Tür auf und schreit: „Was ist hier los?"

„Alles gut, mir sind nur..."

„... Ach, du wolltest deiner Mutter wieder etwas klauen, hm?", unterbricht sie mich und zeigt auf den offenen Spiegelschrank.

„Ich hätte dich vorher schon gefragt...", versuche ich, sie zu beruhigen und halte nebenbei Kira davon ab, auf den Tampons rumzukauen.

Mutter lehnt sich an den Türrahmen und schaut mir dabei zu, wie ich die Tampons wieder vom Boden aufsammle. Dann lacht sie und fragt:

„Wie ist das eigentlich? Kannst du die Dinger inzwischen benutzen?"

Für eine Sekunde denke ich, sie möchte wissen, ob ich nach der Geburt wieder meine Tage bekommen habe. Doch dann fällt mir ein, worauf sie anspielt. Auf den ersten Tag meiner allerersten Periode.

Mutter hatte gesagt, wir fahren in den Urlaub. Sie sprach von „Tapetenwechsel" und „rauskommen". Eine halbe Stunde saßen wir im Bus bei sengender Hitze. Als wir ausstiegen, standen wir in Omas Wohnsiedlung.

„Hier bleiben wir eine Woche", sagte Mutter und rollte mit ihrem gelben Chiffonkleid und dem blauen Koffer vorweg. Verwundert und schwitzend lief ich hinterher. Bis heute weiß ich nicht, warum wir bei Oma waren. Mutter und sie stritten von morgens bis abends. Immer lief der Fernseher. Immer floss Alkohol. Ich mittendrin. Den ganzen Tag im Schlafanzug.

Doch etwas anderes sollte die nächsten Tage wichtiger sein.

Am ersten Morgen bei Oma dachte ich, ich hätte ins Bett gepinkelt, warf die Decke weg und entdeckte einen großen Blutfleck. Das Blut war meins und überall. Irgendwo, wahrscheinlich in der Schule, hatte ich aufgeschnappt, dass Mädchen irgendwann anfangen zu bluten. Ich kletterte aus dem Bett, ging o-beinig in Richtung Wohnzimmer und blieb in der Tür stehen. Oma und Mutter waren grade dabei, mir einen guten Morgen zu wünschen, als sie den Fleck im Schritt meiner Schlafanzughose sahen.

„Oh nein", schrie Mutter, hielt sich die Hand vor den Mund, sprang auf und zerrte mich ins Badezimmer. Ihre Reaktion löste Angst in mir aus. Ich spürte, dass sich etwas verändert hatte, konnte es aber nicht greifen. So saß ich also da, den Tränen nah, auf diesem Klo, welches ich kannte, seit ich ein kleines Mädchen war, und wurde zwischen rosa Toilettenplüschbezug, Spitzengardine und handbemalten Tonfiguren zur Frau.

Mutter stand vor mir und sagte nichts. Sie schaute mich einfach nur an, als würde sie darauf warten, dass ich aufhörte zu bluten. Dabei fing es doch erst an.

Dann zerrte sie Schubladen auf, bis sie fand, was sie suchte, kramte eine Packung Tampons raus, drückte sie mir in die Hand, ging und machte die Badtür hinter sich zu. Ich starrte lange auf die Packung und verstand nichts, außer dass ich eine riesige Sauerei veranstaltete.

Und ich mich dafür zu schämen hatte. Das tat ich.

Ich beschloss, mich erst einmal von meiner blutdurchtränkten Hose zu befreien – es war die mit den kleinen Giraffen drauf – und legte sie vor mich auf die Fliesen. Auf meinem Fuß war eine Blutspur, wahrscheinlich vom Ausziehen der Hose.

Das Bild brannte sich ein. Das Bild meiner Füße mit Blutspuren auf dem kleinen rosa Toilettenteppich hängt eingerahmt in meinem Kopf, als Erinnerung.

Unbeholfen fummelte ich einen Tampon aus der Folie, legte ihn zwischen meine Vulvalippen und stand auf. Sofort fiel er hinunter. Ich setzte mich wieder hin und studierte die Packungsbeilage: Der Querschnitt eines Unterleibes war darauf abgebildet, und ein langer Finger, der den Tampon irgendwo rein schob.

In dem Moment öffnete sich die Tür. Meine Mutter guckte prüfend zwischen meine Beine und stellte fest: „Das geht da nicht rein, oder?"

Wo rein, dachte ich und zuckte ängstlich mit den Schultern.

„Bleib hier, ich gehe einkaufen", befahl sie und zeigte auf die Toilette.

Ich blieb da. Mein nackter Po hing über der Kloschüssel und ich sah zwischen meinen Beinen hindurch, wie das Blut aus mir tropfte.

Nach einiger Zeit kam Oma rein. Sie hatte mein benutztes Bettzeug unter dem Arm und fischte wortlos nach der restlichen vollgebluteten Dreckwäsche. Als wäre ich gar nicht da. Schon war sie wieder verschwunden. Und irgendwann kam Mutter mit drei Schachteln Kippen und einer Packung Binden unter dem Arm wieder. Binden kannte ich, die hatte ich schon mal in der Werbung gesehen. Nur war das Blut da blau und die Menschen im Fernsehen viel glücklicher, wenn sie bluteten. Mutter ließ mich wieder alleine und schloss die Tür. Da fiel mir ein, Oma hatte mir meine Klamotten genommen und ich hatte keine Unterhose mehr.

„Mutti!", rief ich.

Aber sie hörte mich nicht. Ich rief noch einmal und dann traute ich mich nicht mehr. Irgendwann riss sie die Tür wieder auf und fragte: „Was machst du denn so lange?"

„Ich habe keine Hose", sagte ich ängstlich.

Mutter zischte ab mit den Worten „Herrgottnochmal!", kam wieder und schmiss mir eine Unterhose zu. Ich musste aufstehen, um an sie heranzukommen und blutete dabei die Kloschüssel und auch den rosa Teppich voll. Vorsichtig klebte ich die Binde in meine Herzchenunterhose, wusch mir die Hände und ging zu Mutter und Oma ins Wohnzimmer.

Den Rest des Tages bekam ich auf jeder Sitzgelegenheit ein Handtuch untergelegt. So, wie man das bei läufigen Hündinnen macht. Zu dritt guckten wir „Zwei bei Kallwass". Inszenierte Familiendramen flimmerten auf dem Röhrenfernseher. Ein Tag wie jeder andere.

ALLES

*„Ein absolut idealer Sound, um sich wirklich selber auf der Tanzfläche zu
verlieren und aus dieser Mixtur aus Nebel, aus Flashlights, aus Sounds
sich aufzulösen und sich völlig selbst zu vergessen.“*
Claus Bachor (in *We Call it Techno*)

Ich werde von Mateos Stimme wach. Ich habe Kopfschmerzen und mir
ist schlecht. Bevor ich verstehe, dass Mateo telefoniert, bemerke ich den
Kaffeegeruch, der aus der Küche zu mir zieht. Ich vergrabe meine Nase im
Kragen meines Shirts, springe aus dem Bett und renne den Flur runter
zum Bad. Gerade so schaffe ich es zur Toilette, um mich zu übergeben. Es
ist nicht das erste Mal, dass mich die Morgenübelkeit überrascht. Seit Wochen ist mir schlecht. Die Gynäkologin hatte mir Besserung nach der
zwölften Schwangerschaftswoche und nach Vomex versprochen. Ich weiß
nicht, was mich müder macht. Das Kotzen oder die Tabletten.

Schwanger fühlt man sich anders schlecht.

Nicht wie damals vor dem Vibe-Club.

Als aus Alles Nichts wurde.

Was wie ein sehr guter Abend anfing, endete draußen auf dem dreckigen
Fußweg, zwischen den Fahrradständern und einem Fahrrad, von dem ich
dachte, es wäre meins.

Ich konnte die Schönheit der Nacht nicht einfach nur schön sein lassen
und genießen, ich forderte sie heraus. Wie schön wird etwas, wenn es schon
richtig schön ist? Richtig – es kann irgendwann nur beschissener werden.

Dabei hatte es so gut angefangen.

Ich staune. Und auch nicht, weil eigentlich nichts logischer ist als das.
Es ist alles. Alles, was mich bewegt. Bewegung und Wellen. Das Kribbeln

von den Schläfen bis in die Mundwinkel und schließlich auch in den Fingerspitzen, die plötzlich Töne zeichnen können. Ich werfe meinen Kopf hin und her, strecke meine Arme nach oben und war selten so sehr im Hier und doch weit weg. Alles hat einen Sinn und ich bin mittendrin.

Von hinten umarmen mich zwei nasse, warme Hände und umfassen meinen nackten Bauch. Ich rieche Mateo und schließe die Augen. Seine Bewegungen werden zu meinen, meine zu seinen. Ich lege meinen Kopf nach hinten, auf seine Schulter. Er streckt seinen Kopf um meinen Hals. Wie zwei sich liebende Giraffen, tanzend, im Technoclub. Ich schmunzle, umfasse seine Hände mit meinen und löse meinen klebrigen Körper von seinem. Ich drehe mich zu ihm um und wir küssen uns.

Es ist alles.

Es sind du und ich und wir.

Alles, was mich bewegt.

Der Kuss, ein bisschen zu feucht, ein bisschen salzig. Ich bin durstig. Nach Liebe und Sex. Und nach kaltem Bier.

„Hast du was zu trinken?", sage ich laut in Mateos Ohr.

Er schüttelt den Kopf.

Ich sehe mich um. Da, wo eben noch Sina getanzt hat, steht nun ein Fremder, angeleuchtet von seinem Handy, auf welches er starrt und Fotos nach links und rechts wischt. Ein komischer Ort zum Tindern, denke ich und schaue mich weiter um. Vor mir tanzt Esma und unterhält sich mit anderen.

„Komm, wir gehen was trinken!", schreit Mateo mir zu.

Ich nicke und folge ihm. Beim Laufen merke ich, wie nicht nur meine Fingerspitzen kribbeln. Mein ganzer Körper fühlt sich nach Postorgasmus an. Etwas zittrig vor Glück. Etwas über dem Boden schwebend und trotz zögernden und vorsichtigen Bewegungen mehr als ungeschickt.

Ich sehe Sina hinter dem Tresen. Sie hat die Spätschicht. Ich habe den Laden heute geöffnet, sie wird ihn schließen. Das hatte ich vergessen.

Ich beobachte sie. Sie ist wunderschön, denke ich. Ihre langen roten Locken wippen zur Musik, während sie das Wechselgeld an der Kasse zählt. Vielleicht kenne ich keinen schöneren Menschen. Meine Augen scannen jeden Zentimeter ihres Gesichts. Die großen braunen Augen und die kleine Nase. Ich möchte sie in den Arm nehmen und ihr sagen, wie dankbar ich ihr für unsere Freundschaft bin. Aber ich weiß auch, dass ich wirklich sehr breit bin und die Pille von vorhin verdammt gut ist.

Sina entdeckt Mateo und mich, kommt zu uns rüber. Sofort lege ich mich über die Bar, nehme ihren Kopf in meine Hände und versuche, sie zu küssen. Als ich dabei sämtliche Schnapsflaschen umwerfe lasse ich sie los und gebe ihr einen Luftkuss.

„Na, gut drauf oder was?" Sina lacht.

„Hast mal zwei Bier für uns?", fragt Mateo Sina und steckt mir seine soeben gedrehte Zigarette in den Mund.

Ich lege meinen Kopf auf seine Schulter und er macht mir die Kippe an. Wie einstudiert. Und ich möchte fast weinen oder schreien. Aber vor Glück. Einfach so. Ich lege meine Hand auf Mateos verschwitzten Rücken.

Es ist alles, denke ich.

Das hier ist alles.

Sina, Mateo, Musik, die Freiheit und keine Sorgen um Morgen. Um nichts.

Vor uns stehen zwei kalte Flaschen Bier und Sina ist schon wieder am anderen Ende des Tresens. Ich nehme einen Schluck und bevor ich runterschlucken und noch etwas sagen kann, hat sich Mateo schon wieder umgedreht und läuft zur Tanzfläche. Ich folge ihm, schnappe mir wieder seine Hand und lasse mich von dem Gedränge und den tanzenden Menschen mitreißen.

Ich schaue in die Gesichter um mich herum und glaube zu wissen, dass jede:r hier in diesem Moment so fühlt wie ich. Eine tiefe Zufriedenheit, wo auch immer ich hinschaue. Sie könnten alle meine Freund:innen sein.

Vielleicht sind sie alle meine Freund:innen. Wir alle sind im selben Raum, hören dieselbe Musik, atmen dieselbe Luft, sind durch dieselben Räume gelaufen, haben wahrscheinlich alle dieselben Drogen genommen. Wir teilen alle denselben Moment, dieselbe Nacht miteinander. Eine Erinnerung. Viele Stunden.

Weiter kann ich nicht nachdenken.

Meine Erinnerung hört auf. Ein Cut.

Plötzlich draußen. Plötzlich Kälte und Mateo, der mir eine Wasserflasche hinhält.

„Willst du noch was trinken?"

Ich schüttele den Kopf.

Ich wollte nicht, dass der Abend jemals endet und nun endet er mit dem Anblick meines eigenen Erbrochenen. Ein Klassiker.

Ich drücke die Klospülung, drehe mich zum Waschbecken um und schmeiße mir kaltes Wasser ins Gesicht. Ich bin kreidebleich, habe Pickel, Augenringe und das einzige, was an Schwangerschaftsglow erinnert, ist der Glanz meiner fettigen Haare.

Ob das Baby in mir so aussehen wird wie ich? Mutter und ich sehen uns gar nicht ähnlich. Irgendwo da draußen, gibt es einen Menschen, der so aussieht wie ich. Und vielleicht auch wie mein Baby.

Ich war 18. Mutter schmiss während eines Streits nicht nur mit Töpfen nach mir, sondern auch mit dem Satz: „Du benimmst dich nicht nur wie dein Vater, du siehst auch aus wie er!" Ich starrte sie an und fühlte mich betrogen. Ich hatte meinen Vater nie kennengelernt und wusste, dass Mutter ihn hasste. Immer, wenn es in Gesprächen darum ging, wer sein Kind geplant oder ungewollt bekommen hatte, wiederholte sie, als wäre es ein sehr guter Witz, ich wäre aus Hass entstanden.

Ich rannte aus der Küche in mein Zimmer und knallte die Tür hinter mir zu. Ich setzte mich vor meinen Spiegel und versuchte, mir einen Mann vorzustellen, der so aussah wie ich. Ich hatte Bilder im Kopf. Wie der Mann, der so aussieht wie ich, Mutter küsst. Sie kann mich nicht lieben, wenn sie ihn so sehr hasst, dachte ich.

Und fühlte Mitleid mit dem Mann, der so aussieht wie ich.

Und mit mir.

Ich rieche wieder Kaffee. Mein Schädel brummt. Schnell halte ich mir meinen Arm vor die Nase und tipple in die Küche, um nach Nahrung zu suchen, die in meinem Magen bleiben möchte. Dieser fordert schnell Rückzug und ich stolpere zurück ins Badezimmer.

„Alles gut?", höre ich Mateo auf der anderen Seite der Tür.

„Hm ...", bringe ich heraus, was so viel bedeutet wie „Ja".

Ich reiße das kleine Fenster auf und strecke meinen Kopf raus. Aber der Sommervormittag in der Großstadt hat keine frische Luft für mich übrig.

Ich selbst habe nicht viel für mich übrig und schleiche zurück ins Bett. Ich nehme mein Handy in die Hand und gebe „Kopfschmerzen Schwangerschaft" in die Suchmaschine ein.

„Vielen Schwangeren hilft es, an einem Pfefferminzöl zu riechen", lese ich. Ich schließe die Augen, lege mein Handy beiseite und ziehe die Bettdecke über meinen Kopf.

Alles, aber bloß kein Pfefferminz.

DER BENJAMINI

„Wie wollen wir wohnen?", fragt Mateo mich beim Tiefkühlpizza-Essen in meiner kleinen Einzimmerwohnung. Ich schaue mich um. Die Wohnung ist wirklich klein. Von der Decke hängt ein Kabel, dort, wo eigentlich die Glühbirne sein sollte. Ich habe es in den vergangenen fünf Jahren nicht geschafft, eine Lampe anzubringen. Auf einem alten Sessel, den ich auf der Straße gefunden habe, stapeln sich die Klamotten. An der Wand über dem Bett hängen Erinnerungen der letzten Jahre. Postkarten, Fotos und Flyer von vergangenen Partys. Eine halb vertrocknete Schlingpflanze erstreckt sich auf dem staubigen Fensterbrett. Sie stirbt aus Wasser- und Lichtmangel. Die Fenster habe ich in all den Jahren nur einmal geputzt. Ich mag es hier. Ich will gar nicht ausziehen.

„Hier passen wir nicht alle drei rein", stelle ich fest. Ich hatte vorher nie darüber nachgedacht, dass eine Schwangerschaft auch bedeutet, dass ich aus meiner Wohnung raus muss.

„Lass uns zu meinen Eltern ziehen...", sagt Mateo mit vollem Mund.

„Auf keinen Fall!", platzt es aus mir heraus und ich spucke dabei die halbe Pizza aus. Mateos Eltern wohnen mehr als 10 Stunden entfernt. Die Vorstellung, irgendwo auf dem Land zu wohnen, mitten im Nichts, wo ich niemanden kenne, macht mir Angst.

Mateo lacht.

„Okay, dann suchen wir hier 'ne Wohnung."

Ich nicke und weiß, dass das nicht einfach wird.

Vom einen Tag auf den nächsten haben zwei Striche auf einem Schwangerschaftstest unser Leben umgekrempelt. Die To-Do-Liste für die nächsten Monate war noch nie so lang und relevant:

Barjob kündigen

Sozialhilfe beantragen

umziehen

einziehen

als Paar wohnen

Kind bekommen

als Eltern leben

Gedankenverloren schaue ich Mateo an.

„Was ist?", fragt er.

„Das wird alles so anders...", sage ich gedankenversunken.

„Das haben Sie sich sicher auch anders vorgestellt", sagt Frau Schuster und ihre braun geschminkten Lippen formen sich zu einem Lächeln. Ich weiß nicht, will ich sagen. Und sage nichts. Verlegen schiele ich zum Fenster. Die Orchidee auf dem Fensterbrett hat Konkurrenz bekommen – ein riesiger Benjamini schmückt das Büro meiner Sachbearbeiterin.

„Der ist neu", sage ich und zeige auf den Baum. Frau Schuster blickt rüber, nickt, räuspert sich und verschwindet wieder hinter ihrem Bildschirm.

„Ihnen ist klar, dass Sie so schnell keine Wohnung finden werden?", fragt sie schließlich.

„Ehm, ja, der Wohnungsmarkt ist schwierig", antworte ich.

Frau Schuster blickt von ihrem Computer auf, um mich zu begutachten. Ihr Gesicht zuckt, als müsste sie die Kommentare über mein Äußeres hinunterschlucken.

Ich fühle mich nackt.

„Was, sagten Sie, arbeitet Ihr Freund?"

„Ist das nicht egal?", frage ich unsicher.

Frau Schuster lacht, ohne einen Laut von sich zu geben, macht ihren

Schrank auf und holt einen Zettel nach dem anderen heraus, um sie mir anschließend alle auf den Tisch zu knallen.

„Das brauche ich von Ihnen bis nächste Woche. Gehaltsnachweise von Ihrem Freund plus alle Anlagen, vollständig ausgefüllt."

Sie betont das Wort „vollständig".

Ich nehme die Papiere an mich und lasse sie in meinem Rucksack verschwinden.

„Nun zu Ihrer Arbeitnehmersituation. Können Sie in dem Lokal keine Frühschichten machen?"

„Nein, der Vibe-Club hat nur nachts auf", erkläre ich und sehe in Frau Schusters ungläubiges Gesicht.

„Es ist ein Club. Eine Diskothek", sage ich noch einmal deutlicher.

„Von 20 Uhr bis 6 Uhr dürfen Sie nicht arbeiten, so lautet das Mutterschutzgesetz", erwidert sie. „Es sei denn, Sie stimmen dem ausdrücklich zu."

„Ja, und das wäre mir sowieso jetzt zu anstrengend", füge ich lächelnd hinzu und denke an meine Symphyse.

„Sie sind schwanger – nicht krank. Sie können immer noch bis zu zwölf Stunden stehende Tätigkeiten ausüben. Sechs Wochen vor dem Entbindungstermin beginnt der Mutterschutz. Davor sind Sie dazu angehalten, arbeiten zu gehen. Oder sich eine neue Arbeitsstelle zu suchen", trägt Frau Schulz vor und mir wird augenblicklich ganz anders zumute.

„Ich soll mir einen neuen Job suchen? Als Kellnerin oder wie?", frage ich fassungslos.

„Ja, als Kellnerin wäre eine gute Idee. Es gibt viele freie Stellen. Kennen Sie schon unsere Jobbörse?"

Frau Schuster dreht ihren Monitor zu mir und zeigt auf eine Webseite.

Während Frau Schuster mir erklärt, wie ich mich auf dem Jobportal anmelde, schnürt sich mein Hals immer fester zu.

Schwanger sein.

Zwölf Stunden kellnern.

Eine Wohnung finden.

Einen Stapel Unterlagen ausfüllen.

Wie soll ich das schaffen?

Auch Mateo scheint zu überlegen, wie das gehen soll. Seit fünf Monaten stehen wir täglich in mindestens zwei leeren Wohnungen, füllen Bewerbungen aus, verstecken unsere Tattoos, schreiben meinen Namen statt Mateos auf Unterlagen, weil mein Nachname deutscher klingt als seiner, schütteln Hände von Makler:innen und Vermieter:innen und hoffen auf Zusagen. Mein Bauch wächst und auch die Angst, dass wir bald zu dritt in einer winzigen Einzimmerwohnung hocken werden.

Matteo starrt eine Weile vor sich hin. Schließlich sagt er: „Hattest du nicht mal erzählt, dass Sina Wohnhäuser gehören?"

Stimmt, da war was.

Mein Daumen schwebt über dem Wort Versenden. Ich lese die Nachricht noch ein viertes Mal. Lösche alle Smileys und das „Liebes" nach dem „Hey".

Senden.

„Hast du's verschickt?", fragt Mateo.

„Ja."

Ich starre auf das Handy. Zwei graue Haken hinter der Nachricht. Sina war vor einer Stunde zuletzt online. Der Bildschirm wird schwarz. Ich entsperre. Immer noch zwei graue Haken.

„Warum bist du so aufgeregt?"

„Keine Ahnung. Ich glaube, weil ich jedes Treffen mit ihr abgesagt habe und ich mich danach nie bei ihr gemeldet habe."

Mateo zuckt mit den Schultern.

„Sie soll uns nur 'ne Wohnung geben. Nicht dich heiraten."

Sagt er so.

Sina war meine beste Freundin. Betonung auf war. Dann kamen Anni und eine Schwangerschaft und alles war vorbei. Vielleicht lagen da auch ein paar Edelsteine dazwischen, wer weiß das schon.

Seit fünf Monaten weiß ich, dass ich schwanger bin. Nach dem seltsamen Nachmittag in ihrem Zimmer, als ich spürte, dass da zwischen uns was zu Ende gegangen war, haben wir uns nur noch einmal alleine getroffen, nachdem ich mich dazu durchgerungen hatte, ihr von dem Baby zu erzählen. Es ging um Makrobiotik und sie erzählte was von Yonis, was ein anderes Wort für Vulva oder Vagina ist. Sie schenkte mir ein Buch namens „Die Kraft der Frau – Der Weg zur natürlichen Traumgeburt". Ich versuchte, ihr zu erklären, dass das alles nicht mein Ding ist, Esoterik und so. Aber das war ihr egal.

Sie nun um Hilfe zu bitten fühlt sich falsch an. Gleichzeitig ist es unsere letzte Hoffnung auf eine Wohnung.

Das Handy vibriert. Eine Nachricht.

Hey, mir geht es fantastisch. Bin grade auf einem Retreat in den Bergen. Danach in Australien.
Es steht grade eine Wohnung leer, aber da wird noch gebaut. Wenn ihr Zeit habt, dann könnt ihr da einziehen 21:55

Ich lache vor Freude.

„Hat sie geantwortet?", fragt Mateo und nimmt mir mein Handy weg.

„Ey, sie hat was!", freue ich mich und greife nach Mateos Arm.

Er liest die Nachricht.

„Was bauen die denn?"

„Keine Ahnung. Ist doch egal. Die können bauen, wie sie wollen, ich will da einziehen!"

Ich strahle Mateo an.

Sina und ich schreiben noch weitere Nachrichten: über die Wohnung, was genau ein Retreat ist und dass ich es doch mal mit Homöopathie gegen Schwangerschaftsübelkeit probieren sollte, die mich auch im sechsten Monat noch plagt. Ich bedanke mich überschwänglich bei ihr für das Angebot mit der Wohnung, ignoriere den Vorschlag zur Zuckerkugeltherapie und lasse mir alle Daten unseres zukünftigen Zuhauses schicken.

In den folgenden Tagen haben Sina und ich täglich Kontakt. Bis sie mir die Nummer ihrer Eltern gibt. Alles Weitere soll ich mit ihnen klären, das Finanzielle und alles rund um die Bauarbeiten. Sina will Internet-Detox einlegen.

Eine Woche später stehen wir in Sinas Wohnung. In unserer Wohnung. Mateo hält in seinen Händen die Schlüssel, ich halte meine auf meinem

Bauch. Es ist das Haus, auf dessen Dach Sina und ich bei Sonnenaufgang saßen. Wo sie mir das erste Mal von Anni erzählte. Die Wohnung ist schöner, als ich es mir hätte vorstellen können und ich kann mir auch jetzt nicht vorstellen, hier zu leben. Drei große Zimmer mit hohen Decken, Stuck und knarzenden Dielen.

„Wann ist es denn soweit?", fragt Sinas Mutter und deutet auf meinen Bauch.

„Noch vier Monate", antworte ich und schleiche durch das Zimmer, welches das Kinderzimmer werden soll. Gedanklich rücke ich Möbel und male kleine Wolken an die Wand. Lege einen runden Teppich in die Mitte und ziehe schon die Spieluhr auf. Ich schaue aus dem Fenster in den Innenhof. Dort steht ein Dixi-Klo. Sinas Mutter kommt auch ans Fenster.

„Ja, das ist euers."

Ich schaue sie verdutzt an.

„Hat Sina euch das nicht gesagt?"

Ich überlege kurz. Bauarbeiten!

„Wir hatten vor einigen Jahren alle Wohnungen renovieren lassen, außer diese. Die Vormieterin ist nun verstorben und wir konnten endlich auch hier alles machen lassen."

Ich nicke. Irgendwie komisch, denke ich. Die Mutter von Sina.

Sie zeigt auf das Dixi.

„Das Bad ist noch nicht fertig, deshalb das Dixi. Eigentlich ist es das der Bauarbeiter. Aber wenn ihr hier jetzt schon einziehen wollt, dann könnt ihr es auch benutzen."

Ich schlucke. Es wird bald Winter und ich bin schwanger.

„Ich weiß, schwanger muss man eigentlich immer auf Toilette", sagt Sinas Mutter und lacht.

Sie hat recht. Ich muss alle halbe Stunde pinkeln gehen. Auch jetzt. Aber ich muss auch aus meiner Wohnung raus, der Mietvertrag ist bereits gekündigt. In einer der vielen Nächte, in denen sich meine Gedanken um

Babyerstausstattung, Still-BHs und Kacken bei der Geburt drehten, schrieb ich, nicht mehr ganz wach, die Kündigung an meinen Vermieter.

Mateo kommt aus der Küche, läuft über die quietschenden Dielen rüber zum Kinderzimmer. Das wird unsere Wohnung sein. Über diesen Boden werde ich ihn in naher Zukunft sehr häufig laufen sehen. Und obwohl ich noch nie mit jemandem zusammengewohnt habe, außer mit Mutter, spüre ich so was wie Vorfreude in meinem Bauch.

Mateo tänzelt auf mich zu, strahlt und klimpert albern mit den Schlüsseln, als würde er unser neues Leben einläuten.

EINZIEHEN, AUSZIEHEN

Seit einer Stunde zieht der Früchteteebeutel in der Teekanne. Ich sitze zwischen gepackten Umzugskartons in meiner Küche und schaue auf die Uhr über der Tür, die schon bei meinem Einzug dort hing. Ich werde sie dort hängen lassen. Sie ist nicht meine. Ich schaue auf mein Handy. Keine Nachricht von Mutter. Wir waren bei mir verabredet. Sie hatte versprochen, beim Packen zu helfen. Und sie wollte die Wohnung ihrer Tochter sehen. Mutter hat mich in den fünf Jahren hier kein einziges Mal besucht. Ich glaube, sie war anfangs sauer, dass ich sie verlassen hatte und irgendwann zu faul. Vielleicht war es ihr auch egal. Oder alles davon.

Ich ziehe an dem Faden des Teebeutels und sehe den roten Tropfen beim Fallen zu. Was, wenn Mutter heute auch nicht kommt? Ich habe extra mein bestes Umstandskleid angezogen. Das lange schwarze, bei dem man gut genug den Babybauch sieht, aber nicht den neuen Speck um meine Hüfte. Ich will Mutter gefallen und denke, wenn sie schon gegen das Baby ist, dann wenigstens nicht gegen mich. Doch je mehr Teetropfen zurück in die Kanne fallen, desto bewusster wird mir: Mutter wird nicht kommen. Nicht heute, nicht morgen zum Umzug und auch nicht in die neue Wohnung. Sie lässt mich allein zwischen leeren Umzugskartons. Enttäuscht und wütend stehe ich auf, falte einen Karton auseinander und stelle Teller und Schüsseln hinein. Ich zerknülle Werbeprospekte und stopfe sie zwischen das Geschirr. Hilft alles nichts. Ich bin sauer. Nie ist Mutter für mich da. Erst recht nicht, wenn ich sie brauche. Aber vielleicht liegt da der Fehler. Vielleicht brauche ich sie gar nicht. Weder ihre leeren Versprechen noch ihre bösen Worte.

Vielleicht muss ich erst selbst Mutter werden, um zu merken, dass ich gar keine Mutter brauche.

Träge laufe ich die Treppen zur neuen Wohnung rauf, mit einem schweren Rucksack und einer großen blauen Ikea-Tasche beladen. Ich höre Stimmen aus dem ersten Stock, das müssen die Nachbarn sein, denke ich und bereite mich innerlich auf eine kurze Vorstellung vor. Vier Stufen weiter ist mir der Weg versperrt. Eine riesige Holzkiste steht auf der Etage, zwei schwarzgekleidete Männer daneben.

„Hallo", begrüße ich sie freundlich und setze mein bestes Lächeln auf. Ich will gerade ausholen, um zu sagen, dass ich die „Neue" aus dem zweiten Stock bin, als beide Männer sich wieder wegdrehen und ein Gespräch mit einer dritten Person fortführen, die ich erst jetzt bemerke. Ich schiebe mich an der Holzkiste vorbei und als meine riesige Tasche ein paar Mal dagegen stößt sehe ich, dass die Holzkiste keine gewöhnliche Kiste ist. Es ist ein Sarg. Erschrocken schaue ich die Person in der Tür an. Ein Mann um die 60 steht da, mit verweintem Gesicht. Mit einer Hand hält er sich am Rahmen fest, mit der anderen hält er seinen roten Kopf.

„Entschuldigung", flüstere ich verlegen und nehme schnell die letzten Stufen zu meiner neuen Wohnung. Mein Bauch wird hart. Wird er immer, wenn ich emotional werde.

In der Wohnung angekommen wuchte ich meinen Rucksack vom Rücken, stelle ihn im Flur ab und setze mich darauf. Die Sonne scheint in langen Rechtecken vom Wohnzimmerfenster durch den Flur hindurch. Noch ist alles leer. In wenigen Stunden werden hier Mateos und meine Möbel stehen. Mein Sessel neben seinem Couchtisch. Eine logische Konsequenz: Die Vermischung unserer DNA hat zur Folge, dass auch unser materielles Gerümpel zusammengewürfelt wird.

Vor einem halben Jahr war es Mateo und mir noch wichtig, dass wir nicht mehr als eine Zahnbürste beim anderen in der Wohnung liegen haben. Und jetzt werden wir uns bald einen Nassrasierer teilen und die Klotür offen lassen beim Scheißen. Oder auch nicht. Erst mal eh nicht. Gibt ja noch kein Klo.

Ein lautes „Tuuut!" reißt mich aus meinen Gedanken. Das muss die Klingel sein. Mateo, Lukas und ein paar weitere Bandkollegen sind mit den Möbeln da. Kaum ist die Tür auf, höre ich Stimmen, lautes Gepolter und die Bestatter im ersten Stock. Nach und nach stellen die Umzugshelfer Mateos Kisten neben meine, und wenn ich gerade nicht im Weg stehe, dann gebe ich irgendwem eine kleine Führung durch die Zimmer oder halte Smalltalk darüber, dass ich mir den Umzugstermin gut gewählt hätte. Wegen Schwangerschaft und so. Dabei würde ich viel lieber mithelfen als rumstehen. Nun habe ich viel zu viel Zeit, über meinen ersten Umzug nachzudenken. Meinen Auszug aus Mutters Wohnung.

Zwei Kartons und einen Nachtschrank hatte ich unter Mutters lautem Gebrüll auf die Straße gestellt. Ich war 18 und jobbte seit drei Monaten in einem Modegeschäft, damit ich einen Mietvertrag für eine heruntergekommene Einzimmerwohnung unterschreiben konnte.

Auf der Hausparty einer Arbeitskollegin lernte ich einen Typen kennen. Er hieß Niklas, war blond und wunderschön. Wir rauchten zwei Zigaretten und knutschen danach die halbe Nacht bei minus drei Grad auf der Terrasse. Dann versprach er mir, meine Sachen in meine erste eigene Wohnung zu fahren.

Ungeduldig wartete ich vor dem Haus meiner Mutter, auf meinem einzigen Möbelstück sitzend, bis ein silberner BMW hielt und hupte. Niklas hielt sein Versprechen, aber er war nicht mehr so schön wie bei unserem ersten Treffen. Ich bedankte mich bei ihm und bot ihm noch einen Kaffee vom Bäcker an. Doch er wollte nur mit mir ins Bett. Dabei hatte ich noch gar keins. Es blieb bei einem „Danke fürs Herfahren, aber geh jetzt, bitte!".

Er ging und ich habe ihn nie wiedergesehen. Die ersten Gedanken, die in meiner ersten Wohnung gedacht wurden, waren, ob ich doch mit ihm hätte schlafen sollen. Aus Dank oder einfach nur so. Ich hatte ein schlechtes Gewissen.

Und bis heute ein schlechtes Gefühl, wenn ich an meinen Auszug von Mutter in meine erste eigene Wohnung denke. Ausnahmsweise mal nicht nur wegen Mutter.

„Danke Mama, ich melde mich, wenn wir was brauchen", sagt Mateo in den Telefonhörer.

Ich liege neben ihm auf unserer neu gekauften Matratze, die mitten im Raum liegt. Die einzige Lichtquelle ist eine Schreibtischlampe von Mateo, die auf meinem alten Nachtschrank steht. Ich bin erschöpft, aber zu aufgeregt, um zu schlafen. Und ich muss dringend auf Toilette und dafür runter bis in den Hinterhof. Mateo bietet an, ich könne doch einfach in einen Topf pinkeln. Ich lehne lachend ab und laufe die Treppen hinunter, nach draußen in das kalte Dixi.

Als ich in der Nacht noch mal wach werde, schleiche ich mich heimlich in die Küche, ziehe einen großen Suppentopf aus einem Karton, pinkle hinein und kippe ihn in der Küchenspüle aus. Mateo erzähle ich davon nichts.

WOHNEN

„Wir wollten ein Ding für uns machen. Wenn es die Masse akzeptiert ist
es okay, aber dass wir uns jetzt an die Masse angleichen oder so …
Das war von Anfang an nicht so vorgesehen. "
DJ Tanith über die Kommerzialisierung von Techno
(in *Party auf dem Todesstreifen*)

Ich wohne sehr. Ich wohne in jeder Fuge. Zwischen dem Dielenboden.
Ich wohne in jeder Ecke dieser Wohnung, kenne jedes Knarzen und jede
Spiegelung. Ich wohne im Licht der Morgensonne, die knapp am Küchentisch vorbei scheint. Ich schiebe den Stuhl einen halben Meter weiter in
den Sonnenkegel. Ich wohne in diesem Winkel.

Und in jedem anderen auch.

Ich wohne unter der Dusche und neben der Toilette. Das kenne ich
auch. In der Raufaser sehe ich bekannte Bilder. Die von nachdenklichen
Stunden. Die Ausweglosen und die voller Freude gleich daneben. Die Rose
vorm Haus und die Wiese davor, sie sind mir bekannt. Aber mehr aus dem
Fenster heraus, das ich manchmal öffne, um die träge Luft der Nacht
gegen etwas Neues zu tauschen. Ich wohne hinter dem wehenden Vorhang
und im Blumenkübel. Ich kenne den Baum hinten im Hof, aber nicht seinen Namen. Ich weiß, dass da die Krähen wohnen. Und daneben die Tauben. Das sehe ich vom Wohnzimmer aus. So haben alle ihren Platz.

Ich hier, die dort.

Seit einer Woche habe ich die Wohnung nicht verlassen. Nicht, weil ich
nicht wollte. Es gab einfach keinen Grund. Ich versuche, mich deswegen
nicht schlecht zu fühlen. Auch wenn man sagt, dass Kinder an die frische
Luft müssen. Ich weiß nicht, was ich da soll. Kira liebt Spielplätze, obwohl

sie noch nicht viel dort anfangen kann. Aber was will man auch anderes machen in dem Alter. Und als Mutter. Ich kann mich immer noch nicht an das Bild „Neele, Kinderwagen vor sich her schiebend" gewöhnen.

Ich weiß nicht, wer bin ich hinter dem Wagen?

Auch Hämorrhoiden oder eine Dammnarbe sind nicht die coolsten Accessoires im beginnenden Winter. Ich wohne in einem schwarzen Schwangerschaftskleid, welches nur die erste halbe Stunde nach dem Anziehen frei von Milch- und Spuckspuren ist. Aus den restlichen Klamotten bin ich ausgezogen. Habe ihnen gekündigt, sie in die unterste Schublade gestopft und ein nach Hoffnung und Lavendel riechendes Säckchen dazu gelegt.

In Foren, Ratgebern und Zeitschriften versprach man mir purzelnde Kilos während der Stillzeit. Und ich las von Geschenktipps für frisch gewordene Eltern. Von Erbsensuppe und Windeltorten.

Aber statt Suppe gibt es eine Tüte Schokobons am Tag und mit Windeln wird gespart.

Ich wohne nicht als Mutter in diesen Räumen. Obwohl ich nichts mehr bin als das. Ich wohne zwischen den winzigen Härchen auf Kiras Ohren. Neben den kleinen Dreckwürstchen, die sich in ihren klebrigen Händen bilden.

Ich bin eine Nahrungsquelle im schwarzen Umstandskleid.

„Räum doch später auf", sagt Mateo als er mich mit dem Lappen in der Küche sieht.

„Ich putze", sage ich kurz und merke, dass er stehenbleibt und mich beobachtet.

„Was?", fahre ich ihn an.

„Ich muss jetzt zur Bandprobe, danach können wir zusammen putzen, okay?"

Ich pfeffere den Lappen in die Spüle und stampfe an ihm vorbei, gehe ins Schlafzimmer und beziehe das Bett neu.

„Hast du mir zugehört?", fragt Mateo und folgt mir. Kira klettert auf das Bett und zerrt an der Decke.

„Kannst du Kira da wegnehmen?", frage ich Mateo.

Mateo nimmt wortlos Kira auf den Arm und beobachtet mich weiter.

„Was ist denn los, Neele?"

„Mann! Ich weiß es nicht!", sage ich laut und lasse mich aufs Bett fallen. Vor mir der Haufen benutzter und frischer Bettwäsche. Mein Herz rast.

„Lass doch mal gut sein", will Mateo mich beruhigen und setzt sich neben mich.

„Ich kann das nicht", stöhne ich. Und nach einer kurzen Pause, in der Kira mir ihre Finger ins Ohr steckt: „Ich denke immer, dass ich das alles machen muss. Ich muss. Weißt du?"

Ich blicke Mateo an.

„Stimmt ja nicht."

„Ja, ich weiß das. Aber ich mach auch nichts anderes. Ich bin nur mit dir und Kira hier. Wir räumen auf. Ich räume auf. Wir essen. Wir putzen. Wir baden. Wir putzen ..."

Ich trete gegen den Wäscheberg.

„Das wird auch wieder besser", sagt Mateo, um mich zu trösten.

Kira steht auf und geht in ihr Zimmer. Ich stehe auf, folge ihr und setze mich auf ihren Spielteppich. Mateo steht in der Tür.

„Siehst du", sage ich und zeige auf Kira. „Das ist jeden Tag. Bauklötze rein und wieder raus. Ich glaube einfach, das Beste wäre, sie würde in eine Kita gehen."

Mateo schnauft und verschwindet um die Ecke.

„Lass uns doch drüber reden!", rufe ich hinterher.

„Ich muss jetzt los. Eigentlich kennst du meine Meinung!"

Er guckt um die Ecke, haucht einen Luftkuss und geht.

GEBURTSTAGSKORB

Kira sitzt auf meinem Schoß und ich richte ihre Krone, die ich in der Nacht zuvor gebastelt habe. Eine große Eins habe ich darauf gekritzelt. Bis kurz vor drei habe ich in der Küche gestanden und versucht, einen mittelmäßigen Kuchen zu zaubern. Mateo hat währenddessen die Geschenke eingepackt. Einen Teil davon haben wir gebraucht in einem Sozialkaufhaus besorgt. Die anderen haben meine Schwiegereltern geschickt.

Geburtstage vereinen viele Dinge, die ich nicht gut kann: Backen, Schenken, Planen.

Dass der Geburtstag meines eigenen Kindes mich so unter Druck setzen würde, hätte ich nicht für möglich gehalten. Aber ich werde das Gefühl nicht los, dass ein perfekter Kindergeburtstag maßgebend ist. Er zeigt, wie gut es die Eltern mit dem Kind meinen. Wie lieb sie es haben. Wie wichtig es ihnen ist. Wie gut wir als Mütter performen. Hier trennen sich good Moms von bad Moms.

Wer backt den leckersten Kuchen (aber bitte ohne Zucker)?

Passen die Luftballons auch zu den Servietten?

Welches Outfit trägt das Kind?

Und was hat die Mama an?

Ist die Wohnung aufgeräumt?

Was wird gespielt?

Gibt es nur pädagogisch wertvolles Spielzeug? Aus recycelbaren Materialien, so wie die Sandförmchen der anderen Kinder auf dem Spielplatz?

Jeder Besuch dort gleicht einem Schaulaufen der besten Mütter der Stadt mit den besten Kindern der Stadt. Gemessen wird am Material der Kleidung und Spielsachen sowie natürlich am Enthusiasmus, mit dem die Mutter mit dem Kind spielt, der Anzahl an Wutanfällen des Kindes sowie dem Umgang damit. Und überhaupt. Nichts bleibt verborgen. Alles wird bewertet.

„Willst du das Geschenk von Onkel Jonas auspacken?", fragt Mateo Kira und überreicht ihr ein Paket. Ich helfe ihr beim Öffnen. Zum Vorschein kommt ein Hamsterkuscheltier.

„Oh schau mal, ein Kuscheltier", sage ich zu Kira und schmiege es an ihre Wange.

„Das ist nicht irgendein Kuscheltier!" Jonas geht dazwischen und nimmt es mir aus der Hand. „Pass auf!"

Er dreht es um, drückt auf einen Knopf und sagt: „Hallo Kira!"

Der Hamster wiederholt: „Hallo Kira!"

Sofort fängt Kira an zu weinen und krallt sich an mir fest. Mateo und Jonas lachen. Ich streichle Kiras Kopf und schiebe den sprechenden Hamster aus ihrem Blickfeld.

„Wie geil ist der denn?" Mateo krallt sich das Tier.

„Wie geil ist der denn?", wiederholt es.

Und wieder lachen Jonas und Mateo. Kira schaut ängstlich zu ihrem Papa.

„Okay ich mach schon aus", sagt Mateo.

„Okay ich mach schon aus", sagt der Hamster.

Mateo drückt lachend den Ausschalter und nimmt mir Kira ab.

„Hat sie Angst?", fragt Jonas mich.

„Ja, klar. Sie ist noch viel zu klein für so was", antworte ich ihm und sehe, dass sie sich die Augen reibt. „Ich glaube, sie ist müde."

„Aber sie hat doch Geburtstag", wirft Jonas ein.

„Das ändert nichts an ihrer Müdigkeit."

Ich bin genervt und nehme einen Schluck Sekt. Vor drei Wochen habe ich entschieden, dass mein Körper wieder mir allein gehören soll und habe abgestillt. Es wurde mir zu eng. Und zu langweilig ohne Rausch.

Mateo setzt Kira vor die restlichen Geschenke und will sie mit ihr auspacken. Doch Kira stößt sie mit großem Gebrüll von sich. Traurig guckt Mateo mich an. Ich erwidere seinen Blick und zucke mit den Schultern.

Während Kira ihren Mittagsschlaf hält, schenkt Jonas uns noch mehr Sekt in die Gläser.

„Hey, auf euch!"

Ich schaue auf die Uhr. Es ist 15:08 Uhr. Vor einem Jahr um diese Zeit habe ich im Kreißsaal gelegen und an einem langen Tuch gezerrt, welches von der Decke hing.

Heute zerren Erwartungshaltungen und die Erinnerungen an meine eigene Kindheit an mir.

Ich schaue den tanzenden Perlen in meinem Sektglas zu. Und denke an Mutter. Es gab Tage im Jahr, da trank Mutter mehr als an anderen.

Zu diesen Tagen gehörten meine Geburtstage.

Neben meinem innigsten Wunsch, dass Mutter weniger Alkohol trinken würde und ich einmal in der Miniplaybackshow auftreten könnte, wollte ich nichts mehr als einen richtigen Geburtstagskuchen.

Vor meinem siebten Geburtstag machte Mutter bis zum Schluss ein riesiges Geheimnis um „eine Überraschung". An meinem Geburtstag weckte sie mich, kurz bevor die Schule losging, mit einem großen Korb in der Hand. Er war in Plastikfolie gewickelt und mit einer pinken Geschenkschleife dekoriert. Aufgeregt setzte ich mich hin und nahm den Korb entgegen. Doch statt Kuchen, Muffins oder anderem Gebäck lagen Ananas, Orangen, Bananen und Birnen im Korb.

Ich fing sofort an zu weinen und schmiss mich zurück ins Kissen. Einen Obstkorb? Zum siebten Geburtstag?

Mutter stapfte aus der Tür.

„Du undankbares Stück!", sagte sie, nahm den Obstkorb mit und hinterließ eine stinkende Alkoholfahne im Kinderzimmer.

Weinend schleppte ich mich zur Schule, in der Hoffnung, dass wenigstens dort etwas Schönes auf mich wartete. Aber abgesehen von einem kurzen Schulterklopfen und einem „Alles Gute, Neele!" von meiner Klassenlehrerin verlief der Tag wie jeder andere: Mathe, Deutsch, Religion und Sport. In Sport wurde ich, wie immer, als letzte in die Gruppe gewählt. Es wurde Brennball gespielt. Ich hatte Angst vor Bällen. Ein „Stell dich nicht so an, Neele" vom Sportlehrer und ein Taschentuch später erwartete mich Mutter betrunken auf der Couch.

Zum Abendessen gibt es ein Stück Kuchen und einen Obstteller. Eine Kombination aus ihrer und meiner Kindheit, denke ich und schaue Kira beim Essen zu. Dabei merke ich, dass ich nach den wenigen Gläsern Sekt betrunkener bin als gedacht. Der Tag war aufregend und aufwühlend, sowohl für Kira als auch für mich. Und nach einer kurzen Einschlafbegleitung schlafe auch ich angetrunken auf der Couch ein.

„Es ist so schwitzig!", brüllt Sina. Ich werde wach, schaue mich um und stehe wankend von der Couch im Backstage-Bereich des Vibe-Clubs auf. Ich wundere mich über die Klamotten, die ich trage.

„Was ist hier los?" Ich merke, dass ich lalle und schaue mich um. Alle sind da. Mateo schaut mich an.

„Es ist so schwitzig!", wiederholt Sina. Das sagt sie immer, wenn es besonders heiß auf einer Party ist.

„Na, auch wieder wach?", fragt Mateo lachend.

„Wieso?" Ich bin verwirrt.

„Du hast deinen halben Geburtstag verpennt!" lacht Sina, zieht mich wieder zurück auf die Couch und gibt mir einen dicken Kuss auf die Stirn.

„Geschlafen?", frage ich und zupfe mir an meiner Glitzerstrumpfhose rum. „Was hab ich hier an?"

Alle lachen.

„Keine Ahnung, was du und Jonas alles gesoffen oder genommen habt, aber ihr wolltet unbedingt Klamotten tauschen", erklärt Mateo und nimmt mich in den Arm.

Ich schaue zu Jonas, der mit dem Rücken zu mir sitzt und sich angeregt mit Lukas unterhält. Und tatsächlich: Meine Jeans, mein durchsichtiges Top, sogar meine Schuhe hat er an. Ich lache.

„Kannst du dich nicht erinnern?" Sina lacht auch und ich schüttele den Kopf.

Jonas dreht sich um.

„Ey, was hast du denn da Heißes an?", scherzt er.

Ich schaue an mir runter. Über der Glitzerstrumpfhose eine Leoparden-shorts und oben ein bauchfreies T-Shirt, auf dem ein kiffender Penis abgebildet ist. Von meinen Schultern hängt ein viel zu großes lila Samtjacket.

„Warum hab ich das denn an?", lache ich. „Und warum hab ich keine Schuhe?"

Der ganze Raum fällt in ein riesiges Gelächter. Schnaps wird in Gläser gefüllt, es werden Wunderkerzen und Joints angezündet und ein Geburts-tagslied für mich gesungen. Mateo hat sogar einen Kuchen gebacken, der an Kitsch nicht zu übertreffen ist: eine rosa Erdbeersahnetorte in Herzform, mit kleinen Zuckerherzen bestreut und roten Marzipanrosen am Rand.

Die ganze Nacht und den darauffolgenden Tag tanze ich ohne Schuhe, lasse mich feiern und feiere mich selbst.

Nachts wache ich im Wohnzimmer auf. Auch Mateo ist auf der Couch eingeschlafen. Der Fernseher läuft, das Babyphone steht neben dem leeren Sektglas. Ich greife nach meinem Handy. Eine ungelesene Nachricht. Ich denke, die könnte von Mutter sein. Aber es ist Jonas.

Sorry für das Geschenk des Schreckens.

LG der böse Onkel 23:43

Ich schmunzle.

Von Mutter ist nichts gekommen. Kein Anruf, keine Nachricht. Sie hat tatsächlich den Geburtstag ihrer einzigen Enkelin vergessen.

KURZ

„Es war ein Freiheitsgefühl. Man hatte keine Gesetze. Niemand konnte
dir sagen, was du nicht machen durftest."
Mark Reeder (in *Party auf dem Todesstreifen*)

„Mamamama Buch!" Kira steht vor mir mit einem Buch, welches fast größer ist als sie selbst. Ich schnaufe, nehme ihr das Buch mit den Worten „Ja gut, komm mit" ab und gehe an ihr vorbei in Richtung Couch. Da fängt Kira zu weinen an. Ich lasse das Buch auf das Sofa fallen und frage genervt: „Was ist denn jetzt schon wieder?"

Wenn Menschen früher davon sprachen, dass sie einen „Schatten hätten", dachte ich, sie meinen damit, dass sie entweder nicht ganz dicht sind oder ihnen immer jemand folgt. Heute denke ich, sie meinen damit, dass sie Kinder haben. Kira folgt mir auf Schritt und Tritt. Sie ist immer da, wo ich auch bin. Selbst wenn sie ganz woanders ist (was eigentlich nur dann vorkommt, wenn ich es wage, zum Briefkasten zu gehen, oder wenn sie alleine schläft).

Nachdem ich sie so angeblafft habe, bleibt Kira wie angewurzelt stehen. Aus ihrem Mund kommt ein Quietschen, in ihren Augen stehen Tränen.
„Komm her, Kira. Wir gucken uns das Buch an!"
Doch sie bleibt stehen und schreit weiter. Ich merke, wie ich wütend werde und meine Unlust auf ein Kinderbuch immer größer wird. Es ist nicht so, als wäre ich vorher scharf auf ein Wimmelbuch gewesen. Aber Bücher angucken zählt zu den Beschäftigungen, die ich noch ertragen kann. Anders hingegen das Geschrei.

„Hör jetzt bitte auf zu schreien, Kira!", schreie ich zurück und nehme sie auf den Arm, um sie zur Couch zu tragen. Doch statt Ruhe zu geben, zerrt sie mir an den Haaren und stößt sich von mir ab.

„Was ist los?", frage ich energisch und setze sie auf das Sofa. Kira weint noch lauter. Ich setze mich neben sie und lege meinen Kopf in meine Hände. Es ist mal wieder so weit. Wir spielen Bedürfnisraten.

„Möchtest du das Buch angucken?"

Ich zeige ihr das Buch. Sie schlägt es mir aus der Hand.

„Hast du Durst?"

Als Antwort kommt nur Heulen.

„Willst du etwas trinken?", frage ich noch einmal und reiche ihr einen Becher Wasser. Doch auch den haut sie mir entgegen; er landet in hohem Bogen auf dem Fußboden.

„Scheiße!", schreie ich, springe auf, reiße mir das nasse Shirt vom Körper, als würde es in Flammen stehen, und stampfe aus dem Wohnzimmer. Vor Schreck verstummt Kira für einen Augenblick, um kurze Zeit später noch lauter „Mamamama" zu weinen.

Ich stehe im Schlafzimmer und höre Kiras Weinen zu. Mein Herz schlägt schnell und ich merke, wie mir der Schweiß unter den Armen hinunter rinnt. Ich ziehe mein Top aus und stehe da, nur in BH, und weiß nicht, wohin mit mir. Am liebsten raus. Weit weg. Meine Augen scannen das Zimmer nach einem Zopfgummi ab.

„Mama Mama Mamamama", höre ich Kira weinen.

Wo ist dieser beschissene Zopfgummi? Ich durchwühle mit einer Hand das Bett, hebe Kissen und Klamotten hoch. Mit der anderen halte ich meine Haare zusammen. Ich halte es keine Minute länger so aus, denke ich. Sage ich. Die Haare, die Unordnung, das Kind, mich.

„Mamamamama!!!", ich höre Kira die Couch runter klettern und gerate noch mehr in Panik. Ich muss den Zopfgummi finden. Ich muss noch das Bett in Ordnung bringen. Ich drehe mich mit meinen Gedanken im Kreis, durchbreche ihn und renne ins Badezimmer. Ich reiße die Schere aus dem Regal, halte mit der anderen Hand die Haare zu einem Zopf und schneide die Haare ab. Strähne für Strähne landen sie im Waschbecken.

„Maaaaama!!"

Kira läuft auf mich zu und umklammert meine Beine. Ich sage nichts. Ich schneide nur. Kiras Weinen wird zu einem Wimmern. Meine Haare immer kürzer. Ich lege die Schere hin und betrachte mich im Spiegel. Kinnlang und etwas schief. Gar nicht so schlecht eigentlich. Mein Blick fällt auf Kira, die inzwischen auf meinen Füßen sitzt und sich die Augen reibt. Ich hocke mich zu ihr runter und nehme sie auf meinen Schoß.

„Was ist denn los?", flüstere ich.

Erschöpft legt sie ihren Kopf an meine Brust und wimmert leise weiter: „Mama, Mama ..."

Ich halte sie fest und mein Daumen streichelt ihren Rücken. Ich schließe die Augen und denke, wie kann man so was Kleines so sehr lieben und gleichzeitig so sehr nicht wollen?

Erschrocken über meine Gedanken reiße ich die Augen wieder auf. Mit meinem Gesicht in Kiras Haaren wünsche ich mir, ich wäre nicht ihre Mutter.

Dann würde das hier alles nicht passieren. Kein Geschrei, kein Wasserbecher, kein Wimmelbuch, kein verschnittener Bob. Ob es Kira trotzdem geben würde? Nur nicht hier? Würde ich sie vermissen ohne zu wissen, dass es sie gibt?

Vielleicht ist Kira müde, geht es mir durch den Kopf. Ich lege mich mit ihr ins Bett und beobachte ihre schweren Augen mit den langen Wimpern, die noch von den Tränen zusammenkleben. Sie wollte nur schlafen, denke ich. Wieso bin ich nicht eher darauf gekommen? Warum sehe ich das nicht? Ich habe kurze Haare wegen eines müden Kindes.

Weil ich im Bedürfnisraten immer eine Runde aussetze. Weil ich selbst viel zu müde bin. Weil ich mit mir selbst beschäftigt bin. Weil sich sonst keiner mit mir beschäftigt. Weil man mich nicht ausreden lässt, nach der Frage „Wie geht's?". Weil alle immer nur fragen, wie es der Kleinen geht.

Dabei bin ich doch auch noch klein.

Bedürfnisraten ist ein einseitiges Spiel. Wie kann es sein, dass ich als Kind immer davon ausging, es wäre nicht wichtig, was ich brauche? Hatte Mutter die Spielregeln geändert? Galten ihre Bedürfnisse mehr als meine? Mit mir lag niemand im Bett und hielt meine Hand. Mir schaute niemand beim Schlafen zu oder lauschte meinem Atem. Soweit ich mich erinnern kann, betrat Mutter mein Zimmer nur, um mir Befehle zu geben. Schlaf! Räum auf! Geh Zigaretten kaufen!

Die Sonne stand noch hoch am Himmel. Ich war vielleicht fünf Jahre alt und hörte Stimmen aus dem Wohnzimmer. Es war Mutter mit einem fremden Mann. Ich saß auf meinem runden Teppich. Vor mir fand eine Teeparty statt. Diddel hatte seine Freunde Pelle Pinguin, Pippi und Flauschi eingeladen. Es gab Wasser als Tee aus Eierbechern und ein Stück Brot als Kuchen, welches ich aus der Küche stibitzt hatte. Ich unterbrach die Party, schaute aus dem Fenster und lauschte dem Gespräch nebenan. Mutter schien glücklich. Ihr Lachen schallte durch die ganze Wohnung. Ich überlegte, wie wohl der Mann hinter dieser Stimme aussah. Vielleicht trug er einen witzigen Hut oder einen lustigen Bart. Höchstwahrscheinlich hatte er Locken bis zum Kinn und trug ein grünes Hemd mit rosa Punkten. Ich holte ein Blatt Papier und einen Stift und zeichnete den Mann, der bei Mutter saß. Während ich gedankenversunken malte, ahmte ich den witzigen Mann nach: „Hoho Hoho!", lachte ich laut und hielt mir den Bauch. Ich fing an, ihn zu mögen. Hoffentlich kommt er öfter, dachte ich. Plötzlich sprang die Tür auf und Mutter kam herein.

„Was machst du hier?", fuhr sie mich an.

Erschrocken drückte ich meine Zeichnung an mich und starrte auf den Teppich.

„Was ist das hier?" Mutter schmiss Diddel und seine Freunde um und hielt mir das Stück Brot vor die Nase.

„Brot", antwortete ich leise.

„Ich weiß, was das ist!", brüllte sie zurück und bewarf mich mit der Scheibe.

Ich kreischte und hielt mir die Hände vor mein Gesicht.

„Du gehst jetzt schlafen, Neele!"

Mutter zeigte auf mein Bett, als sei ich ihr Haustier, welchem sie seinen Platz zuweist. Ich hielt immer noch meine Hände vor die Augen und blinzelte durch die Finger. Ich sah den Mann im Flur stehen. Er sah ganz anders aus, als ich ihn mir vorgestellt hatte. Er hatte gar keine Locken, er hatte kurze rote Haare und einen Bart wie ein Quadrat um seinen Mund. Statt einem gepunkteten Hemd trug er ein T-Shirt, auf dem etwas draufstand, das ich nicht lesen konnte. Er sah mich an, aber ich konnte nichts in seinem Blick erkennen.

„LOS!", schrie Mutter noch einmal und deutete auf mein Bett.

Ich krabbelte auf allen Vieren, wie ein braves Haustier, kletterte ins Bett und deckte mich zu.

„Aber die Sonne scheint …", nuschelte ich ins Kissen.

Mutter stand direkt im Sonnenlicht. Für einen kurzen Moment sah sie sehr schön aus. Wie aus Gold. Sie schaute zum Fenster, ins Licht.

„Schlaf jetzt!", sagte sie, ging sie aus dem Zimmer und knallte die Tür hinter sich zu.

Ich war mir unsicher, ob sie damit die Sonne meinte oder mich.

Ich höre den Schlüssel in der Wohnungstür. Langsam entknote ich mich von Kira, dem Bett und meinen Erinnerungen, halte die Luft an, balanciere über den knarzenden Dielenboden und schließe leise die Tür hinter mir. Mateo steht im Flur und guckt mich erschrocken an. Ich küsse ihn, seine Lippen bleiben starr. Er fasst mir durchs Haar.

Ach ja, meine Haare. Die habe ich fast vergessen.

Ich winke ihn in die Küche, damit wir Kira nicht aufwecken.

„Was hast du gemacht?", flüstert Mateo, immer noch sichtlich erschrocken.

„Ich hab keinen Zopfgummi gefunden", sage ich nüchtern.

Mateo guckt mich fragend an.

„Ja ich weiß ..." Ich schmunzle. „Aber ich finde es gar nicht so schlecht", füge ich hinzu, um nicht komplett doof da zu stehen.

„Es ist kurz. Einen Zopfgummi brauchst du sicher nicht mehr!", stellt Mateo lächelnd fest und wendet sich ab.

Scham prickelt in meinen frisch geschnittenen Haarspitzen. Ich realisiere erst jetzt, was ich da getan habe. Das war eine komplette Kurzschlussreaktion. Kurzhaarschlussreaktion, denke ich und versuche, meinen eigenen Witz witzig zu finden, um meine Angst wegzuschieben.

Ich habe abgeschnitten, was mich gestört hat. Habe wenigstens eine Sache aus meinem Leben entfernt, die mich stresst. Um die Kontrolle zu behalten, habe ich die Kontrolle verloren.

Ich habe Angst. Wann bin ich zu einer so impulsiven Person geworden? Ich überlege, ob ich Mateo die ganze Geschichte erzählen soll. Oder ob ich ihn in dem Glauben lasse, dass ich kurze Haare gewollt habe und deshalb zur Schere griff. Was mich wiederum an Mateo zweifeln lässt, denn wie kann er die Realität nicht sehen? Sieht er nicht, wie es mir geht?

Die Antwort kommt prompt.

„Unser Booker hat angerufen. Du glaubst nicht, für wen wir Vorband machen dürfen!"

„Hm?"

Ich versuche interessiert zu wirken und lächle ihn gespannt an.

Mateo reißt die Arme hoch und ruft: „Six Times!"

Ich presse sofort meinen Finger an meinen Mund und mache laut „psssscht!", aus Angst, er könne Kira wecken.

„Six Times", flüstert Mateo noch einmal.

Six Times ist eine relativ große und bekannte Punkrock-Band aus England. Zwei oder drei Songs kannte ich, die liefen das ein oder andere Mal sogar in unserem Wohnzimmer. Doch ich kann mich nicht freuen, stattdessen öffnet sich unter mir der Dielenboden und ich falle in ein großes, dunkles Loch.

„Freust du dich gar nicht?", fragt Mateo beleidigt. „Six Times man! Und wir als Vorband! Die komplette Europatour!"

Ich falle immer tiefer und Mateos Worte werden immer leiser. Ich setze mich auf den Küchenstuhl. Ich stelle mir vor, wie Mateo noch einmal in die Wohnung kommt. Ich lasse alles noch mal zurückspulen. Noch mal auf Anfang. Ich mit langem Haar und er ohne Neuigkeiten. Statt ein „Hallo, warum siehst du so scheiße aus?" ein „Hallo, wie war dein Tag?".

„Neele? Hörst du mir zu?"

Mateos Gesicht ist direkt vor meinem.

„Ja, das ist doch cool!", sage ich und hoffe, es klingt überzeugend.

„Cool? Das ist so heftig! Ich sehe schon die Tourplakate vor mir ..."

Er zeichnet mit seinen Händen ein Rechteck in die Luft.

„Und wie lange?", frage ich vorsichtig.

„Zwei Monate!"

Er strahlt und ich fühle, wie ich falle.

Ich falle.

Ich falle immer tiefer in das Loch in meinem Inneren. Meine Finger krallen sich am Stuhl fest, während das Nichts um mich herum mich umklammert und mit sich reißt. Ich sitze alleine im Nichts und höre Mateo von weit, weit weg. In meiner Vorstellung bleibe ich die zwei Monate, in denen er auf Tour ist, auf diesem Stuhl sitzen.

Der Wasserhahn holt mich wieder zurück. Mateo lässt Wasser in einen Topf, dreht sich um und kramt in seinem Rucksack. Ich starre auf den Wasserstrahl und auf den Topf in der Spüle, aus dem schon das Wasser schwappt. Ich schaue Mateo an. Ich schaue den Wasserstrahl an. Ich springe auf, haue den Wasserhahn zu und höre mich schreien: „Wie soll das gehen?!"

Mateo erschrickt, lässt den Rucksack und ein Netz Zwiebeln fallen und dreht sich zu mir um.

„Was?"

„Wie soll das gehen?!", frage ich noch einmal, aber diesmal leiser und mit Tränen in den Augen.

Mateo läuft auf mich zu, beobachtet mich und sagt zu lange nichts. Meine Nase kribbelt, aber ich will nicht weinen. Ich bin wütend, nicht traurig.

„Das ist meine Arbeit", sagt er schließlich. „Ich mache das, damit wir Geld haben. Damit du und Kira was zu fressen habt. Damit wir hier wohnen können."

Ich traue mich nicht, ihn anzugucken. Dann sagt er weiter: „Was ist also dein Problem? Was kannst du überhaupt?"

Er wartet auf eine Antwort und bekommt von mir nur eine Träne sowie ein sanftes Kopfschütteln, was so viel heißt wie: „Ist schon gut". Sagen kann ich nichts. In mir breitet sich ein diffuses Gefühl von Ungerechtigkeit und Scham aus. Ich wünsche mich zurück in das Loch, aus welchem ich gesprungen bin, oder wenigstens zurück an die Wohnungstür mit langen Haaren statt viel Drama.

„Reiß dich mal zusammen, Neele! Ich verstehe dich einfach nicht!", klatscht er mir entgegen, bevor er die Küche verlässt und sich auf den Balkon verzieht. Vor mir stehen ein Sack Zwiebeln, ganz viel Wut und immer noch die Frage: Wie soll das gehen? Zwei Monate nur ich und Kira. Anziehen, umziehen, wickeln, Brot machen, Zähne putzen, Wunden heilen, vorlesen, Spielplätze, einkaufen, Mittag essen, Wäsche machen, staubsaugen, einschlafbegleiten, Töpfe spülen, Briefe öffnen, Fingernägel schneiden, Kinderlieder hören, Gurke schälen.

Und irgendwo dazwischen ich. Vielleicht.

Und dann wieder alles von vorn.

Ich hebe die Zwiebeln vom Boden auf, lasse die Frage im Raum stehen und die Wut weiter köcheln. Gehe ins Badezimmer und lasse mich vom Anblick meiner Haare ablenken.

Ich sollte Sina anrufen und fragen, ob sie mein Kurzhaarnest ausbessern kann. Wenn ich nicht mal das Muttersein auf die Reihe kriege, dann wenigstens mein Aussehen.

Vier Tage später steht Sina hinter mir und rettet das, was noch zu retten ist. Immer wieder fährt sie mit ihren Fingern durch meine Haare.

„Ich wäre ja schon gestern gekommen, aber gestern war noch kein Löwetag. An Löwetagen ist es viel besser, Haare zu schneiden", sagt sie und lässt die Schere um meinen Kopf klackern.

„Löwetag?"

Ich verstehe nichts.

„Na der Mondkalender ...", sagt Sina, als wäre es das Normalste der Welt.

„Schneidet man an Löwetagen die Haare, dann werden die kräftig und gesund. An Steinbocktagen soll man Operationen vermeiden. Und an Widdertagen kann man gut lüften."

„Lüften?"

Ich kann mir das Lachen nicht verkneifen.

„Ja, oder Fenster putzen."

Ich beobachte sie im Spiegel. Man Sina, denke ich. In was für einer Welt bist du gelandet? Haare schneiden nach dem Mondkalender – früher wussten wir nicht mal, welcher Wochentag ist. An ihren Fingern glitzern Ringe und um ihren Hals hängen viele Ketten. Ich erkenne ein Om aus grünem Stein. Früher trug sie nur den Schlüssel zu ihrer Wohnung um den Hals, weil sie den so häufig verlor. Jetzt hat sie anscheinend komplett ihren Verstand verloren.

Ich frage mich für einen kurzen Augenblick, ob sie merkt, dass ich mich grade darüber lustig mache. Aber sie scheint so im Thema vertieft, dass sie meinen Spott völlig ausschließt.

„Ich lebe jetzt sogar nach dem Mondkalender. Das ist wirklich toll."

Ihre Ernsthaftigkeit und Euphorie lassen mich verstummen. Sie scheint glücklich damit, warum sollte ich ihr das jetzt nehmen? Außerdem bekomme ich eine Gratisfrisur. Ich halte lieber meinen Mund.

TRENNUNG

Wie nach jeder Trennung kommt nach der großen Trauer die Wut. Das war auch so, als die Freundschaft zu Sina auseinanderbrach. Ich war wütend auf ihre neue Freundin Anni, auf ihre neuen, ballonartigen Hosen, auf jede Perle, die sie sich in ihr Haar flocht, und darauf, dass in ihrem Kalender der Mond eine wichtigere Rolle spielte als die Interessen ihrer alten Freundin.

Sina verschwand in Tarotkarten und im süßlichen Räucherkegelduft.

Ich habe begonnen zu akzeptieren, dass mein Bild unserer Freundschaft ein veraltetes ist und es niemals wieder so wird, wie es mal war. Nun steht die nächste Trennung bevor – doch dieses Mal bin ich diejenige, die den Schlussstrich zieht.

„Ich habe die Nummer meiner Mutter blockiert", sage ich beim Frühstück zu Mateo, während ich Kira den Frischkäse aus den Haaren ziehe.

„Von deiner Mutter?", fragt Mateo entsetzt und mit vollem Mund.

„Ja. Gestern schon."

Ich stehe auf und hole einen Waschlappen.

„Warum erzählst du mir das erst jetzt?", ruft Mateo hinter mir her.

Ich komme zurück mit dem Lappen und wische Kira unter Gezeter den restlichen Käse aus den Haaren.

„Süße, du hast da alles voller Frischkäse ..."

„Warum hast du ihre Nummer blockiert?", hakt Mateo nach.

Ich lasse den Lappen auf den Tisch fallen und setze mich wieder hin.

„Andauernd mischt sie sich in mein Leben ein. Vergisst, wie du heißt oder beleidigt mich."

Mateo nickt.

„Ja, das ist ja nichts Neues."

Ich beobachte Kira, die gerade dabei ist, sich die nächste Ladung Aufstrich in die Haare zu schmieren.

Ich seufze.

„Weißt du ... Vielleicht war's das einfach komplett."

Mateo schaut mich fragend an.

„Vielleicht will ich gar keinen Kontakt mehr zu ihr. Sie interessiert mich nicht. Ich interessiere sie nicht. Vielleicht werde ich sie nicht einmal vermissen weil ..." Ich überlege und konzentriere mich, um nicht zu weinen.

„... weil ich vermisse schon mein ganzes Leben eine Mutter, die sie nicht sein kann."

Mateo legt sein Brötchen weg, kommt zu mir rüber und kniet sich vor mich, um mich in den Arm zu nehmen.

„Klingt das komisch?", frage ich mit zitternder Stimme.

Mateo schüttelt nur den Kopf und drückt mich an sich.

„Mama Papa Aiii", sagt Kira und streicht mit der Hand Käse in Mateos Haar.

Kurz wird aus meinem Weinen ein Lachen.

„Du hast Frischkäse im Haar", nuschle ich in Mateos Kapuze.

„Mir egal", brummt er in meine Schulter.

Eine Weile sitzen wir so da. Als wir uns lösen sage ich: „Ich weiß nicht, ob ich die Mutter sein kann, die ich mir früher immer für mich selbst gewünscht habe, wenn ich weiterhin Kontakt zu meiner eigenen Mutter habe."

Mateo denkt darüber nach, während er Kira aus dem Hochstuhl hebt und zum Waschbecken trägt.

„Du machst das, was sich für dich gut anfühlt", sagt er schließlich, dreht sich um und lächelt mich an.

„Gut fühlt sich das nicht an. Aber richtig."

Ich lächle und wische mir die Augen trocken. Mateo steht da, mit weißem Schnittlauchkäse im dunklen Haar und Kira auf dem Arm. Und ich denke, die beiden sind die einzigen, die sich nach Familie anfühlen. Sie sind alles, was ich brauche. Jetzt, in diesem Moment.

Ich rutsche in meine Schuhe rein und schnappe mir den Müllbeutel. „Ich geh kurz den Müll rausbringen", rufe ich ins Wohnzimmer zu Mateo und Kira und lasse die Tür hinter mir zufallen.

Ich werfe den Müll in die Tonne und gehe danach nicht wie üblich sofort wieder zurück in die Wohnung. Ich setze mich auf die Treppe vors Haus und höre dem Rauschen der Straße zu. Nur einen kurzen Augenblick, denke ich. Nur ein bisschen alleine sein, bevor ich mich von einem Trotzanfall in den nächsten stürze. Doch als ich gerade anfange, die frische Luft und die kalte Treppe zu genießen, überkommt mich das schlechte Gewissen.

Ich höre, wie hinter mir die Tür aufgeht.

„Oh, haben Sie sich ausgesperrt?", höre ich Herrn Hubschrauber sagen.

Erschrocken springe ich auf und halte die Tür.

„Ja! Ja, danke, ich habe meinen Schlüssel vergessen!", lüge ich und husche an ihm vorbei, zurück in die Wohnung, in der mich Kira erwartet, die gerade Cornflakes auf dem Küchenboden verteilt. Von Mateo keine Spur.

„Oh man!", platzt es aus mir heraus und ich will gerade anfangen zu schimpfen, als mir Mutter in den Sinn kommt. Ich sehe mich auf Mutters braunem Linoleum sitzen, Mutter vor mir, mit erhobenem Zeigefinger und tiefer Zornesfalte zwischen den Augen.

Ich sehe Kira, Cornflakes kleben an ihren Fingern, ich beuge mich zu ihr runter, lache sie an und esse ihr unter lautem Gekicher die Schokoladenpops von der Hand.

Die Trennung von Mutter zeigt erste Erfolge: Ich habe meine Mutter besiegt. Den Kreislauf durchbrochen.

Vorerst.

IBUPROFEN UND SPAGHETTI

„Jeder Ton hat seine Berechtigung. "
Ellen Allien (im NZZ-Interview)

Ich liege im Bett und höre dem Fernseher von Herrn Hubschrauber zu. Er liebt Actionfilme. Er sieht sie jeden Abend. Ich stelle mir vor, wie er sagt, die müsse man besonders laut sehen. Wegen des Feelings und so. Ich sehe Mutter wild nickend und an ihrer Zigarette ziehend neben dem Hubschrauber sitzen. Ein komisches Bild.

Herr Hubschrauber und Mutter würden sich gut verstehen. Sie halten beide nicht sonderlich viel von mir, aber viel von Alkohol und Zigaretten. Beide fühlen sich von meiner bloßen Anwesenheit gestört. Beide geben mir kein gutes Gefühl. Ich möchte vor ihnen wegrennen oder mich vor ihnen auflösen. Mich für meine Existenz entschuldigen.

Damals war es Mutter, die gegen meine Tür donnerte, wenn ich zu laut spielte, sang oder Musik hörte. Heute ist es der Hubschrauber, der mit einem Besenstiel gegen seine Decke hämmert, die mein Fußboden ist. Nicht wegen Musik, die höre ich schon lange nicht mehr, sondern weil ich mich durch die Wohnung bewege. Weil Kira morgens um sechs den Flur rauf und runter rennt. Weil sie ein Kind ist und ich die Mutter. Weil er einsam ist und bis in die Nacht Ballerfilme sieht.

Ich drehe mich auf die Seite und blicke zu Mateo. Er schläft. Alle schlafen. Außer der Hubschrauber und ich. In ein paar Tagen, wenn Mateo auf Tour ist, wird es nur noch Kira und mich geben, und den Hubschrauber. Wir reden nicht über die bevorstehende Zeit. Wir beide wissen, es würde in einem Streit enden und nichts an der Tatsache ändern, dass er im Tourbus sitzen wird und ich zu Hause. Dabei macht mir eine Sache besonders viel Angst, wenn ich daran denke, dass Kira und ich bald alleine sein werden: Ich mir selbst.

Während ich daliege, halte mich am Tag fest. Obwohl es einer war, den ich am liebsten vergessen würde.

Als Kira und ich zu Mittag gegessen haben, begegnete ich meiner Mutter in mir. Plötzlich war sie so präsent wie nie. Ich wurde sie und blieb die Mutter meiner eigenen Tochter, als Kira ihren Teller Spaghetti aufgegessen hatte und nach Nachschlag fragte. Ich hatte nicht mal zu Ende gekaut, da schrie ich aus vollem Hals: „Du kannst nicht mehr fressen als ich!"

Mir fiel dabei eine Nudel aus dem Mund. Mit erschrockenen, großen Augen schaute Kira mich an und griff trotzdem mit ihrer Hand in den Topf Spaghetti. In mir schoss die Wut hoch, ich sprang vom Stuhl, ich schlug ihre Hand weg und fauchte: „Jetzt reicht's aber!"

Als ich mich langsam wieder setzte, fiel mein Blick auf mein Spiegelbild am Fenster. Ich erkannte mich kaum wieder – nicht nur wegen meiner kurzen Haare. Ich handelte nicht nur wie meine Mutter, ich sah auch aus wie sie, wenn sie wütend war. Ich schaute Kira an und erst, als ich die Tränen auf ihrem Gesicht sah, die sich mit der verschmierten Tomatensoße mischten, wurde mir das Ausmaß meines Handelns bewusst. Ich schämte mich, hörte Kiras Schluchzen zu und starrte auf ihren leeren Teller. Sie tat mir leid. Mein Baby. Mein Mädchen. Ich wollte aufstehen und traute mich nicht. Nach drei weiteren Schluchzern ging ich schließlich um den Tisch, nahm Kira in den Arm und ließ sie an meiner Schulter weinen. Ich verstand ihre Angst. Ich hatte auch Angst. Vor meiner Mutter in mir. Und während wir so dasaßen, Arm in Arm, fühlte es sich so an, als würde ich mich selbst umarmen. Mein Kind zu trösten trocknete auch meine eigenen Kindertränen.

Ich drehe mich auf den Rücken. Was Mutter wohl macht? Ob sie mich vermisst? Ob sie an mich denkt? Sie tut mir leid. Es muss weh tun, von der eigenen Tochter verlassen zu werden.

Doch man kann niemanden verlassen, wenn man nie gemeinsam war.

Ich kann nicht schlafen. Jeden Abend habe ich das Gefühl, ich würde krank werden. Auf meinem Nachttisch liegt immer eine Packung Ibuprofen. Eine Tablette für morgens, eine für abends. Sie helfen gegen meine Kopfschmerzen, aber nicht gegen die verspannten Schultern und auch nicht gegen die Zornesfalte, die sich in meine Stirn eingebrannt hat. Meine Zähne pressen immer aufeinander, meine Augenlider zittern. Ich bin müde und schlafe trotzdem nicht vor zwei Uhr ein. In meinem Kopf gehe ich „Was wäre wenn"-Fragen durch. Anders, ist die Antwort. Es wäre anders. Ich zeichne Bilder von mir an anderen Orten, mit anderen Haaren und mit Mateo und Kira daneben. Wir sind älter und freier. Und da, wo wir sind, riecht es nach Kuhmist.

So ein Blödsinn. Ich will gar nicht aufs Land.

Ich drehe mich auf den Rücken und überlege, wo ich sein will. Wer ich sein will und wer ich überhaupt noch bin. Außer Mutter. Was bewegt mich, außer die Wippe auf dem Spielplatz? Wann werden eine Rotznase und die Verdauung meines Kindes nicht mehr meinen Alltag bestimmen? Wann werde ich mich wieder für die Schönheit der Dinge interessieren statt für das Praktische? Wann werde ich wieder Ohrringe tragen, langes, offenes Haar, und wann werde ich damit aufhören, meinen Bauch einzuziehen?

Wie alt kann man in 15 Monaten Mutterschaft werden? Wie alt sich fühlen? Und wann schlafe ich endlich ein?

III
NICHT DAS ENDE

„Wir haben uns unsere eigene Welt gebaut. Das kann man auf alle Fälle
so sagen. Also, wir haben uns nur um unser Ding gekümmert. Das war
unser Leben. (...) Das war mehr als nur 'ne Aufgabe.
Das war 'ne Lebensaufgabe für viele Leute. "
Alex Azary über die ersten Technojahre
(in *We Call it Techno*)

FRAUEN WIE SIE

„Es ist ja so: Ich bin in einem Raum mit vielen Menschen.
Bin aber gleichzeitig allein, von der Menge isoliert (...)
Wir befinden uns faktisch in unterschiedlichen Zeitzonen.
Auf meinen Kopfhörern läuft immer schon der nächste Track. "
Jeff Mills (im Interview für *Das Filter*)

Es regnet. Diese Art von Regen, wie sie auf die Erde prasselt, nachdem es wochenlang sehr heiß war: am Anfang erfrischend und dann einfach nur noch zu viel. In diesem Regen befinden Kira und ich uns. Sie in einer riesigen Pfütze und ich daneben, mit zwei vollen Einkaufstüten in den Händen.

„Will aber!", schreit Kira.

„Komm jetzt sofort da raus!", schreie ich.

Das Wasser steht mir in den Schuhen, mein Shirt klebt an der Haut. Von meiner Nasenspitze tropft es sekündlich dicke Tropfen.

„Komm jetzt, Kira!", schreie ich wieder.

„Nein!", brüllt Kira zurück und strampelt mit Armen und Beinen.

Menschen rennen an uns vorbei und in den trockenen Supermarkt. Ich blicke um mich und sehe Fremde, die unter dem Vordach des Marktes stehen und uns beobachten. Selbst in den Autos sitzen sie und schauen auf uns.

Ich stelle die Tüten ab, woraufhin eine umkippt. Käse, Fruchtzwerge, Bierdosen und Chips fallen heraus. Aus dem Augenwinkel sehe ich Menschen mit den Köpfen schütteln. Eine ältere Frau sagt etwas zu ihrem Begleiter und schaut dabei zu uns, doch wegen des starken Regens und der nassen Straße verstehe ich sie nicht.

Ich trage Kira aus der Pfütze und will sie vor mich stellen.

„Nein! Nein! Nein!", brüllt sie und fällt wieder zu Boden.

Ich verstecke mein Gesicht in meinen Händen und fahre mir dann durch die nassen Haare.

„Was ist denn hier los?", höre ich jemanden hinter mir sagen.

Ich drehe mich um, ein älterer Mann mit Regenschirm steht vor mir.

Ich winke ab, sage „alles gut" und sammle meine Einkäufe zurück in die Tüte.

„Das sieht mir aber nicht so aus! Armes Kind!"

Der Mann geht auf Kira zu. Kira guckt zu ihm hoch, immer noch in der Pfütze sitzend, und fängt an zu weinen.

„Lässt Mama dich hier im Nassen sitzen?", fragt er Kira.

Ich wende mich zu dem Mann, in einer Hand die Tüte und in der anderen eine Bierdose, gehe auf ihn zu und brülle ihn an: „Verpiss dich! Lass uns in Ruhe!"

Empört geht der Fremde einige Schritte zurück und stellt sich direkt hinter Kira.

„Also so was! Frauen wie Sie sollten keine Kinder kriegen!"

„Hau ab!", fahre ich ihn an, schmeiße die Bierdose in die Tüte und hebe mit einer Hand Kira hoch, die vor Aufregung aufgehört hat zu schreien und nur noch verängstigt den Mann ansieht.

„Komm Kira, wir gehen nach Hause", flüstere ich ihr zu und gehe, in einer Hand zwei Tüten, auf meiner Hüfte sitzend Kira.

„Zu Ihnen sollte das Jugendamt kommen!", ruft uns der Mann hinterher und weiß nicht, dass er mich damit mitten in die Brust trifft.

Was früher mein geheimer Wunsch war, ist heute meine Angst: dass das Jugendamt eines Tages vor unserer Tür stehen könnte. Seit der Hubschrauber sich das erste Mal über das nächtliche Babygeschrei empörte und fragte, was wir mit unserem Kind anstellen würden. Auch er sagt gerne Dinge wie: „Menschen wie Sie sollten keine Kinder kriegen". Und manchmal glaube ich das selbst.

Ich dachte dasselbe über meine Mutter.

Als ich alt genug war, um ungefähr zu wissen, was das Jugendamt war, überlegte ich, ob es nicht das Beste wäre, jemand würde mich einfach mitnehmen. Denn das war das Einzige, was ich über das Jugendamt wusste: Es nimmt Eltern die Kinder weg. Ich wollte das. Mein Wunsch war es, dass jemand mich von Mutter trennt. Jedes Mal, wenn es an der Tür klingelte, hoffte ich, dass sie kommen. Aber es war meistens der Postbote. Oder irgendein Mann für Mutter.

Im Starkregen trage ich Kira und die schweren Tüten nach Hause und die Treppen hinauf.

In der Wohnung angekommen höre ich den Hubschrauber im Treppenhaus, wie er über die lange Wasserspur flucht, die wir hinterlassen haben.

In trockenen Klamotten und in Decken eingekuschelt sitzen Kira und ich eine Stunde später auf der Couch. Sie isst einen Fruchtzwerg und schaut Sandmann. Ich trinke Dosenbier und schaue auf mein Handy. Ich schreibe Mateo.

Ich kann nicht mehr 19:01

Wie? 19:03

Ich bin doch erst 5 Tage weg 19:03

Ich blicke durch den Raum. Fünf Tage erst. 56 folgen noch. Ich nehme einen großen Schluck aus der Dose. Ich mache ein Foto von dem Bier in meiner Hand und schicke es Mateo mit dem Satz:

Frauen wie ich sollten keine Kinder kriegen 19:04

HASSLIEBE

„Ich kam mit meinem Erfolg auf eine Ebene,
die für die undergroundige Techno-Szene ganz neu war.
Das missfiel einigen. Ich war Projektionsfläche für negative Vibes.“

Marusha (im *Spiegel*-Interview)

„Wie lange haben wir uns jetzt nicht gesehen?“, fragt Esma mich und schiebt die Restaurantkarte beiseite.

„Ich glaube, da war Kira noch ein Baby, oder?“

Ich schaue zu Kira, die mittlerweile schon ein großes Mädchen ist und keine Minute ruhig auf der Ledercouch des Cafés sitzen bleibt.

„Ziemlich aktiv, die Kleine“, bemerkt Esma, meinem Blick folgend.

„Ja sehr! Immer was los mit ihr ...“, sage ich lächelnd und schaue Kira hinterher, wie sie unter den Tisch klettert.

„Schade, dass wir uns so lange nicht gesehen haben.“

Esmas Stimme klingt vorwurfsvoll. Ich verschwinde kurz unter dem Tisch, um Kira wieder auf die Couch zu setzen.

„Ja ... mit Kind ist es manchmal nicht so einfach“, versuche ich mich zu erklären. „Da war doch zum Beispiel dieser eine Abend, wo ich schon unterwegs war und wieder zurück nach Hause musste“, sage ich mit einem Lächeln, aber Esma schaut nur ernst zu Kira.

„Hast du mal was von Sina gehört?“, erkundige ich mich.

„Nee, die ist ja völlig crazy geworden!“ Sie rollt die Augen und lacht verächtlich.

Ich presse meine Lippen aufeinander. Ich weiß, was Esma meint, aber sage nichts.

„Und Mateo ist auf Tour?“

„Ja, seit paar Wochen schon.“

Ich gebe Kira meinen Schlüssel zum Spielen, der augenblicklich auf den Boden fällt. Esma hebt ihn auf.

„Danke", sage ich und lächle sie an.

Esma nickt und sagt: „Vielleicht können wir uns ja mal alleine treffen, wenn Mateo wieder da ist."

„Du kannst uns auch gerne mal wieder zu Hause besuchen", schlage ich vor und sehe Kira dabei zu, wie sie den Zucker auf dem Tisch verteilt.

„Ich glaube, ohne Kira ist es einfach entspannter", nuschelt Esma in die Kaffeetasse.

Ich atme tief ein und tippe die Zuckerkrümel mit dem Finger auf.

Die nächsten Minuten verbringen wir im Kampf gegen eine unangenehme Stille und ein Kleinkind, welches sich in den Kopf gesetzt hat, das komplette Café auseinanderzunehmen. Das Ende setzen ausgetrunkene Getränke und eine getrennt gezahlte Rechnung.

Auf dem Heimweg schmerzt mein Kopf. In meiner Jackentasche finde ich eine Ibuprofen. Ich nehme einen Schluck aus Kiras Wasserflasche und spüle die Tablette runter. In mir wächst eine Wut auf Esma und alle anderen alten Freunde. Ich frage mich, ob ich früher auch so gewesen wäre, wenn einer der anderen ein Kind bekommen hätte. Ich suche Gründe für ihre Abneigung und habe das dringende Bedürfnis, mich bei Kira für Esma zu entschuldigen, es wiedergutzumachen.

„Wollen wir noch auf den Spielplatz?", frage ich Kira. Kira klatscht in die Hände und wir biegen ab zum Spielplatz.

Eigentlich bin ich dort nie gerne gewesen. Doch seit Mateo auf Tour ist, vergeht kaum ein Tag ohne Sand in den Schuhen. Es ist eine Hassliebe. Es ist eine Flucht vor dem Haushalt und der Langeweile zu zweit in den eigenen vier Wänden. Auf dem Spielplatz beschäftigt sich Kira die meiste Zeit allein und ich baue gute bis sehr gute Sandburgen. Außerdem habe ich vor wenigen Tagen Bekanntschaft mit einer sehr netten Mutter gemacht und hoffe, ihr wieder zu begegnen.

Erst war es ihr lila gefärbtes Haar zu ihrem giftgrünen Kleid, das mich zum Lächeln brachte. Dann war es ihr Kompliment für Kiras Leo-Leggins und ihr Abwinken, als ich bemerkte, dass die sehr günstig war und schon löchrig ist. Wir unterhielten uns über Kinderkleidung und ich erfuhr, dass sie gerne Flohmärkte besucht und ihr Kind Emilia heißt.

„Rauchst du?", fragte sie und zeigte mir die Zigarettenpackung in ihrer Jackentasche, als wäre es ein brandgefährliches Geheimnis.

Ich bejahte und wir verschwanden hinter einem Baum um zu rauchen, die Kinder immer im Blick.

Mein Blick wandert immer wieder zum Tor des Spielplatzes, doch die Mama mit den lila Haaren kommt nicht. Ich buddle ein Loch in den Sand, fülle Förmchen und backe einen Kuchen. Spielplatz heißt auch Performance. Wer auf sein Handy guckt, wird abgemahnt. Doch belohnt werden solche Tage mit einem müden Kind und einer kurzen Einschlafbegleitung.

Kira liegt neben mir im Bett und hat die Augen schon zu, als sie durch ihren Schnuller „Danke" nuschelt.

Danke? Wofür, frage ich mich und küsse ihr Wange. Ihre kleine Hand ruht auf meinem Arm. Sandkastensand versteckt sich unter ihren Fingernägeln. Ich studiere ihre Augenbrauen und die Schläfen. Sie sieht aus wie Mateo. Mein Herz wird schwer. Noch 28 Tage, bis er wieder da ist. Ich denke an Esma und frage mich, ob mein Partner wirklich mein einziger Freund ist.

Träge hebe ich mich und meine sandigen Füße aus dem Bett, wandere ins Wohnzimmer, hole ein Glas, die angefangene Weinflasche und das Babyphone aus dem Regal und setze mich auf den Balkon. Wie hat Mutter das gemacht? Hat sie sich einsam gefühlt? Hat sie deshalb getrunken?

GRAU

Das Grau der letzten Tage umarmt die Häuser der Stadt und streicht mir durchs Haar. Ich werde alt. Jeden Tag plagen mich dröhnende Kopfschmerzen. Eine Ibu morgens und eine abends reichen nicht mehr, ich brauche auch tagsüber eine. Ich schiebe es auf Rotwein und Schlafmangel. Oder irgendeine Phase, auch die dürfen Erwachsene haben. Morgens zu funktionieren, sobald Kira mir ihre Milchflasche auf den Kopf haut, schaffe ich nicht mehr ohne mindestens drei Tassen lauwarmem Kaffee intus.

So kommt es mir gerade recht, als ich beim Aufräumen der Garderobe ein Tütchen Speed in einer alten Partytasche finde. Ich schließe mich auf der Toilette ein und ziehe eine Line, während Kira gegen die Tür trommelt. Erst fühle ich mich schlecht. Aber wenige Minuten später produktiv wie seit Ewigkeiten nicht mehr.

Und eine produktive Mutter ist eine gute Mutter.

Ich putze die Wohnung und singe dabei Kinderlieder für Kira. Zwischen Wäsche und Staubwischen spielen wir Ball und auch sonst geht mir alles leichter von der Hand.

Bis das Tütchen leer ist.

Es sind leichte vier Tage. Aber auch vier Tage mit großem schlechten Gewissen.

Mein Browserverlauf zeichnet mein Leben. *Spülmaschinenfeste Trinkbecher*, *Rezept zuckerfreie Muffins* und *Matsch aus Kleidung entfernen*. Ich hatte irgendwann auch nach Tickets gesucht, für ein Konzert im nächsten Jahr. Es gab sogar noch welche, aber ich habe keine gekauft. Zu groß die Angst, nicht hingehen zu können, weil niemand auf Kira aufpassen kann. Zu groß die Angst, dass das Geld für die Tickets für Wichtigeres im nächsten Monat fehlen würde.

Ich sitze auf dem Balkon und rauche. Hinter mir im Wohnzimmer trällert die dritte sorgeberechtigte Person hier (Peppa Wutz) ihr Lied im Fernseher. Die vierte oder fünfte Folge läuft. Jedes Mal, wenn der Titelsong erklingt, zucke ich kurz zusammen. Nicht wegen des Liedes. Mit jeder neuen Folge wiegt das schlechte Gewissen schwerer auf meinen Schultern. Ich habe so viel über regulierte Medienzeit und frühkindliche Entwicklungsschäden gelesen, dass ich das Gefühl habe, jedes Mal, wenn ich den Fernseher einschalte, gehen Punkte von meinem „gute Mutter"-Konto ab. Dazu auch noch die Kippe zwischen meinen Fingern mit dem abgeblätterten Nagellack. Der leere Beutel Speed im Hausmüll. Die leeren Weinflaschen daneben.

Das Bild ist komplett. Die Stimmung im Arsch. Bei mir jedenfalls. Nicht mehr lange, denke ich, und sie kommen Kira abholen.

„Mama?", höre ich Kira vom Sofa aus rufen.

„Ja?", rufe ich vom Balkon aus zurück.

„Mama, hungrelig!"

Hungrig, korrigiere ich im Kopf. Ich drücke die Zigarette aus und gehe hinein.

„Mama, hungrelig", wiederholt Kira energisch.

„Ist gut, ich mache dir was", höre ich mich sagen in einem Ton, der eigentlich freundlicher gemeint war.

Ich stehe in der Küche und ärgere mich über steinharte Butter auf zu dünn geschnittenem Brot. Ich hole einen großen Teller aus dem Schrank und drapiere kleine Schnittchen im Kreis. Ich zupfe Weintrauben ab und halbiere sie. So habe ich das in einem Buch über Fingerfood für Kleinkinder gesehen. Wegen der Erstickungsgefahr. Ich lege die Weintrauben zwischen die kleinen Brote. Ich hole den Gouda aus dem Kühlschrank und schneide Käsewürfel. Ich drapiere sie in einem Kreis um die Brote. Ich hole eine Tüte kleine Salzbrezeln aus dem Schrank, zähle vier Stück ab und lege sie in die Mitte des Tellers. Mit dem Gefühl, meiner Tochter einen guten Snackteller zubereitet und damit ein paar „gute Mutter"-Punkte zurückgewonnen zu haben, übergebe ich Kira mein Meisterwerk.

Sie schaut sich den Teller skeptisch an. Und schreit nach einem kurzen Augenblick: „Mama! Keine Tauben!"

„Keine Trauben?"

„Neiiiin!!!"

„Okay, dann esse ich die Trauben."

Ich stelle den Teller zwischen uns auf die Couch.

„Bäh!" Sie streckt mir die Zunge entgegen, als würde sie mir sagen wollen, wer Trauben isst, ist so eklig, wie Trauben sind. Damit kann ich leben. Hauptsache, du gibst jetzt wieder Ruhe und isst. Kira schaut sich das Essen noch mal genauer an und pickt sich nur die Salzbrezeln heraus. Zusammen schauen wir Familie Wutz beim Drachensteigen zu.

„Mama? Auch Dachte fliegen?"

Kira zeigt auf den Fernseher.

„Drachen fliegen?"

Kira nickt hektisch „Meina! Meina!"

„Du willst einen Drachen haben?"

„Ja!", sagt Kira entschlossen, legt die letzte Salzbrezel weg und rutscht vom Sofa.

„Jetzt?!", frage ich und Kira schaut mich mit den glitzerndsten aller Glitzeraugen an. Ich hole tief Luft, schiebe mir die restlichen Weintrauben in den Mund und räume die Bastelkiste auf den Tisch. Die Kiste des Grauens. Ich hasse alles an ihr und alles am Basteln. Ich schneide trotzdem eine große Raute aus grauem Karton.

„Bau!", quengelt Kira.

„Blau haben wir nicht", sage ich nüchtern und suche eine Schnur.

„Bau! Bau! Bauuu!!!"

„Kira, wir haben kein blaues Papier!", platzt es laut aus mir heraus.

Mir fällt ein blauer Stift in die Finger.

„Hier, du kannst ihn ja blau anmalen", schlage ich vor.

Sofort legt Kira los und malt zarte blaue Striche auf das graue Papier. Ich schneide ein Stück schwarze Wolle ab. Bohre mit der Schere ein Loch in den Drachen und fädle die Wolle durch. Ich haue mit den Fingern auf die Tischkante und sage lächerlich stolz: „So!"

Kira steht mit dem Drachen in der Hand auf und will sich die Schuhe anziehen. Ich habe das befürchtet. Genervt helfe ich ihr beim Schuhe anziehen. Ich will gar nicht raus. Mein Blick fällt kurz in die Küche. Das Chaos vom Zubereiten des Snacktellers winkt zu mir rüber. Hektisch ziehe auch ich mich an.

Wir laufen um den Block, Kira einen halben Schritt hinter mir.

„Mama, warte mir!", nörgelt sie.

Ich bleibe stehen und überlege, warum ich mich eigentlich so beeile.

Oder laufe ich weg? Aber wohin?

Kira legt ihre Hand in meine und hält sie fest. Wir gehen an einem Kindergarten vorbei. Derselbe, an dem Mateo und ich vorbeigelaufen sind, als ich schwanger war. Kinder so alt wie Kira und älter spielen vergnügt im Sandkasten. Ich wünschte, Kira würde auch dort sitzen. In Matschhosen und Gummistiefeln, sich um eine Schaufel streitend. Danach Mittag auf kleinen Stühlen. Möhrchen mit Kartoffelbrei. Dann Händewaschen und Mittagsschlaf auf kleinen Matratzen. Ein Tagesablauf mit Struktur. Ich will das wirklich sehr. Für sie und für mich. Seit fast zwei Jahren gibt es nur Kira und mich. Und Mateo auch. Aber meistens nur mich und Kira.

Vor ein paar Monaten, kurz vor Kiras erstem Geburtstag, habe ich auf Kiras Spielteppich gesessen und zu Mateo gesagt, zwischen Tür und Angel, dass wir noch mal über eine Kita nachdenken sollten. Später am Abend führten wir das Gespräch weiter.

„Ich brauche wieder mehr Zeit für mich", sagte ich.

„Sie ist ein Jahr alt!", keifte Mateo mich an, als wüsste ich das nicht selbst.

Etwas erschrocken über seine Reaktion schaute ich rüber zu Kira.

„Seit über einem Jahr sitze ich zu Hause."

„Das ist unser Kind! Du weißt am besten, was unser Kind braucht, und zwar uns."

Ich sah das anders. Denn mit uns meinte er mich. Aber ich war nichts mehr.

Mateo verstand es nicht, wie ich so schnell meine Meinung hatte ändern können. Ich verstand nicht, wie er mich nicht verstehen konnte. Und ich war zu müde für lange Erklärungen. Zu müde vom Müdesein und von der Langeweile.

Kira und ich, ich und Kira. Obwohl unsere Tage ohne Struktur verplätschern, gleicht doch jeder dem nächsten. Ich frage mich: Ist das die hochgelobte Routine, die so wunderbar sein soll? Die Überforderung langweilt mich.

Mateo ist seit sechs Wochen auf Tour. Jeden Abend, wenn ich Kira zu Bett bringe, betritt Mateo irgendwo eine Bühne. Ich denke immer daran. Während ich in die Sternenlichterkette über Kiras Bett starre, stelle ich mir Mateo an der Gitarre vor. Dann träume ich davon, wie ich im Publikum springe und mein halbes Bier verschütte. Danach schleiche ich in die Küche und räume die Spülmaschine aus. Wasche Pfannen ab, spüle Fläschchen durch, fege Brotkrümel weg und mache mir einen Tee. Oder ich lasse das heiße Teewasser im Wasserkocher und erinnere mich später daran, wenn ich das Weinglas in der Hand halte. Manchmal esse ich Schokolade, aber meistens esse ich nichts. Nur immer mindestens drei Ibuprofen am Tag. Oft will ich mir die Haare waschen. Aber Kira schläft so unruhig, dass ich mich nicht traue, für zehn Minuten unter die Dusche zu gehen. Seit Tagen will ich masturbieren, aber selbst dafür habe ich keine Motivation. Ich scrolle stattdessen stundenlang auf Flohmarktseiten, um eine Matschhose für Kira zu finden. Und ein Geschenk für die Schwiegermutter. Darum hat Mateo gebeten, weil er das unterwegs so schlecht selbst machen kann. Natürlich mache ich das. Selbstverständlich mache ich das. Ich überlege nicht mal, was ich mache. Ich mache das. Ich mache sauber. Ich mache Briefe auf und verschicke welche. Ich lege mich hin und stehe sogar wieder auf. Ich mache das, was man Haushalt nennt. Ich mache das, was man macht, wenn jemand sich Mutter nennt. Und das, was man macht, wenn andere einen Mutter nennen. Ich erlebe nichts und doch weiß ich, blicke ich in zehn Jahren auf heute zurück, war dieses Nichts sehr viel.

Ich will mal wieder was erleben. Nach einem Tag voll anstrengendem Nichts liege ich im Bett und kann nicht schlafen, mal wieder. Was ist mein verdammtes Problem, frage ich mich. Aber eigentlich kenne ich die Antwort.

Ich will im Leben stehen ohne Legosteine in der Jackentasche. Ich will keine Kopfschmerzen haben. Ich nehme die vierte Ibuprofen, die auf meinem Nachtschrank liegt. Ich will keine Schmerzen. Will mich nicht über nicht gegessenes Obst ärgern, sondern nachts um vier aus Töpfen essen. Will Gedanken denken und über Träume sprechen. Will mir die Nägel machen und viel zu lange Fernsehen gucken. Will an langen Toilettenschlangen anstehen und nach Bier stinken.

Ich will so viel.

ROT

„Das Schöne am Feiern ist, dass Zeit irgendwann 'ne ganz andere Rolle
spielt. Du verlierst die Zeit. Die Zeit ist ein Raum, der sich dehnt.
Es geht eigentlich nur darum, was du für Momente erlebst.
Und mit wem. Und wie. Obs dir gut geht.“
Inga Königstadt (in *Feiern – Don't forget to go home*)

In einer Nacht, in der man nichts müssen sollte, treffen sich Leute in einem mit Neonröhren behangenen, nach Pisse stinkenden Vorraum zum Klo, um dem einzigen menschlichen Bedürfnis nachzugehen, welchem sie in den nächsten Stunden überhaupt Beachtung schenken werden – sie müssen mal.

Ich lasse die Toilettentür hinter mir zufallen, lehne mich an sie und atme tief durch. Mir ist schlecht. Alles dreht sich. Ich halte mich an den Wänden fest, dabei wird die Kabine immer enger. Mein Hals auch. Mir fällt das Schlucken schwer. Das Stehen auch. Ich hocke mich hin und mache die Augen zu. Aber das Bild ändert sich nicht. Öffne ich sie, ist da nichts. Alles schwarz. Schließe ich sie, ist da das Klo. Ich taste nach meiner Bauchtasche. Meine Hände zittern und öffnen ungeschickt den Reißverschluss. Ich hole das Tütchen Speed heraus, öffne es, stecke einen Finger rein, halte ihn anschließend an meine Nase und ziehe das Pulver durch.

Ich öffne meine Augen wieder.

Und erkenne eine Glühbirne an der Decke. Ich zwinkere mehrmals und mein Blick wird klarer. Die Kabine wird wieder weiter, die Hände geschickter. Für wenige Augenblicke bleibe ich in der Hocke, konzentriere mich auf meinen Atem und schaue auf die Sticker und Tags an den Wänden.

Ich schaue an mir runter. Ich halte immer noch das Speedtütchen in der Hand. Ich knülle es wieder in die Tasche und höre bekannte Stimmen vor der Toilettenkabine. Ich stehe auf, öffne die Tür und falle Esma und Sina in die Arme.

„Ey! Wo warst du?"

Sina gibt mir einen nassen Kuss auf die Wange.

Ich zeige auf das Klo.

„Hä, sie war aufm Klo, man!", sagt Esma lachend. Beide sind sehr gut drauf. Und das beruhigt mich irgendwie. Alles wie immer, denke ich.

„Alles gut?", fragt Sina besorgt und wischt ihre eigene Sabber von meiner Wange.

Ich nicke und scanne, ob eine von beiden etwas zu trinken dabei hat.

„Wirklich alles gut?" Esma hält mich mit beiden Händen an den Schultern und schüttelt mich sanft.

„Ja!", zwinge ich mich zu sagen. Und sogar ein Lächeln kommt über meine Lippen.

„Wir gehen kurz pissen, wartest du hier?", fragt Sina und verschwindet schon halb auf dem Klo.

Ich nicke.

Ich blicke auf die verschlossene Tür, meinen Kopf an die Wand gelehnt, sodass sich der Bass der Musik zuerst durch das Gemäuer bohrt und schlussendlich meine Schädeldecke durchdringt. Ich muss hier raus.

Ich gehe durch die schmalen Gänge, an bekannten und unbekannten Menschen vorbei und stehe plötzlich mitten auf der Tanzfläche. Ich gucke auf die tanzenden Füße. Mir wird wieder schwindelig. Mit jeder Kopfbewegung verliere ich mehr die Orientierung. Wo sind Esma und Sina? Eben waren sie noch da. Ich will zu Mateo. Ich muss ihn suchen. Ich drehe mich um. Laufe gegen einen nassen Brustkorb. Tapse weiter im Dunkeln, die Hände schützend vor meinem Körper. Mein Blick ist immer noch auf den Fußboden gerichtet. Welche Schuhe hat Mateo heute an? Ich muss ihn finden. Die Musik ist schmerzhaft laut. Mein Körper wird schwer. Die Beine und Augen auch. Ich spüre mein Gesicht nicht mehr und will es abtasten. Aber da ist auch keine Hand mehr.

Da ist nichts mehr.

Ich schrecke hoch. Da ist Mateo.

„Da bist du", nuschle ich. Und greife nach ihm.

„Was?", fragt Mateo irritiert und legt meinen Kopf zurück, auf etwas Weiches.

Ich blicke um mich. Ich liege. Das Weiche sind Jonas' Oberschenkel. Überall Getränkekisten und Kühlschränke. Ich kenne das. Ein Getränkelager.

„Wo bin ich?", frage ich.

„Geht's dir gut, Neele?", will Mateo wissen und legt seine Hände um mein Gesicht.

„Wo bin ich?", frage ich wieder.

„Wir sind im Vibe", antwortet Jonas. Ich gucke zu ihm hoch. Er hat Blut an Mund und Nase.

„Was ist passiert?"

„Du bist ohnmächtig geworden und lagst mitten auf der Tanzfläche", erklärt Mateo und hält mir eine Cola hin. Ich nehme die Flasche, setze mich auf und trinke. Dabei schaue ich Jonas an.

„Was ist passiert?", frage ich wieder.

„Wir haben dich da liegen sehen und zwei komische Typen haben an dir rumgefummelt ...", fängt Mateo an.

Ich verschlucke mich an der Cola.

„Keine Ahnung, ob die dir helfen wollten. Wir sind hin und dann sagt der eine zu Jonas: Hau ab, Schwuchtel."

„Was?!"

Ich kann nicht fassen, was ich da höre.

„Ich hab den weggedrängt, weil ich zu dir wollte. Da sagt der zu mir Schwuchtel. Dann hab ich ihn richtig weggeschubst und auf einmal haut der mir eine rein."

Mir wird schlecht. Ich schaue an mir runter. Meine Bauchtasche ist weg.

„Wo ist meine Tasche?"

„Welche Tasche?", fragt Mateo.

„Haben die meine Tasche?"

Hektisch schaue ich um mich.

„Fuck man!", flucht Mateo. „Haben die Wichser deine Tasche gezockt!"

Ich sacke zusammen und lege meinen Kopf auf meine Knie. Wie konnte das passieren, frage ich mich. Was war da los.

„Ich hau denen auf die Fresse!", brüllt Mateo.

„Ey, beruhige dich", sage ich und ziehe an Mateos Hand, damit er sich zu mir runtersetzt.

Er kniet sich vor mich und schaut mich ernst an.

„Wenn ich die noch mal sehe ...", flüstert er.

Ich halte die Luft an. Er hat ja recht. Ich bin auch wütend. Auf mich, weil ich nicht weiß, was mit mir los war. Und auf diese Arschlöcher, die das ausgenutzt haben. Die Jonas geschlagen haben.

Angeekelt schaue ich mich um. Dieser scheiß Laden, denke ich. Ich will hier nicht mehr sein.

„Lass nach Hause", sage ich.

Und wir gehen.

Bei Mateo in der Wohnung angekommen lege ich mich sofort auf sein Bett. Ich schaffe es nicht, meine Klamotten auszuziehen, so schwach bin ich.

„Brauchst du noch irgendwas?", fragt Mateo und läuft durch die Wohnung.

Ich weiß nicht. Ein Wasser vielleicht. Oder einfach nur einschlafen in deinem Arm.

Ich mache ein Auge auf. Mateo steht mitten im Raum und zieht ein frisches T-Shirt an. Eins von den guten. Eins, welches er zum Feiern anzieht.

„Was machst du?", frage ich verwirrt.

„Ich gehe noch mal los."

„Was?"

Ich bin entsetzt.

„Ich bin viel zu drauf. Ich kann noch nicht schlafen."

Er zieht sich seinen Pullover über.

„Ähm ... okay", sage ich betreten. Und frage mich, warum ich dann in Mateos Wohnung bin und nicht bei mir. Ich fühle mich mies. Und ich fühle mich mies, weil ich mich mies fühle.

Mateo beugt sich zu mich runter, gibt mir einen Kuss und flüstert: „Ich mach nicht mehr lang. Schlaf du ruhig."

Ich nicke. Er geht aus dem Zimmer und macht das Licht aus.

„Im Kühlschrank ist noch Essen! Bitte iss was!", ruft er noch aus dem Flur. Dann zieht er die Tür hinter sich zu.

Ich schaue in Mateos dunkles Zimmer. Ich kenne dieses Zimmer gut, aber ohne Mateo ist es fremd. Ich höre betrunkene Menschen am Fenster vorbeilaufen. Das Licht der Ampel scheint an die Wand. Grün. Dann lange rot. Grün. Dann wieder rot. Ich denke an das Blut in Jonas' Gesicht. Ich denke an Jonas und daran, dass ich gar nicht weiß, wo er jetzt ist. Wie es ihm geht. Ich werde ihm eine Nachricht schreiben. Mit der Hand taste ich das Bett nach meiner Tasche ab. Bis mir einfällt, dass sie mir geklaut wurde. Mir ist kalt, mein Kopf dröhnt und ich bin müde. Meine Klamotten sowie meine Haare stinken nach Rauch. Es ekelt mich an. Ich nehme mir fest vor, es zu ignorieren. Warum bin ich so abgekackt? Hatte ich zu viel genommen? Zu wenig gegessen? Hat mir jemand was ins Getränk geschüttet? Wo war Mateo und wieso war ich alleine auf dem Klo? Warum bin ich alleine unter seiner Decke und wieso kriege ich diese beschissenen Klamotten nicht von meinem Leib?

Ich zerre an meiner engen Jeans, sie klebt an mir. Ich schnaufe, ich zerre und strample. Ich reiße die Decke beiseite und kneife mir in die Beine. Ich sehe, wie ich kneife, aber ich spüre nichts. Ich sehe meine flachen Hände auf die Matratze schlagen. Wie ein wütendes Kind. Ich sehe mich aufstehen, die Hose von meinen Beinen ziehen und falle fast dabei um. Ich höre mich fluchen und spüre den kalten Fußboden an meinem Hintern, als ich mich setze, um die Jeans über meine Füße zu reißen. Dabei liege ich doch im Bett, denke ich. Oder stehe ich? Ich schaue mich um und erkenne nichts. Das Bett, die Lampe, den Schrank, ich kenne das alles. Aber was ist, wenn ich nicht in Mateos Zimmer bin, wo bin ich dann? Wenn das Mateos Wohnung ist, wieso ist er dann nicht hier? Es ist viel kälter als sonst und es riecht nicht nach ihm. Bin ich noch im Getränkelager? Wo ist die Musik?

Die Tür zum Flur steht auf, alles ist dunkel. War da etwas? Mein Herz rast und ein Kribbeln steigt von meinem Brustkorb hoch über meinen Kiefer und schießt mir bis unter die Schädeldecke.

Da war doch was.

Ich liege starr unter der schweren Bettdecke, vielleicht stehe ich auch, ich weiß es nicht. Ich atme schnell und flach, damit mich keiner hört. Mein Hals schnürt sich zu und das Kribbeln in meinem Kopf ist so stark, dass ich denke, dass ich gleich sterben werde. Gleich sterbe ich. Ich habe Angst.

Rot. Grün. Rot. Grün.

GRÜN

Rot blinkt die Lampe über der Tür der S-Bahn und das Signal ertönt laut. Kira und ich stehen direkt vor dem Ausgang, Menschen drängen sich an mir und dem Buggy vorbei, um aus- oder einzusteigen. Die Tür schließt und die Bahn fährt weiter, raus aus dem Tunnel, rein in die Sonne. Es ist Winter. Die Heizung ist auf Anschlag und es stinkt nach Schweiß. Eine Gruppe in Weiß und Beige gekleideter Touristen drängt sich auf die Fensterplätze, um einen Blick auf den Domplatz zu erhaschen. Sie reden wirr durcheinander von Barockarchitektur und Fischbrötchen. Ihnen gehört die Welt oder auch nur die Hotellobby.

Ich schaue zu Kira. In all dem Lärm ist sie friedlich eingeschlafen.

Nächster Halt. Wieder drängen sich Menschen mit klebrigen Oberarmen und vollen Tüten an mir vorbei. Ich stehe im Weg und weiß nicht, wohin. Weiß ich nie, wenn ich mit dem Kinderwagen unterwegs bin. Seit ich Mutter bin, fühle ich mich wie ein unsichtbarer Störfaktor. Seit ich Mutter bin, bin ich der Kinderwagen. Sperrig, immer im Weg und ich habe nur zu funktionieren.

Die Lampe blinkt wieder rot. Das Signal ertönt. Noch lauter als davor. Ein Tourist hat einen Witz gemacht, alle lachen, außer einer – der starrt mich an. Ich schaue weg und höre seine Gedanken über mich.

Die Bahn fährt weiter, ich will mich irgendwo festhalten, aber überall sind Menschen. Ich umgreife den Kinderwagen und spüre ein Kribbeln auf meiner Zunge. Ich denke an die Wasserflasche in meiner Tasche, an die ich jetzt nicht rankomme. Ich habe das Gefühl, meine Zunge schwillt an, und werde nervös. Habe ich was Falsches gegessen? Bin ich auf etwas allergisch? Plötzlich ist das Kribbeln auch in meinen Fingern.

Die Bahn hält an. Die Tür geht auf. Menschen drängen und schieben. Ich denke an die Nacht in Mateos Wohnung nach meinem Absturz und versuche gleichmäßig zu atmen. Ausatmen – eins, zwei, drei, vier, fünf. Einatmen – eins, zwei. Mein Hals schnürt sich zu, ein Stich fährt durch meinen Brustkorb. Ich will hier raus. Die Lampe blinkt. Das Signal ertönt und die Tür knallt zu.

„Ich muss hier raus!", höre ich mich sagen.

Niemand scheint mich zu hören. Die Bahn fährt los.

Und dann bin ich weg.

Ein Brennen auf meiner Wange. Jemand schlägt mir ins Gesicht. Ich schrecke auf. Eine grüne Jacke sitzt vor mir auf dem Boden.

„Hallo? Hören Sie mich?", schreit die grüne Jacke.

Hektisch sehe ich mich um. Der Bahnsteig. Wo ist Kira?

„Kira", nuschle ich und will aufstehen.

Die grüne Jacke hält mich fest und ich gucke in das Gesicht. Ich kenne das Gesicht nicht, denke ich. Wo ist Kira?

„Bleiben Sie sitzen, der Krankenwagen ist unterwegs!"

Krankenwagen? Warum? Ist was mit Kira?

„Wo ist meine Tochter?"

„Sie ist hier", sagt die grüne Jacke und deutet hinter mich.

Ich drehe den Kopf, da steht der Kinderwagen und eine Frau davor. Ich will wieder aufstehen, aber werde festgehalten. Ich bin zu schwach, um mich zu wehren. Ein schmerzhafter Stich fährt durch meinen Kopf und ich fasse mir in die Haare. Da ist Blut.

„Sie sind in der Bahn ohnmächtig geworden", wird mir erklärt. „Schauen Sie, da kommen schon die Sanitäter."

Und dann geht alles sehr schnell. Der Mann in der grünen Jacke erklärt den Sanitätern, was passiert ist. Er erzählt von einem lauten Aufprall gegen die Stange und Blut an meinem Kopf. Ich beantworte Fragen mit ja und nein. Ich will sagen, dass da meine Tochter steht. Aber ich komme nicht dazu. Ich zeige auf den Kinderwagen.

„Ist das Ihr Kind?", fragt die Sanitäterin.

Ich nicke.

„Gibt es einen Vater?"

Ich nicke.

„Haben Sie die Telefonnummer? Kann er sie abholen?"

Ich nicke und krame nach meinem Handy. Die Sanitäterin hilft mir, so schwach bin ich. Während ihr Kollege meinen Blutdruck misst und sich mit dem Mann in der grünen Jacke unterhält, wische ich auf meinem Handy und wähle Mateos Nummer. Ich reiche der Sanitäterin das Handy. Ob Mateo noch schläft? Gestern erst kam er müde von der Tour zurück. Ich kann nicht mehr reden. Die Sanitäterin geht zum Kinderwagen, telefoniert und kommt mit Kira im Wagen zurück.

„Ihr Mann wird Ihr Kind abholen und wir fahren Sie ins Krankenhaus."

Ihr Mann, lache ich innerlich.

„Können Sie aufstehen?"

Ich versuche es. Meine Beine sind schwer und mein Kopf tut weh. Ich laufe ein paar Schritte zu Kira. Wundersamerweise liegt sie immer noch schlafend in ihrer Kuscheldecke. Die beiden Sanitäter:innen bringen mich zum Krankenwagen, der Mann mit der grünen Jacke und seine Frau schieben Kira hinterher.

„Wir bleiben solange hier, bis Ihre Tochter abgeholt wird. Machen Sie sich keine Sorgen", beruhigt mich die Sanitäterin, während ich mich auf die Liege im Krankenwagen lege. Hier ist es hell und es riecht steril. Ich denke an Mateo alleine mit Kira.

„Geht es Ihnen gut?"

Ich nicke und lüge. Mir geht's beschissen.

Ich war 13 Jahre alt, als ich Mutter bewusstlos im Wohnzimmer fand. Ich kam aus der Schule, zog die Schuhe aus, schmiss meinen Ranzen neben die Garderobe, wie jeden Tag. Rief kurz „Hallo, Mama!", wie jeden Tag und rannte aufs Klo, wie jeden Tag, weil die Schultoiletten so dreckig waren, dass ich mich, wie jeden Tag, nicht getraut hatte, dort drauf zu gehen. Im Badezimmer wunderte ich mich, warum Mutter nichts sagte. Ich wusch mir die Hände, ging rüber zum Wohnzimmer und rief noch mal „Hallo?" durch die offene Tür. Da sah ich Mutter zwischen Couchtisch und Sofa auf dem Boden liegen. Auf dem Tisch eine Flasche Schnaps, und auf dem Teppich Blut. Ich schrie und rannte raus aus der Wohnung.

Auf Socken rannte ich aus dem Haus bis zur Straßenbahn, die gerade ihre Tür schließen wollte. Außer Atem und nur in Ringelsocken setzte ich mich. War Mutter tot? Hatte ich die Tür hinter mir zugemacht? Was sollte ich jetzt machen? Wohin fuhr ich?

Nach drei Stationen stieg ich aus und rannte den Weg wieder zurück, durch die Wohnsiedlung, an meiner Schule vorbei. Meine ehemalige Grundschullehrerin Frau Moreno rief meinen Namen und etwas, das ich nicht verstand. Ich rannte weiter, um die Ecke, und sah einen Krankenwagen vor unserem Haus. Ich blieb stehen und versteckte mich hinter einem Telefonhäuschen. Ich starrte auf die Warnblickanlage des Wagens und wartete, bis jemand aus dem Haus kam. Es dauerte lange, meine Füße wurden kalt. Es war Herbst und der Boden nass. Endlich kamen zwei weiß-rot gekleidete Männer aus der Tür, stiegen in den Krankenwagen und fuhren wieder los. Ich schlich nach Hause, die Haustür stand offen. Auf nassen Socken ging ich durch das Treppenhaus und hörte die Stimme der Nachbarin.

„Neele, da bist du ja!", empfing sie mich in der Wohnungstür.

Ich hörte Mutter aus der Wohnung. Sie war nicht tot.

„Wo warst du denn?", wollte die Nachbarin wissen. Ich antwortete nicht und hatte den Drang, wieder zu fliehen, aber ich ging in die Wohnung und schaute Mutter direkt ins Gesicht. Dort, wo sie eben noch gelegen hatte, da saß sie nun. Mit Pflaster auf der Stirn und hochgeschobenem Kleid. Es war das schöne mit den rosa Blumen und den grünen Knöpfen.

„Dann geht's dir wieder gut?", fragte ich nüchtern.

Mutter lachte, als wäre nichts gewesen.

„Dann bist du gar nicht tot?"

Mutter lachte noch lauter und lallte: „Was sagst du? Tot? So schnell wirst du mich nicht los, Kleines!"

Ich rannte weinend in mein Zimmer, knallte mit der Tür, wie jeden Tag, und schmiss mich mit nassen Socken auf mein Bett.

WAS ÜBRIG BLEIBT

„Vieles, was die Leute da reininterpretiert hatten, an Werten,
an Gemeinsamkeiten, war vielleicht doch eine Illusion. (...)
Dass die Gesellschaft doch nicht so funktioniert hat, wie sie sich das vor-
gestellt haben. Freundschaften zerbrachen. Oder auch die Drogen, die sich
auf eine Art ausgewirkt haben, dass man doch nicht mehr klargekommen
ist. (...) Das waren teilweise Dramen, die sich da abgespielt haben.“
Thomas Koch über die frustrierte erste und zweite Generation Techno
(in *We Call it Techno*)

Es klopft an der Tür. Eine Frau kommt herein und fragt, was ich zu Mittag, Abendbrot und die nächsten zwei Tage essen möchte. Sie liest vor:

„Mittag: Rosenkohleintopf mit Hackfleischbällchen und Wurzelgemüse oder Tortellini mit Blattspinat auf Käsesauce.“

„Ähm, ich bin vegetarisch.“

„Also Tortellini.“

Sie notiert.

„Abendessen: Vollkornbrot, Toast oder Graubrot?“

Gedanklich war ich noch beim Rosenkohleintopf und antworte:

„Graubrot?“

Sie notiert.

„Gurkensalat?“

„Okay.“

Sie notiert.

„Frühstück: Vollkornbrot oder Brötchen?“

„Brötchen.“

Sie notiert.

„Obst oder Jogurt?"

„Äh ... Obst."

„Mittag: Fischstäbchen mit Kartoffelsalat oder Gemüsesuppe?"

Ich schaue die Frau an. Sie schaut mich an. Sie will notieren.

„Suppe."

Sie notiert und will mit dem nächsten Abendessen weitermachen, da unterbreche ich sie und frage:

„Aber bleibe ich denn überhaupt so lange hier?"

„Das weiß ich nicht, da müssen Sie mit den Kollegen sprechen, ich nehme nur das Essen auf."

Ich nicke. Dann fährt sie fort. Abendessen, Frühstück, Mittag, Abendessen.

„Danke, das war's erst mal."

Sie packt ihre Zettel wieder ein und verschwindet hinter der schweren Zimmertür. Dann höre ich sie am nächsten Zimmer klopfen.

Vor lauter Graubrot, Salatbeilagen, Quarkspeisen und Wurzelgemüse bin ich hungrig geworden. Wann gibt es denn diesen Rosenkohleintopf? Oder Tortellini? Was auch immer. Ich schaue auf mein Handy. Eine Nachricht von Mateo:

Alles ist gut, mach dir keine Sorgen.
Ich liebe dich 11:34

Ich liebe dich auch, denke ich. Schreibe ich. Und will noch mehr schreiben, aber bin abgelenkt von der Tristesse des Krankenhauszimmers. Meine Augen tasten die orangefarbene Gardine ab, die farblich nur knapp die Bordüre der Wand verfehlt. An der Wand gegenüber steht ein Tisch mit Beinen aus Edelstahl. Edelstahl ist das neue Massivholz, denke ich. Auch die Stuhlbeine glänzen silbrig, so wie der Rahmen des Bettes. Weißer Kunststoff versucht, dem Stahl die Show zu stehlen. Sie liefern sich ein

Kopf-an-Kopf-Rennen, einen Wettbewerb der unästhetischsten Innen-
einrichtung. Polymere gegen legierten Stahl. Kalt und glatt gegen warm
und rau. Zusammen stellen sie ein Zimmer dar, in welchem Kranke wieder
gesund werden sollen. Formen ein Bild für einsame, ans Bett gefesselte
Tage.

Mein Kopf tut weh.

Ich liebe dich auch 12:05

Wie gehts dir? 12:08

Ich schreibe „*Kopfschmerzen*" und lege das Handy wieder weg.

Es klopft an der Tür.

„Das Mittagessen", säuselt eine freundliche Schwester und bringt mir
ein Tablett ans Bett.

Ich bedanke mich und bin wieder allein. Meine Gedanken rennen und
verirren sich.

Ein alter Kaffeefleck, Brotkrümel und eine ungekochte Nudel. Ich sitze
an den Backofen gelehnt auf dem Küchenfußboden. Es ist einer der Momente nach den Momenten, in denen ich Kira den Rücken zudrehe, obwohl sie mir etwas zeigen will. Nach den Momenten, in denen ich ihr das
Wort abschneide, obwohl sie mir so dringend von ihren Träumen erzählen
will. Nach den Momenten, in denen sie meine Hilfe braucht und ich sie
ignoriere. Nach den Momenten, in denen meine zornige Stimme gegen
ihre verzweifelte Wut anschreit.

Nach all diesen Momenten, in denen ich es auf ekelhafte Weise ausnutze,
der größere Mensch zu sein.

Sie steht vor mir und hält etwas Kleines in ihren Händen, was sie vorsichtig betrachtet. Als wäre der Streit nie gewesen. Bloß die Tränen auf
ihrer Wange, der Schnodder unter ihrer Nase und die Falten zwischen mei-

nen Augen lassen erkennen, was eben geschehen ist. Ich hole tief Luft, lasse mich auf sie ein und ziehe sie auf meinen Schoß.

Ich schäme mich. Komme mir winzig vor. Ich streiche Kira die Wangen trocken, rieche an ihrem Haar und konzentriere mich darauf, nicht selbst zu weinen. Und als ob sie es ahnen könnte, gibt sie mir einen Kuss und nuschelt leise „lieb" in meinen Pullover rein. Sofort wächst ein beklemmendes Gefühl in mir. Wie kann sie mir so schnell verzeihen? Mir, die so gemein zu ihr war? Willst du nicht sauer auf mich sein? Wenigstens ein bisschen?

Manchmal ist ihre bedingungslose Liebe schmerzhaft und schön zugleich.

Wie in diesen Momenten nach den Momenten.

Zwischen alten Zwiebelschalen, Brotkrümeln und Kaffeepulver höre ich Kira zu. Der Sturm auf dem Küchenboden ist abgezogen.

„Mama, guck mal!"

Sie öffnet ihre Hand. Eine kleine Kugel aus Alufolie liegt darin. Für mich Müll – für sie die Welt.

„Findest du auch tchön, Mama?"

Ich nicke.

„Hast du einen Schatz gefunden, hm?"

„Meiner?", fragt Kira erfreut, schließt ihre Hände und drückt die Kugel fest an ihre Brust.

Ich lächle und nicke sanft. Kira, Mama und die glitzernde Silberkugel. Und ein dreckiger Küchenboden. Was soll ich dir noch beibringen, mein großes Mädchen.

Ich will mich entschuldigen für vorhin, aber ich weiß nicht wie. Macht man das wie bei einem Erwachsenen? Wie bei jemandem, den man aus Versehen auf der Straße angerempelt hat? Oder so, wie wenn man zu spät zur Verabredung kommt? Ich habe keine Idee. Ich schätze, es hat sich als Kind niemand bei mir entschuldigt. Ich möchte es trotzdem probieren.

Gerade als ich den Mund öffne, um etwas zu sagen, steht Kira auf und verschwindet in ihrem Zimmer.

Ich starre auf die ungekochte Nudel am Boden. Wird sich Kira später an solche Tage erinnern? An mein Geschrei und ihre Tränen? Was von mir wird für kurz oder lang auch Kiras sein? Und wird sie jene Eigenschaften, die sie von mir hat, lieben? Wird sie mich lieben? Wird sie mir, wenn sie einmal groß ist, nachts lustige Nachrichten schicken, um mich zum Lachen zu bringen? Wird sie lächeln, wenn sie an mich denkt? Oder wird sie ihre Lache ändern wollen, weil sie klingt wie die meine? Wird sie lieben und das Lieben lieben und sich in Rage reden, wenn es um Ungerechtigkeit oder Kapern geht? Wie wird sie ihr Haar tragen, und wird sie die äußerliche Ähnlichkeit zu mir ertragen? Wird sie mir sagen, wenn ich mich verliere? Wird sie mich wiederfinden, wenn wir uns verloren haben? Wird sie mich sehen? Wird sie fühlen, wie ich fühle oder zumindest verstehen?

Wie viel bleibt übrig? Wie viel bleibt für immer? Wie viel wird sie konservieren und beschützen? Wie viel verbrennen, aufholen, verarbeiten oder niemals wiedersehen?

Wie viel bleibt übrig?

„Haben Sie sich das für später übriggelassen?"

Es hat Milchreis zum Mittag gegeben. Mein Kloß im Hals ist zu groß zum Sprechen und zum Essen.

„Nein, ich bin fertig, danke", sage ich und schäme mich ein bisschen. Weil es mir nicht geschmeckt hat und weil ich nicht die Patientin sein will, die im Bett sitzt und weint. Ich denke an Mateo und seinen verbrannten Milchreis im Wochenbett.

Die Frau nimmt das Tablett an sich und verschwindet wieder. Ich atme tief durch und schaue wieder auf Edelstahl und orangefarbene Bordüre.

Ich vermisse Kira und Mateo. Noch nie war ich eine Nacht von Kira weg und seit Kira da ist, waren die beiden noch nie länger als eine Stunde allein miteinander. Ich mache mir Sorgen, wie es ihnen geht. Es ist Abend geworden und ich schicke Mateo eine Nachricht:

Wie geht es Kira? 21:02
Schläft sie? 21:02

Beim Warten auf eine Antwort und mit dem Handy in der Hand schlafe ich ein.

AUSGEBRANNT

Ich frage mich, ob Mateo weiß, wo Kiras Klamotten liegen und ob er vergisst, ihr den Schnuller zum Schlafen zu geben. Ohne kann sie doch noch nicht.

Mein Blick fällt auf die Kanüle an meinem Handrücken. Wie bizarr eigentlich.

Vorhin erst kam der Doktor herein. Nach einem langen Gespräch steckte er seinen Kugelschreiber in die Brusttasche, schaute mich über seine Brille hinweg an und nachdem ich auf die Frage „Fühlen Sie sich ausgebrannt?" mit „Ja" antwortete, gab er die vorsichtige Diagnose: Leichte Gehirnerschütterung und Burnout. Er sagte etwas von „Panikattacke" und ich nickte still. Und dass ich mich an einen Psychologen wenden sollte und unbedingt ruhiger machen. Ich nickte.

Mein Burnout und ich liegen im Bett, wir machen uns Sorgen um vergessene Schnuller. Aus Sorgen werden Vorwürfe und die Frage, warum ich es nicht schaffe, einmal abzuschalten. Irgendwann zwischen Kiras Geburt und jetzt ist aus Kümmern Kummer geworden.

Ich schäme mich. Elendig liege ich in einem Krankenhausbett, welches wirklich kranken Menschen zusteht. Ich liege hier, weil ich Mutter bin. Ich schaffe das Normalste der Welt nicht, ohne davon krank zu werden.

Ich bin zu schwach.

Ausgebrannt.

Erschöpft. Nicht nur für eine Nacht. Chronisch sogar. Was das heißt, das weiß ich nicht. Heißt das für immer? Für immer Mutter, für immer erschöpft? Wie komme ich da raus?

Ich drehe mich um meine Gedanken und wickle meine Bettdecke um mich wie eine feste Umarmung.

Vielleicht liegt das Problem darin, denke ich, dass man in der ersten Zeit als Mutter ein abstruses Gefühl für Zeit entwickelt. Aus Nacht wird Tag und aus Mittag schon Abend. Wochentage gibt es nicht, es gibt nur den einen Tag, an dem man nirgendwo Pre kaufen kann. Zeit wird nach Schläfchen berechnet. Oder nach Mahlzeiten. Denen des Babys, nicht den eigenen. Man redet sich ein, das muss so sein und wartet darauf, dass es aufhört, so zu sein.

Ich liege auf Mateos Bett und sehe ihm dabei zu, wie er sich mit einem viel zu kleinen Handtuch abtrocknet.

„Wollen wir echt auf diese Party?", frage ich.

Ich bin müde und alles in mir schreit nach fettiger Pizza, Ruhe und nackter Haut.

„Klar, warum nicht. Ich versteh die Frage nicht?", sagt Mateo lachend und hüpft auf einem Bein, um sich die Füße abzutrocknen.

Ich seufze.

Meine Vibe-Schicht ging lang und Sina und ich lagen bis zum Nachmittag in der Sonne im Park. Mitgebracht hatte ich einen Kater von zu viel Pfeffi, neues Wissen über Heilsteine und Tarotkarten sowie einen heftigen Sonnenbrand.

„Ich fühle mich ...", ich schaue auf meine roten Arme, „... ausgebrannt".

„Willst du Creme oder so was?"

„Gegen Erschöpfung?"

„Gegen deinen Sonnenbrand!"

„Ach so, ja vielleicht."

Mateo schmeißt mir eine Creme-Dose zu und während er mir erzählt, was für „krasse DJs" auf der Party spielen, betupfe ich meine verbrannte Haut.

„Ist doch geil, oder nicht?", fragt Mateo.

„Hä?"

Ich blicke fragend zu ihm. Er winkt ab, schmeißt sich neben mich aufs Bett und reißt mich mit nach hinten.

„Du bist ja gar nicht mehr zu begeistern!"

Er lacht und küsst mich.

„Ich bin einfach kaputt, okay?"

Ich versuche, mich aus seinem Arm zu befreien und setze mich wieder auf.

Mateo beobachtet mich und fragt: „Hast du schon gegessen?"

Ich seufze wieder und antworte nicht.

„Essen?", fragt Mateo noch ein einmal und rutscht näher an mich ran.

„Man, lass mich einfach in Ruhe!", schießt es aus mir heraus und ich merke noch im selben Augenblick, dass das viel zu heftig war.

Mateo rückt wieder ein Stück von mir weg und ich spüre seinen erschrockenen Blick auf mir.

Er sagt nichts. Ich sage nichts. Aus Verlegenheit schmiere ich mir eine zweite Schicht Creme auf die Arme.

„Wann hattest du eigentlich das letzte Mal deine Tage?", fragt Mateo plötzlich.

„Pfff ... Keine Ahnung", antworte ich schnippisch. Es ist so typisch, denke ich – ich habe schlechte Laune und sofort wird das auf meine Menstruation zurückgeführt.

Doch dann rechne ich und versuche, mich an meine letzte Blutung zu erinnern.

„Keine Ahnung", sage ich noch einmal, diesmal leiser und mit Angst in der Stimme.

Mateo steht auf und zieht sich die Schuhe an.

„Was machst du?"

„Ich gehe einkaufen", sagt er und verschwindet aus der Wohnung.

Kurze Zeit später kommt er mit zwei Energydrinks, Bananen, Orangensaft, After-Sun-Lotion und einem Schwangerschaftstest wieder.

„Ein Schwangerschaftstest?", frage ich verwundert.

„Ja, bitte mach den."

Mateo reißt die Verpackung auf, schmeißt mir den Test entgegen und liest die Packungsbeilage.

Als würde ich von dem Test selbst erst schwanger werden, traue ich mich nicht, ihn anzufassen.

„Was soll das?", frage ich.

„Du musst da fünf Sekunden rauf pinkeln", sagt er nüchtern.

Ich pinkelte für circa fünf Sekunden auf den Test. Und auf zwei weitere. Alle wurden positiv, Mateo wurde Vater, ich Mutter. So war das. Und so ist es nun seit fast zwei Jahren. Seit einem Tag liege ich im Krankenhaus, zwei sollen noch folgen. Würde ich hier liegen, auch wenn der Test damals nicht zwei Striche angezeigt hätte? Ich schließe die Augen. Das Krankenhauszimmer bietet mir keine neuen Blickwinkel. In Gedanken bin ich bei Kira und in meinem alten Alltag.

Was macht man mit so viel Zeit?

Ich habe Zeit. Ich würde gerne tauschen und biete die letzten Feuchttücher gegen ein paar Minuten weniger am Tag. Der Tag ist zäh. Ich schneide Brokkoli und warte, bis das Wasser kocht. Ich habe Zeit. Ich sitze neben Kira, die auf ihr Kinderkeyboard haut. Es macht muh und mäh. Ich huste und bin durstig. Nach Abwechslung und Baileys mit Eiswürfeln. Ich mache mir ein Glas Leitungswasser. Das kann ich. Das halte ich aus. Das Keyboard macht wuff wuff und miau. Das ist mir zu viel. Ich flüchte ins Schlafzimmer, mache die Augen zu, versinke in der Matratze und in Reue.

Mache die Augen auf, bin immer noch im Krankenhaus.

Suppe oder Kartoffelsalat.

DER WIDERSPRUCH

„Und dann hatte Techno die Masse erreicht. Ich glaube, irgendwie wollte
man das ja auch. Komischerweise, wenn man das dann sieht,
was man erreicht hat, ist man dann doch wieder traurig.
Weil man denkt, oh, so haben wir es ja doch nicht gewollt. "
Armin Johnert (in *We Call it Techno*)

Ich stochere im Kartoffelsalat. Morgen darf ich nach Hause. Noch einmal Abendessen. Noch einmal Pflasterwechsel am Hinterkopf. Vielleicht putze ich mir sogar meine Zähne. Ich kriege keinen Bissen herunter. Mein Kopf schmerzt noch immer und in mir wächst ein diffuses Gefühl von Trauer. Ich trauere um mich, um meine Erschöpfung, aber auch um die starke Person, für die ich mich gehalten habe.

Ich stelle den Kartoffelsalat beiseite, stehe auf und bleibe auf dem Weg zur Toilette am großen Spiegel gegenüber dem Badezimmer stehen. Wie ein Geist. Abgemagert, bleich, mit tiefen Augenringen. Ich streiche mir durch das braune, glanzlose Haar und stelle überrascht fest, dass ich mir wieder einen Zopf machen kann. Stolz lege ich Haarsträhne für Haarsträhne in meine Hand, um sie dann kraftlos wieder fallen zu lassen.

Ich hebe mein Krankenhaushemd hoch und betrachte meinen Bauch und die Hüfte. Die Beine, dünn und unförmig, halten das, was von mir übriggeblieben ist. Ein dünner Hautlappen legt sich um meinen Bauch. Sonst erinnert nichts an eine Schwangerschaft. Und obwohl es mein tiefer Wunsch war, meine alte Figur wieder zu erlangen, fühlt es sich jetzt nicht wie ein Erfolg an.

Mein Schauspiel von der taffen Mutter ist aufgeflogen. Und es fällt mir schwer, das zu akzeptieren.

Zurück im Bett. Stochere im Essen. Was, wenn ich nie Mutter geworden wäre? Vielleicht wäre ich dann chronisch einsam statt chronisch erschöpft? Jetzt bin ich beides.

Wie kann man das mögen? Das Muttersein? Wie kann man einem einzigen kleinen Menschen die Verantwortung überlassen, all das zu kompensieren? Kiras Lachen, ihre Liebe zu mir und meine zu ihr, all das existiert neben den strukturellen Problemen und unabhängig von ihnen. Kira allein ist nicht die Lösung für all das. Vielleicht ist sie sogar nur ein kleiner Trost. Aber auch das will ich ihr nicht zuschreiben.

Ich bin überfordert mit der Diagnose, überfordert in meiner Rolle. Ich laufe im Labyrinth der Ambivalenz und gegen Wände, hinter denen die Lösungen stehen.

Ans Bett gefesselt erkenne ich: Nicht Kira ist der Grund meines dreitägigen Krankenhausaufenthaltes. Es ist die Unsichtbarkeit von Familie in der Gesellschaft. Es ist das starre Bild einer Mutter, welchem es sich zu beugen gilt. Welches keine Schattierungen erlaubt. Der Irrglaube, dass ein Mensch mit Uterus nur dann Glück erfährt, wenn er sich fortpflanzen kann. Wenn er sich kümmern darf, bis zur kompletten Selbstaufgabe. Der Glaube an Gene und Instinkte. Das Absprechen der Individualität eines jeden Kindes. Das Übertragen der eigenen Erwartungen an eine fremde Familie. Und letztendlich auch der eignen, an sich selbst.

Ich denke an Mutter.

Ob Mutter es bereut hat, mich bekommen zu haben? Ob ihr deshalb die Liebe zu mir so schwerfiel?

Ich stelle den Kartoffelsalat aufs Tablett, setze mich auf und lasse meine Füße aus dem Bett hängen.

Ich liebe Kira. Zweifellos. Und trotzdem wäre ich lieber keine Mutter. Ist das nicht ein Widerspruch?

DIE WIEDERKEHR

„Mama, nicht so doll", quengelt Kira und windet sich aus meinem Arm. Ich lasse sie los und streichle ihre Arme. In den vergangenen drei Tagen ist sie riesig geworden und ich hatte ihren Geruch vergessen. Nun steht sie vor mir, mein großes Mädchen, und legt ihre Hände auf meine Wangen.

„Mama, weinst?"

Ich lache und weine und sage: „Weil ich dich so lieb hab, meine Große."

„Aber Mama traurig?"

Kira betrachtet mich mit großen Augen. Und ich drücke sie wieder an mich und streiche ihr durchs Haar.

„Mama geht's gut", flüstere ich lächelnd.

Den ganzen Tag zeigen mir Mateo und Kira ihre alten und neuen Schätze. Die gebastelten, die gekauften, die wiedergefundenen. Als wäre ich ihr halbes Leben weg gewesen. Lachend höre und sehe ich Kira zu, wie sie in ihrem Zimmer tanzt und aufgeregt von ihren Tagen mit ihrem Papa erzählt.

Sie hört gar nicht mehr auf zu erzählen. Sogar als ich mit ihr im Bett liege, um ihr eine Gutenachtgeschichte vorzulesen, fragt sie immer wieder, wo ich war und ob es schön war, dort wo ich war.

Ich sage ja und manchmal nein.

Und immer, wenn ich versuche, meine Tränen vor ihr zu verstecken, legt sie ihre kleine Hand auf meine Wange und sagt: „Alles gut, Mama."

Als Kira endlich schläft, bleibe ich noch eine Weile neben ihr liegen.

Es ging nie um Kira. Ich bereue nicht Kira. Also ist meine Liebe zu ihr nicht widersprüchlich zu dem Gefühl von Reue. Oder doch?

Leise schleiche ich mich aus dem Zimmer und setze mich zu Mateo.

„Ich habe dich auch vermisst", flüstert Mateo und küsst meine Lippen. Presst seine auf meine, salzig von den Tränen, vielleicht von meinen oder seinen.

„Du fehlst mir so", hauche ich.

„Ich bin hier."

Ich schnaufe und ziehe Mateo näher an mich ran, zerre an seinem T-Shirt und setze mich auf seinen Schoß. Meine Beine und Arme umschlingen seinen Körper, mein Gesicht ist tief vergraben in seinem Duft, der mein Zuhause ist. Er trägt mich durch die Tränen und das Vermissen. Wie kann ich wen vermissen, der im selben Augenblick mit seiner Hand Kreise auf meinen Rücken malt? Dessen Atmen sich auf meinem Hals ausruht, dessen Augenbrauen meine Finger nachzeichnen?

Nach einer Weile schaue ich ihn an und flüstere leise:

„Ich vermisse uns, so wie wir mal waren."

Mateo nickt leicht und senkt den Kopf. Dann sagt er schließlich: „Wir kriegen das hin."

Ich weiß nicht, was er damit meint, aber es klingt gut, wie er es sagt.

„Meine Eltern kommen nächstes Wochenende vorbei und sie haben angeboten, dass sie auf Kira aufpassen und wir ausgehen, du und ich", sagt Mateo und zieht seinen Schnodder dabei hoch.

Verdutzt schaue ich ihn an.

„Dein Ernst?"

Ich muss lachen und wische mir die Tränen weg.

„Ja, Freitag sind die hier, zu Kiras Geburtstag."

„Ach ja, Kiras Geburtstag!" Ich lache kurz über mich selbst. Wie konnte ich vergessen, dass mein Baby bald zwei wird?

„Und das erzählst du mir erst jetzt! Meinst du, Kira macht das mit?", frage ich verunsichert.

„Wenn meine Eltern auf sie aufpassen? Ja, warum nicht. Es hat auch mit mir die letzten Tage geklappt. Das wird schon."

Ich fahre Mateo durch die Haare und grinse. Alleine mit Mateo aus dem Haus gehen. Seit Kira da ist, ist das noch nie vorgekommen.

„Was machen wir dann? Gehen wir feiern?" Ich merke, wie aufgeregt ich werde bei der Vorstellung, mit Mateo feiern zu gehen.

„Willst du feiern?"

Was für eine Frage! Kurz denke ich daran, dass ich krank bin und gerade aus dem Krankenhaus entlassen wurde, aber dann schreie ich „Ja!", und lache und hüpfe auf Mateos Schoß.

„Ist ja gut! Ist ja gut!"

Mateo umarmt mich fest. Ich kann mein Glück kaum fassen.

NOCH EINMAL FREITAG

Es ist Freitag. Heimlich stehe ich an der Kinderzimmertür und beobachte Kira mit ihrer Oma. Es ein schönes und doch befremdliches Bild. Zwei Jahre hatte ich Kira nur bei mir, andere Menschen ließ sie selten zu und wenn, dann nur mit mir in ihrer Nähe. Während ich im Krankenhaus war, ist Kira riesig geworden. Sie ist über sich hinausgewachsen. Sie ist ein großes Mädchen geworden.

Luise läuft durch Kiras Zimmer und lässt eine kleine Vogelfigur auf Kiras Kopf landen.

„Ach, da ist ja mein Vogelnest, das Geburtstagskind!", trällert Luise.

„Noch mal!", gluckst Kira erfreut.

Kurz stelle ich mir Mateo als Kind vor und wie Luise mit Mateo spielte. Was für ein Glück, denke ich. Wenigstens einer, der das Spielen kennt. Kaum vorzustellen, wie es für Kira wäre, zwei Eltern zu haben, die das Spielen erst noch lernen müssten. Ich denke an Mutter. Daran, wie es ihr wohl geht. Ob sie sich Sorgen um mich macht oder mich vermisst. Den Geburtstag ihrer Enkelin hat sie auch dieses Jahr vergessen.

Ich drehe mich um, schleiche ins Badezimmer und krame meine Kosmetiktasche mit all der Schminke hervor, die ich das letzte Mal in der Hand gehalten habe, als ich mit Esma ein Bier trinken gehen wollte.

Wollte.

Ein halbes Jahr ist das her.

Ich lasse die Wohnung hinter mir, Mateo mit Kira darin, allein. Sie schläft und weiß nicht, dass ich gehe. Mit einem schlechten Gefühl gehe ich zur Bahn. Ist es richtig, Kira allein zu lassen? Mateo ist ihr Vater, aber was ist, wenn sie wach wird? Andererseits freue ich mich auf Esma und ein kaltes Bier im Beet bei Lukas. Nichts mehr als das brauche ich jetzt. Nichts mehr will ich als eine verrauchte Kneipe und schrammelige Musik. Immer wieder schaue ich auf mein Handy und prüfe, ob es laut gestellt ist, ob Mateo angerufen hat. Immer wieder denke ich an Kira und hoffe, dass sie ruhig schläft. Kurz bevor ich beim Beet ankomme, klingelt es in meiner Hosentasche. Hastig fummle ich das Telefon heraus. Mateo ruft an.

„Kira schreit."

Ich schnaufe. Im Hintergrund höre ich Kira kreischen: „Mamamamama!"

„Okay", stöhne ich und drehe um in Richtung Bahn. „Ich komme."

Ich lege auf. Das war klar, denke ich. Und bin sauer auf Kira oder Mateo oder mich, ich weiß es nicht.

Dieses Mal soll es anders werden. Besser, leichter, mit mehr Zeit und Vertrauen. Während ich mir im Bad das Gesicht anmale, den vierten Lidstrich wegwische und den fünften Versuch angehe, höre ich Mateo und seinen Vater Jürgen in der Küche kochen. Löffel klimpern gegen Töpfe, sie führen angeregte Gespräche über Politik und darüber, ob man Spinat am nächsten Tag noch mal aufwärmen darf oder nicht. Es riecht nach frischer Lasagne und nach Kuchen vom Nachmittag. Aus der anderen Richtung höre ich Oma Luise und Kira, die vom Vogelspiel zum Dinosaurierbuch umgeschwenkt sind. „Roarrr", höre ich Kira brüllen und stelle mir vor, wie sie dabei die Hände zu Krallen formt. So, wie sie das immer tut.

Wie schön das ist, denke ich und tusche mir die Wimpern. Allein im Badezimmer und ein Gefühl von intaktem Familienleben.

Beim Essen kriege ich fast nichts runter. Ich bin aufgeregt wegen der bevorstehenden Verabschiedung und der kommenden Nacht.

„Iss!", fordert Mateo mich auf. Noch immer passt er auf, dass ich genug esse.

„Wisst ihr schon, wohin ihr geht?", fragt Jürgen.

„Wir wollen in den Club, wo wir früher auch immer waren", sagt Mateo.

Luise wendet sich zu Kira und erklärt ihr: „Mama und Papa gehen heute mal aus. Dann bist du mit Oma und Opa hier allein."

Verdattert schaue ich von meinem Teller hoch und warte Kiras Reaktion ab. Eigentlich wollte ich mir das für die Einschlafbegleitung übriglassen und ihr das selbst erzählen.

„Ist das toll, Süße?"

Luise tätschelt Kiras Hand und lacht danach zu mir rüber. Verkrampft lächle ich zurück. Als ich merke, dass auch Kira sich freut und vergnügt weiter isst, wird mein Gesicht entspannter und meine Vorfreude größer.

Vielleicht wird ja wirklich alles gut, überlege ich. Wie schön das wäre, wenn Mateos Eltern immer in der Nähe wären.

Nach dem Essen und Zähneputzen bringe ich Kira ins Bett. Lese ihr aus dem Dinosaurierbuch vor, mache ihr Nachtlicht an und kuschle mich an sie. Ihre kleine Hand legt sich auf meine Wange und ich flüstere: „Ich hab dich lieb."

Ihr Kopf bewegt sich leicht, als würde sie sich in meine Worte reinlegen.

Wenig später schleiche ich mich aus dem Zimmer und falle direkt in Mateos Arme. Erleichtert küssen wir uns im Flur.

„Haben wir jetzt ein Date?", haucht er und zieht mich an sich ran.

Ich nicke und lache vor Vorfreude.

Bevor wir das Haus verlassen, sehe ich zum zehnten Mal nach, ob das Babyphone richtig am Ladegerät steckt und erkläre Luise und Jürgen zum fünften Mal, was sie tun können, falls Kira aufwacht. Wie das Fläschchen zu machen ist, welche Temperatur es haben muss, wo ihr Schnuller liegt, welches Kuscheltier sie am liebsten hat.

„Wir haben zwei Jungs groß gekriegt, haut ab!", scherzt Jürgen und winkt uns zur Tür.

Dann stehen Mateo und ich endlich draußen vor unserem Haus. Er greift nach meiner Hand und wir gehen los in eine Nacht, die unsere werden soll.

Heimlich bestaune ich unser Spiegelbild in den dunklen Schaufenstern. Nur wir beide.

So sieht das also aus, fast hatte ich das Bild von uns vergessen.

Ich verliebe mich in uns, in die Sterne und die Nacht. Beim nächsten Kiosk biegen wir ab, holen uns ein Bier für den Weg und mischen uns unter Menschen, als wären wir welche von ihnen, ohne Sorgen und ohne Kinder.

Ich merke, wie mein Kopf und meine Schultern immer leichter werden. Wie mir der Wind die Verantwortung aus dem ungekämmten Haar weht. Wir lachen über schäumendes Bier und darüber, wie Kira uns einmal mit unserem eigenen Geld bestechen wollte, weil sie noch eine Folge Peppa Wutz schauen wollte.

Kurz zücke ich mein Handy. Kein Anruf, keine Nachricht.

„Lass gut sein, die rufen eh mich an, wenn was ist", sagt Mateo und ich stecke mein Handy weg. Dort bleibt es jedoch nicht lange. Immer wieder schiele ich auf das Display.

In der Schlange vorm Vibe merke ich, wie aufgeregt ich bin. Lange ist es her, dass ich das Klirren der Fenster durch die Bässe gehört habe. Hinter uns unterhält sich eine Gruppe junger Leute darüber, wie und warum sie Tinder nutzen.

„Nur beim Kacken", sagt einer. „Ich swipe alles nach rechts." Alle lachen. „Aber das Schlimmste ist Ghosten!"

Mateo und ich grinsen uns an. Ich merke, wie weit entfernt ich von solchen Themen bin. Und auch von diesem Ort. Ich fühle mich wie ein Touri in meiner eigenen Vergangenheit. „Ghosten", hallt es in meinem Kopf nach. Ghoste ich Mutter auch?

Beim Türsteher angekommen, streicht er unsere Namen von der Gästeliste und wir schieben uns durch die vollen Gänge des Clubs, immer tiefer in unser altes Leben.

„Na, wie ist es?", fragt Mateo, als wir an der Bar stehen, und streicht mir über den Rücken.

Ich lache und bin leicht überfordert. Als würde mein Gehirn die alten Bilder mit meinem neuen Ich zusammenknüpfen wollen. Aber der Ladevorgang ist noch nicht abgeschlossen.

„Ich brauch noch ein bisschen", antworte ich und bestelle zwei Bier. Zu meiner Enttäuschung arbeitet keine:r meine:r alten Arbeitskolleg:innen. Ich schaue mich um. Auch sonst kenne ich niemanden hier.

Mateo gibt mir einen Kuss und stößt unsere Bierflaschen gegeneinander.

„Prost, mein Schatz. Auf zwei Jahre Elternschaft."

Zu zweit schleichen wir durch den Club. Ich bewege mich unsicher auf der Tanzfläche. Ich habe das Tanzen verlernt und das Bier schmeckt fürchterlich.

Mateo stellt sich vor mich, beißt von einer kleinen Pille ab und schiebt den Rest in meinen Mund. Ich zucke.

„Wolltest du nicht?", fragt Mateo erschrocken.

Ich nicke hektisch. Doch, wollte ich. Und spüle die bittere Pille mit schalem Bier herunter. Es schüttelt mich. Mateo lacht mich aus und ich falle ihm lachend in die Arme.

Da sind wir. Nur Mateo und ich. Und etwa 250 andere Menschen. Dort, wohin ich mich all die Monate gesehnt habe: zwischen all den Dreck, mitten in die Nacht und durch den Rausch. Heute bin ich Frau oder Vogel. Vielleicht auch nichts davon oder alles. Ich verwandle mich. Heute bin ich konsequent inkonsequent, irrational und verliebt. Ich will mehr von mir, mehr von Mateo, mehr Küsse, mehr Bässe, weniger Bier, mehr süße Brause mit Alkohol.

Die DJs wechseln, die Lichter blitzen, wir schwitzen. Ich drehe mich um mich selbst und um meine Gedanken der letzten Jahre.

Ich schließe die Augen.

Als ich sie wieder aufmache, verschwinden die Menschen in weißem Nebel, bis ich meine eigene Hand nicht mehr sehe. Grüne Muster bilden sich im weiß-grauen Dunst und flackern vor meinen Augen.

Nach und nach verschwindet der Nebel. Und dann stehe ich da. Und bin plötzlich wieder Mutter. Immer noch Mutter. Mir kommt das Gestern weit entfernt vor und der Morgen viel zu nah. Ich schaue auf mein Handy. Keine Anrufe. Keine Nachrichten. Nur die Uhrzeit, warnend auf dem leuchtend hellen Display. Ich zähle die Stunden bis Kira aufwachen wird. Und wie viele Stunden zum Schlafen mir noch bleiben. Die Verantwortung hat mich fest im Griff.

Meine Jacke hängt in der Garderobe, aber meine Rolle hängt noch immer an mir.

Es macht Spaß. Aber es ist nicht das Gleiche. Es ist etwas verloren gegangen. Es ist nicht wie früher, und zwischen all den fremden Menschen fange ich an zu ahnen, dass es nie wieder so sein wird wie früher. Damals war das hier mein Zuhause. Meine Familie. Jetzt kenne ich niemanden mehr. Nicht mal vom Sehen. Die neue Freiheit setzt mich unter Druck und obwohl ich genau da bin, wohin ich all die Monate wollte, denke ich jetzt nur daran, wie es Kira geht und wie ich den Tag mit ihr verkatert überstehen soll.

„Ey, machst du schlapp?", schreit Mateo mir ins Ohr.

„Hast du mal auf dein Handy geguckt?", frage ich.

„Kira geht's gut", sagt er und reicht mir den Joint.

„Hat deine Mutter dir geschrieben?"

Mateo winkt ab und tanzt weiter. Ich ziehe am Joint und rede mir gut zu. Mateos Eltern würden sich melden, wenn Kira weinen würde.

„Komm, wir trinken noch einen." Ich ziehe Mateo zur Bar.

„Was denn jetzt los?" Er lacht verwundert.

Ich bestelle zwei Pfeffi und zwei Wodka Lemon und wir beschließen, uns in eine dunkle, ruhigere Ecke zu setzen.

„Wir müssen so was öfter machen", stellt Mateo fest und strahlt mich mit großen Pupillen an.

„Du meinst zu zweit?"

„Ja, zusammen."

„Aber wie soll das gehen?", frage ich abgeklärt.

Mateo überlegt. Als er keine Antwort weiß, sage ich: „So wie bisher geht es jedenfalls nicht weiter."

Mateo nickt.

„Ja, ich weiß." Und nach einer Pause: „Es tut mir leid."

Ich verstehe nicht und schaue ihn fragend an.

„Ich fühle mich schlecht, weil es dir so schlecht ging. Weil ich das nicht verhindert habe, dass es dir so schlecht geht."

Auf seiner Stirn bilden sich Falten.

„Ja naja ... schlecht ...", nuschle ich beschämt und will seine Sorgen wegschieben.

„Doch, Neele. Du bist mitten in der Bahn umgekippt! Lagst im Krankenhaus!"

Mateo wird ernst. Ich schaue ihn mit großen Augen an.

„Spiel es nicht so runter", sagt er bestimmt, wirkt fast sauer und ich nicke. Er hat ja recht.

„Ich fühle mich, als hätte ich versagt", sage ich und in dem Moment, in dem ich es ausspreche, fühle ich mich gar nicht mehr so sehr als Versagerin.

„Du hast nicht versagt."

„Ja, weiß ich." Ich lächle ihn an. „Vielleicht wäre es besser gewesen, wir wären nie Eltern geworden."

Ich habe laut nachgedacht und beobachte nun seine Reaktion. Überraschend unbeeindruckt nickt er sanft und fragt anschließend: „Sondern für immer in stickigen Clubs abhängen?"

„Nee, auch nicht. Keine Ahnung, was wir dann gemacht hätten."

Vielleicht hätte ich einen Beruf gelernt. Oder wir wären mit dem Auto um die Welt gefahren.

„Ich dachte immer, ich könnte eine bessere Mutter sein als die, die ich habe."

„Bist du doch."

„Findest du?"

Das zu hören macht mich glücklich und mir fällt auf, dass ich bisher nur das Gefühl kannte, eine schlechte Mutter zu sein. Noch nie hat jemand zu mir gesagt, dass ich eine gute Mutter bin.

„Aber ich glaube, wenn ich mehr Zeit für mich hätte, kann ich noch besser sein. Oder mehr ich oder so", sage ich. „Ich hatte viel Zeit zum Nachdenken im Krankenhaus."

Wir schweigen eine Weile.

„Ich wusste nie, was ich machen sollte", sagt Mateo und nimmt einen großen Schluck Wodka Lemon. „Kira war einfach so auf dich fixiert. Ich hab mich echt nutzlos gefühlt."

„Und ich dachte, dir wäre das sogar ganz recht gewesen", sage ich und Mateo guckt verwundert.

„Hä? Nee! Das war scheiße! Ich hab mich gefreut, Vater zu werden. Und dann schreit mich das Baby nur an und ich kann ihm nicht helfen. Ich konnte Kira nicht füttern, nicht anfassen, gar nichts. Ihr wart ein Team."

So hatte ich das nie gesehen.

„Ein Team", wiederhole ich. „Aber ich war doch genauso unsicher."

„Aber du wusstet immer, was Kira braucht."

Ich muss lachen.

„Bullshit! Wusste ich nie! Das ist eine Annahme, die man Müttern einfach immer zuschreibt. Die Mutter weiß, was das Kind braucht. Aber das stimmt nicht. Woher sollte ich das wissen?"

Ich hab mich in Rage geredet, lehne mich zurück und zünde eine Zigarette an. Mateo schaut mich an und in seinem Gesicht liegt die Einsicht.

„Du wusstest auch nie, was Kira wollte?", fragt er verwundert.

Ich schüttle den Kopf und ziehe an meiner Zigarette.

Eine Weile schweigen wir. In Mateos Kopf, so glaube ich, spult sich eine Retrospektive der letzten 24 Monate ab.

„Hast du jemals bereut, Vater zu sein?"

„Ja, ich denke schon", antwortet er prompt.

Ich weiß nicht, ob er versteht, was ich meine.

„Wie? Du denkst schon?", hake ich nach.

„Also ja, so was habe ich auch schon mal gedacht."

Mateo rutscht zu mir und legt seinen Kopf auf meine Schulter. Fast wie früher, denke ich. Der Rauch, die Zweisamkeit, der Bass.

Damals. Mateos Kopf an meiner Schulter und meine Füße taub in engen Turnschuhen. Das Bier in meiner Hand ist schon mehrere Stunden alt. Es dient mehr als Anker, weniger als Getränk. Die meisten Gäste sind schon zu Hause. Der DJ weiß das. Wir wissen das auch. Ich denke darüber nach, wann es Zeit ist zu gehen. Will nicht schon wieder als Letzte aus dem Laden geschmissen werden. Das hat irgendwie etwas Trauriges. Vorsichtig schubse ich Mateo an. Er schaut zu mir hoch.

„Los?", frage ich.

„Wohin denn?", nuschelt er und gräbt sich wieder in meine Schulter ein. Ich zücke mein Handy und öffne die App mit allen Veranstaltungen der Stadt.

„Ich bereue es", sage ich leise. So leise, dass ich mir nicht sicher bin, ob Mateo es gehört hat. Ich überlege, ob ich es lauter wiederholen soll oder ob es gut ist, dass er es nicht gehört hat. Mein Bauch zittert vor Aufregung. Doch Mateo sagt nichts.

Dann nimmt er meine Hand und drückt sie fest. Ein dicker Kloß klemmt in meinem Hals. Ich fühle mich schlecht.

„Ist schon okay", flüstert Mateo.

Es ist mitten in der Nacht. Die Party hat ihren Höhepunkt erreicht. Der Main Act spielt sein Set, der Laden ist voll, der Schweiß tropft von der Decke. Kurz denke ich an Sina. „Die Party ist schwitzig", hätte sie jetzt gesagt. Ich vermisse sie ein bisschen, ihr Lachen umrahmt von den roten Locken, und dieses Wir. Doch das Wir ist Vergangenheit. Und ich glaube, dass ist inzwischen okay für mich.

Ich bin müde.

„Wollen wir los?", frage ich und bin darüber selbst erschrocken. Mateo lässt seinen Kopf auf meiner Schulter liegen und nickt sachte. Dann steht er auf, nimmt meine Hand und lässt sie nicht mehr los.

„Und? Vermisst du uns noch?", fragt er, als wir nach Hause torkeln.

Mein Gekicher hallt durch die leere Straße.

„Nee, jetzt ist gut."

Meine Stimme ist ein Krächzen.

Schweigend laufen wir nebeneinander. Als Liebespaar und als Eltern.

Wir sind als Eltern in den Club gegangen, als Eltern kommen wir wieder hinaus. Nach Hause.

Denn wir sind für immer Eltern. Und da ist für immer Musik. Irgendwann.

BLEIERNE LEERE

Es dauert länger als früher, mich von einer Party zu erholen. Vielleicht liegt es an den Tagen im Krankenhaus, am Burnout, der fehlenden Party-routine, den vielen Eindrücken oder daran, dass man mit Kind seinen Kater nicht ordentlich auskurieren kann. Wahrscheinlich an allem auf einmal.

Viel zu früh fahren Mateos Eltern wieder nach Hause.

Viel zu früh holt Kira uns morgens aus dem Bett. Verschlafen verbringen wir die ersten Stunden auf dem Kinderzimmerboden.

„Roaar", knurrt Kira und ahmt einen Dinosaurier nach.

Wie kann man um diese Uhrzeit schon so gut gelaunt sein, denke ich und lächle verschlafen. Erschöpft lege ich meinen Kopf auf meine ange-winkelten Knie, schließe die Augen und höre Kira beim Spielen zu.

„Leg dich doch noch mal hin", flüstert Mateo und streicht mir über den Rücken.

Ich nicke, stehe auf und verschwinde im Schlafzimmer. Ich drehe mich von links nach rechts und weiß nicht wohin mit mir. Ich decke mich mit einem schlechten Gewissen zu. Tonnenschwer drückt es auf die Brust. Bei jedem Glucksen, Lachen und Weinen von Kira denke ich darüber nach, was ich mit ihr erleben könnte, statt im Bett zu liegen. In meinen Gedan-ken sitzen Kira und ich auf einer Bank im Park und essen Erdbeereis mit bunten Streuseln. In meiner Vorstellung ist es warm und Kira trägt einen orangefarbenen Sonnenhut. Oder wir laufen Hand in Hand und sammeln Kastanien, Eicheln und bunte Blätter. Wir rollen uns einen Hügel hinun-ter oder fahren Karussell.

Aber es ist Winter. Mir wird schwindelig. Ich starre aus dem Fenster, in den blauen Himmel. Scheiß blauer Himmel. Scheiß Karussell.

Jedes erste Wochenende im Mai wurde aus dem unscheinbaren Schotterplatz, nur wenige Meter von unserem Zuhause entfernt, ein Jahrmarkt. Neben Softeis, Bratwurst und Zuckerwatte gab es immer eines dieser alten Karusselle mit Pferden. 50 Pfennig kostete eine Fahrt. Mutter und ich mussten an diesem Karussell vorbei, wenn wir zum Einkaufen gingen. Ich versuchte nur einmal, Mutter davon zu überzeugen, eine Runde mit dem Fahrgeschäft fahren zu dürfen. Wütend zog sie mich am Ärmel, vorbei an den sich drehenden Pferdchen und brüllte etwas wie „werd' endlich erwachsen". Ich war sechs. Und weinte. Da Mutter es nie ertrug, wenn ich weinte, kassierte ich dafür eine Backpfeife.

Vielleicht war das mein letzter Tag als Kind. Vielleicht wurde ich da tatsächlich erwachsener, als man mit sechs Jahren zu sein hat.

Jedenfalls habe ich niemals mehr nach einer Fahrt auf dem Karussell gefragt.

Ich habe noch nie auf einem Karussell gesessen. Jetzt habe ich das dringende Bedürfnis, Kira und mir sehr viele Runden auszugeben.

Aber ich liege im Bett.

Und gebe in mein Handy *freie Therapieplätze* ein und davon wird mir mindestens genauso schwindelig. Lange scrolle ich mich durch die Suchergebnisse und Internetseiten, aus denen mich seriöse Therapeut:innen anschauen. Ich kann mir nicht vorstellen, Thomas, Roland oder Eckert von meinen Problemen zu berichten. Aber auch Renate, Ute und Ingrid sehen nicht sehr vertrauenerweckend aus. Trotzdem schreibe ich Telefonnummern auf die Rückseite eines Briefumschlages vom Jobcenter.

Mateo öffnet die Tür und guckt durch den Türspalt.

„Alles gut? Darf ich reinkommen?", fragt er vorsichtig.

„Ja, klar."

Er setzt sich auf die Bettkante.

„Was ist das?", fragt er und sieht auf die Liste der Telefonnummern.

„Telefonnummern", antworte ich trocken.

Mateo schaut mich an, als würde ich ihn verarschen wollen.

„Von Kindergärten?", hakt er weiter nach.

Ich schüttle den Kopf.

„Warum Kindergärten?"

Ich bin verwundert.

„Vielleicht finden wir ja eine Kita, die Kira schon nimmt, bevor sie drei wird?"

Ich schaue Mateo erstaunt an.

„Was guckst du denn jetzt so?", fragt er lachend.

„Ja, finde ich gut." Ich lächle. „Wie kommt das so plötzlich?"

Mateo zuckt mit den Schultern. „Ich hab wohl meine Meinung geändert. Ich hatte keine Ahnung, dass es mit ihr alleine zu Hause so anstrengend ist. Und ..."

Ich lache und betone: „Sehr anstrengend!"

„Ja! Mann ..."

Mateo schaut an mir vorbei und sucht die Worte. „Ich hätte auf dich hören sollen. Tut mir leid."

Ich rutsche näher, lege meine Arme um ihn und lege meinen Kopf auf seinen Schoß.

„Also, was sind das für Nummern?", fragt er nach einer kurzen Pause.

Ich vergrabe mich mehr in seinem Schoß und nuschle „Therapeuten".

Er sagt nichts.

Im Flur hört man einen lauten Knall und dann ein Weinen von Kira. Mateo springt sofort auf und rennt zu ihr. Ich horche, ob es etwas Ernstes ist.

Ist es nicht.

Ich lasse mich in mein Kissen fallen und ziehe die Bettdecke bis unter das Kinn.

Nach einem langen Mittagsschlaf sitzen Kira, Mateo und ich in der Küche und essen Pfannkuchen mit Apfelmus. Mateo kaut und sagt, es wäre das Kinderessen überhaupt. Kaum hat er das ausgesprochen, ist es ihm unangenehm. Ich und Kindheitserinnerung an Essen – wir wissen, das ist schwierig.

Ich schiele zu Kira, die sich mit der flachen Hand den Mund vollstopft. Ich nehme mir einen Löffel Apfelmus und esse Dankbarkeit.

Mateo bastelt wertvolle Momente für uns. Zwischen warmem Essen, leiser Musik aus den Bluetooth-Lautsprechern und irgendwas, das sich so anfühlt, als würde es sich genauso gehören.

Meine eigene kleine Familie heilt meine Verletzungen. Zumindest manchmal. So wie jetzt. Es werden Erlebnisse geschenkt, von denen ich nicht mal wusste, dass sie mir fehlten.

Ich schiebe den Teller weg und schaue aus dem Fenster. Der Himmel ist inzwischen grau. Scheiß Grau, denke ich.

„Ich finde das übrigens gut mit der Therapie", holt mich Mateo zurück.

Ich sage nichts.

„Hast du schon angerufen?"

Ich schüttle den Kopf. Wenn man einen Bildausschnitt des Fensters machen würde, könnte man denken, es wäre ein Foto in Schwarzweiß. So grau ist es.

„Brauchst du Hilfe?", fragt Mateo.

„Hm?" Ich blicke zu ihm.

„Beim Anrufen. Soll ich das machen?"

„Ehm ... ich. Ich weiß nicht", stottere ich. „Was soll ich am Telefon sagen? Hallo, hier die Neele. Ich habe Burnout", ich lache mich selber aus und schüttle dabei den Kopf.

„Ja, zum Beispiel", sagt Mateo, als wäre es ganz einfach, etwas ganz Normales. „Ich kann für dich anrufen, wenn du willst", sagt er noch einmal und wischt Kira den Apfelmus von der Schulter.

Ich atme tief ein und merke, in meinem Brustkorb ist kaum noch Platz für Luft. Da ist alles voll. Voller Liebe. Dankbarkeit und Leichtigkeit. Und Schwere. Alles gleichzeitig.

ALLES DREHT SICH

„Eigentlich muss ich sagen, dass sich heute von der Anfangszeit nicht so viel
unterscheidet. Ich finde Techno ist aus den Medien einigermaßen raus.
Weil, die haben es eh nicht verstanden. (...)
Es gibt viele, viele kleine nette Läden, die alle ihr Ding machen. "
DJ Motte (in *We Call it Techno*)

In einem Anflug von sehr spontanem Vermissen und allgemeiner emo-
tionaler Überforderung entblocke ich Mutters Nummer und schreibe ihr
eine Nachricht. Bevor sie die liest, ändere ich schnell mein altes Profilfoto
in ein aktuelles. Eines, von dem ich denke, sie könne erkennen, wie es mir
geht.

Hi, alles gut bei dir? 19:56

Schreibe ich. Und schaue zweieinhalb Tage minütlich auf mein Handy,
wartend auf eine Antwort.

Ich sitze auf der Bank am Sandkasten, als mein Handy vibriert. Eilig hole
ich es aus meiner Tasche und lese:

Gut siehst du aus 11:17

Ich lese die Nachricht noch ein einmal. Gut siehst du aus. Ich schaue
mir mein Foto an: Müde, mit Augenringen und Pickeln. Dann erkenne
ich es. Es sind meine Beine, mein Bauch. Mein nicht mehr vorhandenes
Doppelkinn. Ich habe abgenommen. Das ist Mutter aufgefallen. Das ist

ihr wichtig. Ich tippe wieder zurück auf die Nachricht. Lese sie noch mal. Wütend und ohne große Überlegung blockiere ich erneut ihre Nummer und lasse das Handy in meine Tasche zurückfallen.

Eine ganze Weile sitze ich da. Fühle weder Trauer noch große Wut. Es ist, als wären alle Gefühle Mutter gegenüber ausgefühlt.

Ich starre vor mich in den Sand und begrabe Mutter im Sandkasten. Ohne Blumen. Ohne Grabstein. Keine Rede. Nicht mal Tränen. Da liegt sie, tief unten, mit ihr jede Erinnerung an sie. Kleine Kinderfüße trampeln auf ihr Grab und spielen Mutter, Vater, Kind.

Adieu.

Ich schiebe meine Sonnenbrille auf die Nase und setze mich ins Licht.

„Hey!", sagt jemand.

Die Stimme kommt mir bekannt vor. Ich blinzle gegen die Sonne und erkenne ein freundliches Gesicht, umrahmt von lila Haaren.

Es ist die Mutter, die ich einige Wochen zuvor hier getroffen habe.

„Hey!", freudig springe ich auf und setze meine Sonnenbrille ab. „Was macht ihr denn hier?", frage ich und bemerke sofort, wie daneben die Frage ist. Was macht wohl eine Mutter mit ihrem Kind auf einem Spielplatz?

„Emilia und ich wollten gerade auf einen Jahrmarkt, hier um die Ecke. Wollt ihr nicht mitkommen?", schlägt sie vor.

„Ja ... Klar, warum nicht."

Ich nehme meine Tasche von der Bank und nach einer kleinen Diskussion mit Kira gehen wir los.

Kira und Emilia, die einen halben Kopf größer ist als Kira, gehen vor uns und sammeln kleine Kieselsteine vom Weg auf.

„Wie heißt du eigentlich?", frage ich, während wir den Mädchen hinterher schlendern.

„Lucy, und du?"

Ich blicke sie an und überlege. Lila Haare. Lucy ...

„Moment ... Bist du Lilalucyyy?"

Vor Schreck bleibe ich stehen.

„Wie?? Hä? Kennen wir uns?" Auch Lucy ist stehen geblieben und schaut mich mit großen Augen an

Ich lache.

„Ich bin Neele!"

Vor Erstaunen über diesen Zufall halte ich mich lachend an Lucys Schulter fest.

„Neele?" Lucy versteht es immer noch nicht und geht wieder ein paar Schritte weiter.

„Emilia! Warte mal!", ruft sie den Kindern hinterher. Ich helfe ihr auf die Sprünge.

„Wir schreiben seit zwei Jahren miteinander! Ich bin NöNeele!"

Da fällt auch ihr alles aus dem Gesicht.

„Nee, oder?", lacht sie laut und fällt mir in die Arme.

Lachend stehen wir da. Emilia und Kira neben uns. „Mama, los!", schnattern sie und ziehen an unseren Händen.

Kopfschüttelnd und staunend über Lichter, Gerüche und unser zufälliges Aufeinandertreffen laufen wir über den Jahrmarkt und kommen an einem Karussell vorbei.

„Mama! Pferde!", freut Kira sich und zeigt auf die sich drehenden Pferde. Wir bleiben stehen.

Ich schaue es mir ganz genau an. Das rot-weiße Dach. Die gezeichneten Bilder aus Grimms Märchen, das weiß-blaue Rautenmuster auf der Säule in der Mitte, die weißen Pferde mit den blonden Mähnen und den goldenen Satteln, die Kutsche – genau so sah auch das Karussell aus meiner Kindheit aus. Nur sehr viel kleiner.

„Komm, wir lassen die Kinder 'ne Runde fahren", schlägt Lucy vor und kramt nach Kleingeld.

Ich nicke und mein Herz rast, während auch ich mein Geld abzähle. Ich schiebe die Münzen durch die Kasse und will mich gerade zu Kira drehen, als der Mann hinter dem Glas mich fragt: „Wollen Sie mit Ihrer Tochter zusammenfahren?"

Ich weiß nicht, was ich antworten soll, da zieht Kira schon an meinem Arm.

„Jaaa! Mama komm Kutsche fahren!"

Ungeschickt krabble ich in die Kutsche hinein und setze mich auf die winzige Sitzbank. Ich halte mich erst an meinen zittrigen Knien fest. Dann umarme ich Kira ganz fest. Das Karussell fährt los. Die Pferdchen vor uns bewegen sich langsam auf und ab, und als fröhliche Klaviermusik erklingt, schießen mir Tränen in die Augen. Es ist die gleiche Musik wie früher.

Die Lichter ziehen lange Streifen in meinem tränenverschwommenen Blick.

Kira schaut sich staunend um.

„Guck da! Milia!", sagt sie und zeigt auf Emilia und Lucy, die in einer anderen Kutsche sitzen und uns zuwinken.

Ich lache. Ich weine. Und drücke Kira ganz fest an mich. Ich gebe ihr einen Kuss auf die Stirn und rieche ihr Haar.

Alles dreht sich. Wir drehen uns. Im Kreis und um uns selbst. Die Gedanken fliegen im Fahrtwind. Schwindelig. Ich wusste nicht, dass man sich im Kreis drehen kann, um dann ganz woanders anzukommen. Funkelnde Lichter in glitzernden Augen. Wir halten einander. Dieser Augenblick – fünf Minuten lang. Und für immer.

Das Karussell hält an. Ich nehme Kiras Hand und stehe auf. Doch Kira bleibt sitzen.

„Mama, noch mal!"

Ich schaue zu Lucy. Auch Emilia will noch weiterfahren.

Lucy und ich treffen uns an der Kasse, zahlen für die Kinder und winken den Mädchen.

„Hast du geweint?", fragt Lucy besorgt, als wir am Rande stehen. „Ist alles gut?"

„Ja", ich wische mir durchs Gesicht. „Aber alles gut."

„Sicher?" Sie stellt sich vor mich und hält meine Hand. Ich nicke und lache. Auch Lucy lacht.

Ich merke, dass meine Beine immer noch zittern und setze mich auf die sonnenwarmen Gehwegplatten.

„Mama!", ruft Kira aus der Kutsche.

Ich winke heftig. Und versuche, mit meinen Lachfalten die Tränen aufzuhalten. Lucy setzt sich zu mir und hält mir eine Zigarette hin. Lachend nehme ich an und sie legt ihren Arm um mich. Ich schaue auf unsere dreckigen Turnschuhe und auf meine Tasche daneben, aus der Kiras Spielzeug rausschaut. Ich lege mir die Zigarette zwischen die Lippen und träume mich in die Lichter des Karussells.

Früher laute Technomusik, heute Rummelplatz. Was einmal war – das ist nicht mehr. Und es gab eine Zeit, da hat mich das traurig gemacht. Ich habe mich verrannt, auf der Suche nach der besten Mutter für mein Kind, und habe sie nicht gefunden. Ich habe mit sehnsüchtigen Augen auf die Vergangenheit geschaut und bin an der Gegenwart erstickt. Und jetzt bin ich hier. Als die beste Mutter, die ich sein kann.

Ich versuche, an der Zigarette zu ziehen. Sie ist aus.

Lucy gibt mir Feuer.

Ich war ausgebrannt.

Doch jetzt gehe ich in Flammen auf.

Liza von Flodder wurde 1991 in Greifswald geboren. Ihre Kindheit roch nach Kohlenkeller und Kohlrouladen von der Nachbarin aus dem zweiten Stock. Den modrigen Altbau im Osten Deutschlands tauschte sie Anfang 2000 gegen die Großstadt ein. Seitdem lebt sie in Hamburg. Die Stadt meinte es gut mit ihr und trug sie durch Punkkneipen, Technoclubs, Barjobs und durch das Grafikdesignstudium. Sie war Barkeeperin und DJ, dann spuckte das Nachtleben sie durchgefeiert und schwanger wieder aus. Wenige Jahre später ist sie verheiratete Zweifachmutter, freie Autorin – unter anderem für das Eltern-Magazin – sowie Bloggerin auf Instagram (frau_von_flodder).

Danke an meine liebe Familie, die mehr als mein Zuhause ist.

Sie ist Urlaub wie Party und alles, was wir sein wollen.

An meine lieben Papas und meine wundervolle Schwester.

An Aljona, David und Nina.

Ich danke allen, die mich immer wieder unterstützen und an mich und das Buch geglaubt haben.

Danke an Natalie, Vanessa, Liesel, Magdalena, Zachi, Jana, Lovis und all die anderen inspirierenden Mütter, die mich unermüdlich supporten.

An Stella für den Austausch.

Und Tanith für die Worte und die Musik.

An Timo und Yannick.

An Ulrike und Christian für ihr Vertrauen.

An meine Kinder.

Und der größte Dank geht an meinen besten Freund und Ehemann Bene, ohne den es dieses Buch nie gegeben hätte.

Quellen

Dokumentationen

Arte Tracks (Produktion). (2021). Wie Techno aus Detroit Berlin erobert hat [Dokumentation].

Classen, M. (Regie). (2006). Feiern – Don't Forget to Go Home [Dokumentation]. Maja Classen & Julia Titze.

Lambert, R. (Regie). (2014). Party auf dem Todesstreifen: Soundtrack der Wende [Dokumentation]. Arte.

Sextro, M. & Wick, H. (Regie). (2008). We Call it Techno! A Documentary about Germany's Early Techno Scene an Culture [Dokumentation]. Telekom Electronic Beats.

Telekom Eletronic Beats (Produktion). (2021). Amelie Lens and Slam – Collaboration, Health and DJ'ing [Podcast].

Interviews

Gernandt, A. (2016). Umzz umzz umzz umzz... Marusha!. Hamburg: Spiegel.

Schaeffner, B. (2015). Sync-Buttons sind super!. Berlin: Das Filter.

Stehle, A. (2021). Beim Auflegen sind mir Tränen gekommen. Zürich: Neue Zürcher Zeitung.

1. Auflage August 2022

Copyright © 2022 Liza von Flodder/edition claus

Coverdesign: zaenck, www.zaenck.org

Alle Rechte vorbehalten.

ISBN 978-3-9822643-5-6

Verlag:

Claus Verlag GmbH

Zum Lindenhof 9

09212 Limbach-Oberfrohna

Deutschland

www.claus-verlag.de

www.edition-claus.de

www.facebook.com/buechermittragweite

www.instagram.com/editionclaus/

twitter.com/clausverlag

Druck:

Friedrich Pustet GmbH & Co. KG, Regensburg